004929

**This book is to be returned on or before
the last date stamped below.**

Date	Name	Form
30. JUN 2003	ISRAEL ATALIAN	10f
02/08		
2 1 FEB 2012	Narimène Rebhaoui	8B

FOLIO JUNIOR

Conception de mise en page : Françoise Pham

Titre original : *The Illustrated Mum*
Édition originale publiée par Doubleday,
une division de Transworld Publishers Ltd, Londres, 1999
© Jacqueline Wilson, 1999, pour le texte
© Nick Sharratt, 1999, pour les illustrations
© Éditions Gallimard Jeunesse, 2000, pour la présente édition
Loi n° 49-956 du 16 juillet 1949
sur les publications destinées à la jeunesse
ISBN : 2-07-054102-9
Dépôt légal : avril 2002
1er dépôt légal dans la même collection : février 2000
N° d'édition : 11719 - N° d'impression : 58507
Imprimé en France sur les presses de la Société Nouvelle Firmin-Didot

Jacqueline Wilson
MAMAN, MA SŒUR ET MOI

Illustrations
de Nick Sharratt

Traduit de l'anglais par Olivier de Broca

Gallimard Jeunesse

Pour Gina et Murray
Caroline et Georgina

La croix

Pétunia a recommencé à perdre les pédales le jour de son anniversaire. Star se rappelait que les anniversaires étaient souvent des moments difficiles alors on a mis le paquet. Star lui a découpé une superbe carte en forme de pétunia. Elle a usé toute l'encre du feutre violet pour la colorier. Puis elle a tracé deux 3 argentés avec son stylo à paillettes et elle a ajouté « Joyeux anniversaire » de sa plus belle écriture. En classe de cinquième, ils font de la calligraphie et Star est très douée.

Moi, je suis encore en primaire et je suis nulle en écriture. Je me suis contentée de faire des dessins sur ma carte. Comme Pétunia fêtait ses trente-trois ans, j'ai décidé de réunir ses trente-trois choses préférées. J'ai dessiné Micky (je ne l'ai jamais vu mais Pétunia me l'a assez décrit), Star et moi. Puis j'ai dessiné le studio de tatouages Arc-en-Ciel, le pub Victoria Arms et la boîte de nuit Les Noctambules. Je les ai mis côte à côte au milieu de la page, et dans les coins j'ai dessiné Londres, la mer et les étoiles. Je n'avais déjà plus beaucoup de place mais j'ai réussi à caser un lecteur de CD avec plusieurs disques d'Emerald City, des talons hauts, un maillot deux pièces, des bustiers moulants de toutes les couleurs, et une ribambelle de bagues, de bracelets et de boucles d'oreilles.

Arrivée là, j'étais un peu à court d'idées et j'avais tellement gommé que le papier était tout pelucheux alors je suis passée au coloriage. Je voulais faire une bordure de pétunias mais Star avait déjà usé tout le feutre violet. Du coup, j'ai changé les pétunias en roses et je les ai coloriées en rouge. Les roses rouges représentent l'amour. Pétunia s'intéressait beaucoup aux symboles alors j'espérais qu'elle comprendrait le message. Au dos de la carte, j'ai dessiné une belle guirlande de roses pour symboliser un amour gros comme ça et j'ai signé.

On lui a aussi acheté des cadeaux. Sur le marché, Star a trouvé une nouvelle version remixée des tubes d'Emerald City pour seulement deux livres sterling. Moi, j'ai choisi une pince crabe pour ses cheveux, d'un beau vert brillant assorti à la couleur de ses yeux. On a même acheté une feuille de papier de soie et un ruban vert pour envelopper les cadeaux.

– Tu crois que ça va lui plaire ? j'ai demandé à Star.

– Bien sûr que ça va lui plaire.

Star s'est emparée de la pince crabe :

– Je suis un super cadeau ! elle lui a fait dire en ouvrant et en fermant les mâchoires.

Puis elle a fait mine de me mordre le bout du nez.

Pétunia nous a serrées très fort dans ses bras et elle a dit que nous étions des amours, mais ses grands yeux verts étaient embués de larmes.

– Pourquoi tu pleures ? j'ai demandé.

– Elle pleure parce qu'elle est heureuse, a dit Star. Pas vrai, Pétunia ?

– Mmm...

Elle a reniflé un grand coup et s'est essuyé les yeux avec le revers de la main. Elle était toute tremblante mais elle a réussi à sourire.

– Voilà, Dol. Je ne pleure plus maintenant. Ça va mieux comme ça ?

Mais ça n'allait toujours pas. Elle a éclaté en sanglots à plusieurs reprises pendant la journée. Elle a pleuré en écoutant le CD d'Emerald City parce que ça lui rappelait son adolescence. Elle a pleuré quand je lui ai coiffé les cheveux et que je lui ai fait une jolie natte relevée en l'attachant avec la nouvelle pince crabe.

– Oh là là, regarde mon cou ! Il est tout ridé.

Elle a tâté sa peau blanche et ferme avec inquiétude tandis qu'on faisait notre possible pour la rassurer.

– J'ai l'air tellement vieille.

– Tu n'es pas vieille du tout. Tu es jeune.

– Trente-trois ans ! s'est lamentée Pétunia. Tu aurais pu éviter de l'écrire en gros au milieu de ta carte, ma chérie. Trente-trois ans, je n'arrive pas à y croire. C'était l'âge du Christ à sa mort, vous savez ça ?

Pétunia connaît des tas de choses sur la Bible parce qu'elle a vécu autrefois dans un foyer religieux.

– Trente-trois, elle murmurait sans arrêt. Il se donnait à fond, lui aussi. Il aimait les enfants, les prostituées, il prenait la défense de tous les marginaux. Il était vraiment cool. Et comment les gens l'ont récompensé ? Ils l'ont collé sur une croix et ils l'ont torturé à mort.

– Pétunia, l'a interrompue Star. Regarde la carte de Dol.

– Oh oui, ma chérie, c'est très joli.

Elle s'est penchée sur le dessin.

– Mais qu'est-ce que ça représente ?

– Oh, des bêtises. C'est un peu brouillon…

– Ce sont toutes les choses que tu aimes dans la vie, a dit Star.

– Oh, mais c'est magnifique !

Elle l'a examinée longuement. Puis elle s'est remise à pleurer.

– Pétunia !

– Pardon, les filles. C'est juste que ça me donne le cafard. Regardez-moi ce pub, ces hauts talons et ces bustiers sexy. Ce n'est pas la panoplie d'une bonne mère. Dol aurait dû dessiner… je ne sais pas, moi, un petit chat, une jolie robe en coton et… et Marks & Spencer. Voilà ce qui plaît aux mamans.

– Ce n'est pas ce que tu aimes, toi, et tu es ma maman.

– Dol a passé des heures à faire cette carte, a dit Star. Le rouge lui montait aux joues.

– Je sais, je sais. C'est vraiment beau. Je viens de le dire. C'est *moi* qui suis nulle. Vous ne comprenez pas ce que je dis ?

Pétunia a encore reniflé.

– Bon, allez, si on prenait le petit déjeuner ? Hé ! Je peux avoir mon gâteau maintenant ? Un gâteau d'anniversaire au petit déjeuner ! Bonne idée, hein, les filles ?

Nous l'avons regardée avec de grands yeux.

– On ne t'a pas acheté de gâteau, a dit Star. Tu sais bien. On t'a demandé et tu as dit que tu n'en voulais surtout pas. Tu te rappelles ?

– Non, a répondu Pétunia, le regard vide.

Elle avait dit cent fois qu'on ne devait pas lui acheter de gâteau parce qu'elle avait tendance à prendre du poids et que le glaçage allait lui donner une rage de dents et que de toute façon elle n'aimait pas les gâteaux d'anniversaire.

– Mais j'adore les gâteaux d'anniversaire ! s'est récriée Pétunia. Tous les ans, j'ai mon gâteau. Vous savez comme j'y tiens parce que je n'en avais jamais quand j'étais petite. Ni de goûter d'anniversaire. Ça me rend folle de penser que vous ne voulez pas organiser de vraies fêtes

11

et que vous préférez aller dans tous ces endroits horribles, comme MacDonald's ou Quick.

– Ce n'est pas horrible, j'ai dit.

Star a déjà été invitée plein de fois, mais moi, je ne suis jamais allée à un anniversaire chez MacDonald's et personne ne m'a invitée non plus dans un Quick. Quand j'irai au collège, j'espère que j'aurai des tas d'amis. Dans ma classe, je ne fais pas partie de la bande de filles qui vont à des fêtes. De toute façon, je n'ai pas envie d'y aller, à leurs fêtes. Même si on me payait, je ne serais amie avec aucune d'entre elles. Sauf peut-être avec Tasha.

– D'accord, très bien, je vais aller te chercher un gâteau d'anniversaire, a dit Star. Marks & Spencer ouvre tôt le samedi. Je reviens tout de suite.

Elle a pris le porte-monnaie des courses et elle est sortie en claquant la porte.

– Elle est en colère après moi, a dit Pétunia.

– Non, c'est pas vrai. La preuve, elle est allée te chercher ton gâteau.

– Colère, colère, colère, a grondé Pétunia en fronçant les sourcils. C'est ce que disaient les sœurs au foyer. « Je suis très colère, Pétunia. » Cette vieille taupe collait son visage contre le mien, si près qu'elle en louchait : « Colère, colère, colère », elle répétait en se signant et en m'aspergeant de ses postillons. Elle était méchante comme une teigne, celle-là. Elle ne nous frappait jamais, elle n'avait pas le droit, mais on sentait que ça la démangeait. Alors elle nous jetait des mots à la figure : « Colère, colère, colère… »

– Pétunia…

Je ne savais pas quoi dire. Elle me faisait toujours un peu peur quand elle se mettait à parler comme ça, à toute vitesse et entre ses dents. Pourvu que Star se dépêche !

– Des mots. Rien que des mots. Et toujours ces signes de croix. Des mots croisés.

J'ai gloussé au cas où Pétunia voulait faire une plaisanterie. Elle a eu l'air surpris.

– A l'école, on fait des mots croisés, j'ai enchaîné. Je n'y arrive pas. Je suis nulle en orthographe.

– Moi aussi. Je détestais l'école. J'avais tout le temps des punitions.

– Moi, c'est la même chose, j'ai dit, espérant la consoler.

Je commençais à avoir faim. J'ai pris une poignée de corn-flakes pour tenir le coup. Pétunia s'est servie aussi.

– Star est intelligente, elle, j'ai continué. Et encore plus depuis qu'elle est au collège. Un vrai cerveau.

– Elle doit tenir ça de son père. Micky était le type le plus intelligent que j'aie jamais rencontré. Un artiste, bourré de talent. Et très malin aussi. Il ne fallait pas lui en conter…

– J'aurais aimé qu'il soit aussi mon père.

Pétunia m'a donné une petite tape de réconfort.

– Bah, ce n'est pas grave, j'ai dit. Au moins, je t'ai comme maman.

J'ai dit ça pour lui faire plaisir mais elle s'est remise à pleurer.

– Tu parles d'une mère ! Une vraie catastrophe !

– Tu es la meilleure maman du monde. S'il te plaît, ne pleure pas. Tu vas avoir les yeux tout rouges.

– Des yeux rouges, un cou de poulet, une mine cafardeuse. Quel spectacle ! Pour mes trente-trois ans, je n'ai pas de quoi être fière. Qu'est-ce que j'ai, hein ? A part mes deux merveilleuses filles. Qu'est-ce que Micky dirait de moi s'il revenait maintenant ? Il n'arrêtait pas de répéter que j'avais un énorme potentiel, et voilà, je n'ai rien fait de ma vie.

– Tu fais des tas de choses. Tu peins, tu crées de très beaux vêtements, tu danses, tu travailles au studio et... et...

– Si je ne me décide pas rapidement, ça sera trop tard. Je vieillis à toute vitesse. Si seulement Micky pouvait revenir ! J'étais une autre personne quand il était là. Il me rendait tellement... tellement...

Elle a agité l'air de ses deux bras fins, dans un cliquetis de bracelets.

– Je ne trouve pas les mots. Viens près de moi, Dol.

Je me suis blottie contre elle, humant son parfum musqué. Ses cheveux roux, longs et soyeux, me chatouillaient. Je les ai peignés entre mes doigts.

– Il va falloir que tu refasses les racines. Et tu as des cheveux fourchus. Je peux te les couper si tu veux.

– Tu veux toujours devenir coiffeuse quand tu seras grande, Dol ?

– Toujours, j'ai dit en mimant des ciseaux avec mes doigts.

– Je me rappelle le jour où tu as rasé ta poupée Barbie.

– Et celle de Star. Elle était folle de rage.

– Ah, vous, les filles ! Tiens, j'aurais voulu avoir une sœur.

– Tu es un peu comme notre grande sœur.

– Dol, j'ai l'impression d'être à un tournant de ma vie. Un croisement important. Hé, tu sais quoi ? Si je me faisais tatouer une croix ?

– Tu n'as plus beaucoup de place, j'ai dit, en caressant ses bras décorés.

Pétunia s'est examinée sous toutes les coutures.

– Et ici, sur le coude ? Excellent ! Les branches de la croix pourrait descendre et monter sur le bras. Attends, il me faut un bout de papier.

Elle s'est servie du dos de ma carte d'anniversaire mais ça m'était égal. Elle dessinait vite, en se mordillant la lèvre inférieure pour mieux se concentrer. J'ai jeté un œil par-dessus son épaule.

– Tu dessines drôlement bien.

Sa main tremblotait encore mais le trait était souple et délié. Une élégante croix celtique est apparue, avec des entrelacs de lierre et de roses.

– Des roses, a dit Pétunia en levant les yeux vers moi. Comme sur ta carte, Dol.

Je me suis sentie très fière. Et inquiète en même temps. Je savais ce que Star allait en penser.

– C'est un joli motif. Tu ne veux pas le garder comme ça, sur une feuille ? On pourrait lui trouver un cadre et tu l'accrocherais au mur au-dessus de ton lit.

– Je le veux *sur moi*, a répliqué Pétunia, les yeux brillants. Je me demande si Steve a un rendez-vous ce matin… J'en ai trop envie ! Je vais lui demander de le faire tout de suite. Pour mon anniversaire.

Elle a bondi sur ses pieds.

– Allez, viens !

– Mais Star est partie t'acheter un gâteau !

15

– Oh.

Elle a fait la grimace.

– Oh, c'est vrai. Vite, Star, dépêche-toi. Mais qu'est-ce qu'elle fabrique ? Et d'abord, qu'est-ce qui lui a pris d'aller chercher ce gâteau à une heure pareille ?

C'était tellement injuste de sa part que je n'ai pas pu soutenir son regard. Je n'aime pas quand elle déforme la vérité. Elle fait ça chaque fois qu'elle s'emballe. J'aurais dû lui dire qu'elle n'était pas juste avec Star mais je n'ai pas eu le courage. On était tellement bien toutes les deux, Pétunia et moi.

Star a mis une éternité à revenir. Pétunia arpentait l'appartement de ses hauts talons, en se plaignant de façon théâtrale, l'œil rivé sur la pendule. Quand Star est enfin rentrée, un paquet délicatement posé sur le plat de ses mains, Pétunia a dû faire un effort pour se contrôler :

– Star ! Tu as été si longue, ma chérie !

– Désolée, mais il y avait la queue. Et j'ai dû marcher tout doucement au retour parce que j'avais peur d'abîmer le gâteau. J'espère qu'il va te plaire. J'ai hésité entre celui aux fruits et la viennoise. J'ai pris la viennoise parce que c'était moins cher… Mais tu préférais peut-être les fruits ?

– Ça m'est égal. Allez, mangeons un peu de gâteau.

Elle l'a sorti de l'emballage sans presque lui accorder un regard, sans même le poser sur une assiette. Elle a farfouillé dans le tiroir pour trouver un couteau qui coupe et elle s'apprêtait à trancher la première part.

– Attends ! s'est écriée Star. Il faut que tu fasses un vœu.

Pétunia a levé les yeux au ciel mais elle a fermé les paupières pour faire un vœu. Inutile de lui demander ce qu'elle avait souhaité. J'ai vu ses lèvres former le nom de Micky. Puis elle a coupé le gâteau et elle a avalé sa part si vite qu'elle a fait des miettes partout.

– Pourquoi tu es si pressée ? a demandé Star.

Je me suis arrêtée de manger.

– Je vais essayer d'attraper Steve tôt ce matin, avant les premiers clients. Je viens de dessiner un tatouage extra-ordinaire.

– Oh, non. Tu ne vas pas recommencer. Tu avais promis.

– Mais il est tellement beau, ma chérie. Une croix, parce que je suis à un croisement de ma vie. Regarde !

Pétunia a exhibé son dessin.

– Tu as abîmé la carte d'anniversaire de Dol.

– Non, pas du tout, je me suis empressée de dire.

– Mais tu as dit toi-même que ça devenait grotesque de te faire tatouer pour un oui ou pour un non. Tu devais mettre de l'argent de côté pour te payer un traitement au laser. Tu allais les enlever. C'est ce que tu as dit !

– J'ai dit des tas de choses pour te faire plaisir, ma chérie. Mais j'adore mes tatouages. Ils sont très importants à mes yeux. Avec eux, je me sens bien dans ma peau.

– Ils te font surtout ressembler à un monstre de foire.

Il y a eu un brusque silence. Nous sommes restées à nous regarder, à la fois choquées et gênées, comme si nos oreilles refusaient de croire ce qu'elles venaient d'entendre. Star elle-même semblait abasourdie.

– Va pour le monstre de foire, a dit Pétunia d'une voix tremblante. Je m'en fiche. Je n'ai pas à me conformer à ta vision étroite de la morale, Star. J'ai toujours vécu en marge de la société.

– On croirait entendre une réplique dans un film ringard. Tu ne peux pas te comporter *normalement* ?

– Mais je ne veux pas être normale. Et je ne comprends pas pourquoi tu y tiens tant. Quel est ton problème, Star ?

– Peut-être que je grandis. Mais toi, Pétunia, quand est-ce que tu vas te décider à grandir ?

Star a pris sa part de gâteau et l'a émiettée avec nervosité. Puis elle s'est essuyé les mains et elle est partie dans la chambre.

Pétunia et moi avons échangé un regard. Elle a essayé de faire celle qui s'en moquait et, pour se donner une contenance, elle a porté la main à son front.

– Qu'est-ce que je suis censée faire ? elle a soufflé.

– Star ne pensait pas vraiment ce qu'elle disait. Elle est juste énervée parce qu'elle a cru que le gâteau ne te plaisait pas.

– Je sais qu'elle fait un blocage à propos de mes tatouages. Mais je veux cette croix, Dol.

J'ai haussé les épaules. Star savait parler à Pétunia et lui dire quoi faire. Moi, ça n'était pas mon fort.

– Il va être super, j'en suis sûr, a continué Pétunia. Il faut que j'y aille maintenant sinon Steve n'aura plus le temps. Tu viens avec moi ?

J'ai hésité. Star refusait de mettre les pieds à l'Arc-en-Ciel, le studio de tatouages. Moi, je trouvais l'endroit fascinant, même si certains clients me faisaient parfois un peu peur. Steve lui-même avait un côté effrayant, avec son crâne chauve et luisant, sa grande barbe et sa langue percée. J'avais horreur de voir cette petite boule argentée briller dans sa bouche. Il s'en était rendu compte et, chaque fois qu'il me voyait, il me tirait la langue.

– Allez, s'il te plaît, a insisté Pétunia. Je vais avoir besoin de toi. Ça va faire un mal de chien.

– Tu disais que ça ne faisait presque pas mal.

– Sur le coude, si. Les articulations, c'est toujours plus sensible.

– Alors *pourquoi*… ?

– Ce tatouage aura plus de prix à mes yeux si je dois souffrir pour l'avoir.

– C'est idiot.

– J'aurai besoin de te tenir la main pour être courageuse. Et puis si tu ne viens pas, je risque de faire une vraie folie : par exemple dire à Steve de me tatouer la croix sur le visage. Une branche sur le front, une qui descend sur le nez, et les deux autres sur les joues.

Elle a secoué la tête.

– Oh, Dol, je *plaisante* !

Je n'en étais pas si sûre. Quand Pétunia est dans cet état d'esprit, elle est capable de faire les trucs les plus fous sur un simple coup de tête. Il valait peut-être mieux que je l'accompagne. J'étais inquiète mais je me sentais aussi fière et très adulte. Après tout, c'est à moi qu'elle demandait de venir, pas à Star.

Mais j'étais quand même triste pour Star.

– Allez, Dol, décide-toi, s'impatientait Pétunia.

– Une seconde, j'ai dit, et je suis allée jusqu'à notre chambre.

J'ai hésité un moment puis j'ai frappé à la porte, au cas où Star serait en train de pleurer et qu'elle ne voudrait pas que je la voie. Elle n'a pas répondu. Timidement j'ai passé la tête par la porte. Elle était assise sur le bord du lit, les poings sur les genoux. Ses longs cheveux cachaient son visage.

– Star ? Pétunia veut que je l'accompagne.

Star a haussé les épaules comme si elle s'en fichait éperdument.

– Peut-être que Steve aura déjà un client, j'ai dit. Comme ça, il ne pourra pas lui faire son tatouage. Ou peut-être qu'elle changera d'avis. Tu sais comment elle est.

– Je sais comment elle est, a dit Star, sans desserrer les dents.

– Star ?

– Arrête de répéter cent fois mon nom, c'est *exaspérant* à la fin.

– Ça t'ennuie si j'y vais avec elle ? Ce serait peut-être plus sage, non ?

– Tu fais ce que tu veux.

– Tu ne veux pas venir ?

Star m'a foudroyée du regard.

– Pas question que je m'approche de cet endroit.

J'ai cherché désespérément un moyen d'arranger les choses.

– C'était un super gâteau d'anniversaire, Star.

Mais je n'avançais pas. Soudain, j'ai entendu claquer la porte d'entrée. J'étais obligée de laisser Star. J'ai couru derrière Pétunia. Elle était déjà dans l'escalier.

– Attends-moi !

– J'ai cru que tu ne venais pas.

Elle a éclaté de rire.

– Mais tu viens, hein, ma puce, tu viens !

Elle m'a attrapée sur le palier du premier étage et m'a fait tournoyer dans les airs.

– Oh, la la, quel raffut !

Mme Luft était dans le hall d'entrée, occupée à trier le courrier. Elle semblait prendre à témoin un public invisible.

– Pourquoi faut-il qu'elles fassent toujours autant de bruit dans l'escalier ? Et que je te monte et que je te descends, à toutes les heures de la nuit et le matin à l'aube. Les gens n'ont plus aucun respect.

– Du courrier pour moi ? a demandé Pétunia.

Elle avait toujours un regain d'espoir les jours anniversaires et à Noël, au cas où Micky déciderait de reprendre contact. Depuis que nous avions obtenu un appartement dans cette HLM, elle avait renouvelé tous les trois mois le service de suivi du courrier. C'était la seule chose qu'elle n'oubliait jamais.

– Facture d'électricité, lui a tendu Mme Luft.

– On verra ça plus tard, a dit Pétunia en jetant la lettre sans l'ouvrir sur la vieille table du hall.

J'ai regardé la lettre avec inquiétude. Mme Luft a émis un petit grognement désapprobateur.

– Voilà ce qu'on appelle une attitude responsable ! Il y a des gens qui se font un devoir de régler leur facture à l'heure. Et d'autres qui sont des je-m'en-foutistes. Vas-y que je te jette l'argent par les fenêtres. L'État pourvoira !

Pétunia a dit à Mme Luft de s'occuper de ses oignons. Elle ne l'a pas dit poliment mais avec des mots crus.

– Voilà un langage qui ne m'étonne pas venant d'*elle*, a dit Mme Luft.

Elle a regagné son appartement en faisant claquer ses tongs sur le carrelage.

– Vieille bique, a dit Pétunia en me prenant la main. Allez, chiche qu'on court tout le chemin sans s'arrêter ?

Elle courait plus vite que moi, même avec ses hauts talons. J'ai été rapidement distancée et j'ai dû m'arrêter à chaque carrefour pour reprendre mon souffle, prise d'un point de côté. J'avais encore mal quand nous sommes arrivées au studio de l'Arc-en-ciel. La pancarte « fermé » était accrochée sur la porte, mais quand Pétunia a tapé du bout des ongles sur la vitre sans tain, Steve est venu ouvrir.

– Oh, non, il a dit en la voyant. Ne me demande pas de me lancer dans un travail sur commande maintenant, Pétunia. J'ai un client prévu à 10 heures.

– Oh, Steve, sois chic. C'est qui, ce client ? Si c'est un motard, il ne sera pas là avant 11 heures dans le meilleur des cas. Et si c'est un débutant, je te parie qu'il va se dégonfler. S'il te plaît, mon chou. C'est mon anniversaire. Juste un motif. Très beau. Tu vas adorer. Regarde !

Elle lui a agité ma carte sous le nez.

– Un peu compliqué, non ? il a dit, en regardant mon dessin d'anniversaire.

J'ai rougi, de peur qu'il se moque de moi.

– Steve ! s'est impatientée Pétunia.

– Joli dessin, m'a dit Steve.

Puis il a retourné la carte.

– Ah.

– C'est super, non ? J'ai pensé le mettre ici.

Elle s'est tapoté le coude gauche.

– Tu paies, j'imagine ?

– Sur mon salaire.

– Mais je n'ai besoin de toi ici que les trente-six du mois, quand un client réclame un travail sur commande.

– Je viendrai faire des *flashes* – tout ce que tu veux.

– Je ne te fais pas confiance pour les *flashes*, Pétunia. Tu te rappelles ce type qui voulait un samouraï sur le bras ? Tu lui as fait son samouraï, mais avec un sourire niais au lieu d'une grimace.

Pétunia souriait, elle aussi. Se penchant vers Steve, elle a passé ses bras autour de son cou pour lui murmurer quelque chose à l'oreille.

J'ai tourné le dos vers le mur où étaient exposées les planches de modèles, assez ordinaires pour la plupart : des dragons, des tigres, des têtes de mort et des motifs celtiques simplistes. Normal que Pétunia en ait eu marre de tracer toujours les mêmes dessins. Et pas étonnant qu'elle s'amuse de temps en temps à ajouter une flamme au dragon, un bébé au tigre ou une houppe sur une tête de mort.

Elle était toujours suspendue au cou de Steve. Il a craqué assez vite.

– D'accord, d'accord, je vais te la faire, ta croix. Mais surtout pas de cris. Je n'ai pas envie que tu effraies la clientèle.

– Promis, pas un gémissement.

Steve a bricolé ses aiguilles, les pliant et les tordant à divers angles.

– Tu es un virtuose, Steve, a dit Pétunia en reportant sa croix sur du papier carbone. Tu es le meilleur tatoueur de toute la ville.

– Flatteuse.

Il lui a nettoyé le bras avec de l'alcool puis lui a vaporisé un mélange d'eau et de savon. Délicatement, il a appliqué le papier carbone et il a frotté la surface avant de le soulever pour laisser le dessin en place.

– Tu es sûre, Pétunia ?

– Sûre et certaine.

De son bras libre, elle m'a pris la main. Steve a méticuleusement posé de la vaseline sur le dessin, il a vidé un bouchon d'encre noire, puis il a enfilé ses gants de latex et a démarré la machine.

Je n'ai pas pu regarder longtemps. J'ai serré très fort la main de Pétunia, pendant que ses ongles creusaient un sillon au creux de ma paume. Elle avait les yeux humides et elle se mordait la lèvre inférieure, mais elle a tenu parole : elle n'a pas laissé échapper un gémissement.

La machine vrombissait. Steve sifflotait entre ses dents, c'était sa façon à lui de se concentrer. De temps à autre, il s'arrêtait pour vaporiser puis éponger le bras de Pétunia.

J'ai enfin eu le cran de regarder. J'ai vu le tracé noir de la croix qui prenait forme. Il a fallu plus d'une heure pour arriver au bout. Deux clients ont dû patienter mais Steve les a laissés approcher et ils l'ont regardé faire, fascinés.

– Voilà, a annoncé Steve. Terminé !

Pétunia s'est levée lentement de son siège, allongeant le bras avec précaution. Sa chemise était trempée de sueur sur le devant. Elle était blanche comme un linge mais quand elle a vu son nouveau tatouage dans le miroir, le sang lui est remonté aux joues.

– Oh, Steve, il va être superbe !

– C'est toi qui l'as dessiné, a dit Steve, en le couvrant d'une pommade spéciale.

Il se préparait à poser le bandage mais Pétunia a reculé d'un pas.

– Laisse-moi le regarder encore une minute.

24

Pétunia a pivoté sur elle-même pour examiner sa croix sous tous les angles.

– C'est un tatouage d'enfer, a dit un des clients. Ça ferait rudement bien sur ma frangine. Tu pourrais lui tatouer la même croix ?

– Je lui dessinerai sa propre croix si elle veut, a dit Pétunia. Mais celle-là est à moi.

Elle a laissé Steve fixer le bandage puis elle m'a souri.

– Et celle-là est à moi aussi, elle a dit en m'ébouriffant les cheveux. Viens, Dol. A plus tard, Steve, mon grand.

Il était en train d'ôter les aiguilles usagées de la machine et de ranger le matériel dans le stérilisateur.

– Tu oublies quelque chose, il a dit en désignant ma carte de vœux.

– Je n'ai plus besoin du dessin. Maintenant, je l'ai sur moi en permanence.

Et elle l'a jetée à la poubelle.

– C'est au dos de ta carte d'anniversaire, lui a rappelé Steve.

– Aïe ! a fait Pétunia en récupérant la carte. Désolée, Dol.

– C'est pas grave.

– Hé, tu ne vas pas me faire la tête, toi aussi, hein ? C'est mon anniversaire. On va s'amuser.

Ça n'a pas été franchement le cas. Star a à peine ouvert la bouche quand nous sommes rentrées. Lorsqu'elle a vu le bandage de Pétunia, elle a fait une grimace dégoûtée.

Au déjeuner, nous avons mangé le reste du gâteau d'anniversaire. Pétunia est sortie acheter du vin pour elle et du jus de fruits pour nous.

– Buvons à la reine du jour ! a-t-elle dit.

Elle a descendu sa bouteille en moins d'une demi-heure puis elle a dit qu'elle avait un peu sommeil. Elle s'est mise en boule sur le divan, en prenant soin de laisser son bras pendre sur le côté. Elle s'est endormie au beau milieu d'une phrase.

Star la regardait fixement.

– Si elle a bu autant, c'est juste parce que son bras lui fait mal, j'ai risqué.

– Et la faute à qui ?

Pétunia hors circuit, Star s'est avérée de bien meilleure compagnie. Comme elle avait terminé ses devoirs du week-end, elle avait le temps de jouer avec moi.

– Dommage qu'on ne puisse pas regarder la télévision, j'ai dit.

La société de location avait remporté notre téléviseur et notre magnétoscope parce que Pétunia n'avait pas payé les traites. Elle avait promis qu'elle allait s'en procurer d'autres, mais elle ne s'en était toujours pas occupée.

– Star, tu veux jouer à la télévision ?

– Oh, Dol, toi et tes jeux stupides...

– Allez, s'il te plaît...

– Bon, mais pas longtemps alors.

On est allées dans notre chambre et on a fermé la porte pour ne pas réveiller Pétunia. Au début, Star ne voulait pas jouer pour de bon, elle disait qu'elle se sentait stupide, mais elle a fini par s'y mettre. J'ai proposé qu'on commence par le hit-parade parce que je sais que Star aime beaucoup imiter les chanteurs. Puis on a mimé un feuilleton qui se passe dans un hôpital pour enfants : j'étais une petite fille atteinte du cancer et Star était l'infirmière qui me soignait. Ensuite on a joué aux vétéri-naires avec le vieux nounours de Star, mon chien en por-celaine et un lutin qu'on avait gagné dans une kermesse qui tenaient le rôle des animaux malades.

Star commençait à s'ennuyer, alors j'ai dit qu'on allait faire les séries télé parce qu'elle sait prendre toutes sortes d'accents. Pendant un moment on a joué *Neighbours*, puis on est passées à *Dallas* et enfin Star a suggéré qu'on fasse *Friends*. Mais on voulait toutes les deux être Rachel. On a essayé de se coiffer comme elle et on a alors arrêté de jouer à la télévision pour jouer à la coiffeuse.

Ça a duré longtemps et c'était super. On en a presque oublié Pétunia.

Elle s'est réveillée d'humeur agitée, ne tarissant pas sur sa nouvelle croix, se parlant à elle-même et tenant son bras bandé. Après le thé, elle s'est enfermée des heures dans la salle de bains.

J'ai fini par l'appeler, debout derrière la porte.

– Tout va bien, Pétunia ?

– Je vais bien, très bien, jamais été mieux…

Elle est sortie habillée sur son trente et un, avec une minijupe, ses plus hauts talons et son pull noir chenille pour cacher son bandage.

– Tu sors ? a dit Star d'une voix sèche.

– Bien sûr que je sors, ma chérie. Il faut bien que je fête mon anniversaire.

Star a poussé un gros soupir.

– Ne fais pas cette tête. Je fais juste un saut au Victoria Arms. Je serai de retour dans deux ou trois heures, pro-mis.

On l'a toutes les deux regardée.

– Promis, elle a répété.

Elle a effleuré son bras enflé.

– Je suis à un croisement de ma vie. Et je vais prendre le bon tournant. Vous allez voir. Je serai de retour à 10 heures. Dix heures et demie au plus tard.

On est restées debout jusqu'à minuit. Puis on a renoncé et on est allées se coucher.

Le pétunia

Je me suis réveillée trop tôt. Le jour n'était pas encore tout à fait levé. Mon cœur s'est mis à battre.

A tâtons, j'ai cherché mon foulard de soie blanche. J'aime bien dormir avec. Star l'appelle mon « doudou » et parfois, quand elle veut m'embêter, elle le cache.

Mes doigts n'ont rencontré que les plis de mes draps et la bosse de mon oreiller. En bougeant un peu dans le lit, je me suis aperçue que j'étais couchée sur mon foulard. Vite, je l'ai frotté contre mon nez, inspirant son doux parfum de talc.

La peur me tenait toujours. Et tout à coup, ça m'est revenu.

– Star !

Je me suis penchée hors du lit pour allonger le bras vers elle.

– Star, réveille-toi. C'est le matin. Enfin presque. Tu crois que Pétunia est rentrée ?

– Va voir, elle a marmonné sous ses couvertures.

J'avais peur d'y aller. Peur de la trouver dans un triste état. Ou avec un homme. Peur aussi de découvrir qu'elle n'était pas rentrée du tout.

— Vas-y, Star. C'est toi l'aînée.

— J'en ai assez d'être l'aînée. C'est toujours moi qui dois faire le plus d'efforts. J'en ai marre marre marre.

Sa voix était comme voilée. Je me suis demandée si elle était en train de pleurer.

— C'est bon, j'y vais.

Je suis sortie du lit. Mon cœur était comme un petit poing fermé qui tambourinait contre ma poitrine.

— Arrête tes bêtises, j'ai murmuré en prenant la voix de Star. Elle est dans son lit. En train de dormir comme un loir. Va jeter un œil.

J'ai traversé notre chambre, puis longé le couloir. Jusqu'à la porte ouverte de Pétunia. L'avait-elle laissée ouverte ou fermée hier soir ? Impossible de me rappeler. Je pouvais voir le bout de son lit mais il n'y avait aucune forme sous la couette. Pas de pied qui émergeait de sous les draps.

— Elle est peut-être couchée en chien de fusil, j'ai chuchoté. Et c'est pour ça que tu ne la vois pas. Elle dort toujours en boule. Va voir.

Je suis restée sans bouger pendant une petite minute. Puis j'ai murmuré son nom. Pas de réponse. J'ai fait un pas dans la chambre. Elle était vide. J'ai su au premier coup d'œil que Pétunia n'était pas là, mais j'ai ouvert le lit, j'ai soulevé l'oreiller, comme si elle pouvait s'être pelotonnée dessous. Je me suis même baissée pour passer la main sous le lit. Mes doigts ont effleuré des moutons de poussière. Je suis restée un moment à genoux, le souffle court, ne sachant pas quoi faire.

J'ai vérifié dans la salle de bains et aux toilettes. Je suis allée dans la cuisine pour voir si par hasard elle ne serait pas en train de préparer les toasts du petit déjeuner avec quelques heures d'avance. Personne ! Le robinet gouttait, plic, ploc, plic, ploc. Ni l'une ni l'autre nous ne savions changer le joint. J'ai contemplé l'évier, en clignant des paupières à chaque goutte d'eau qui tombait, jusqu'à ce que ma vue se brouille.

Je suis retournée dans notre chambre. Star était toujours sous les couvertures, mais j'ai compris au son de sa respiration qu'elle était bien éveillée et qu'elle écoutait.

– Elle n'est pas rentrée.

Star s'est redressée. Elle a avalé sa salive. Je pouvais presque entendre le ronronnement de ses pensées.

– Tu as regardé dans les toilettes ?

– Oui. Elle n'est nulle part.

– Quelle heure est-il ?

– Cinq heures et demie.

– Oh.

Star semblait aussi inquiète que moi maintenant.

– Bon. Peut-être que... Peut-être qu'elle a prévu de rentrer pour le petit déjeuner.

– Star. Et si... Et si elle ne revenait pas ?

– Elle va revenir.

– Mais s'il lui était arrivé quelque chose de grave ?

– Les choses graves, c'est *elle* qui les fait.

Star m'a attrapée par le poignet.

– Allez. Tout va bien se passer. Elle a probablement rencontré un type et elle est avec lui.

– Mais elle ne serait pas restée toute la nuit dehors, j'ai dit en me glissant dans le lit à côté d'elle.

– C'est pourtant ce qu'elle a fait, non ? Hé, tu es glacée.

– Désolée.

– C'est pas grave. Tiens, voilà.

Star a pressé son ventre chaud contre mon dos et m'a fait un siège avec ses jambes. Ses bras m'ont enserrée et je me suis mise à pleurer.

– Chut. Tu vas mouiller mon oreiller.

– Elle va bien, hein ?

– Elle est sur la mauvaise pente. Mais elle va rentrer d'une minute à l'autre, tu vas voir. On va se rendormir et au réveil, la première chose qu'on va entendre, c'est Pétunia en train de chanter une de ses chansons idiotes. D'accord ?

– Oui. D'accord. J'aime bien quand tu es gentille avec moi.

– Bah, ce n'est pas très drôle d'être méchante avec toi. C'est un peu comme flanquer des coups de pied à Bambi. Essayons de nous rendormir.

– J'adore Bambi.

J'ai essayé de me rappeler tous les meilleurs passages de *Bambi*. J'ai pensé à Bambi en train de batifoler avec Fleur, pendant que les oiseaux gazouillent et que Panpan bat la mesure du pied. Puis, mentalement, j'ai appuyé sur la touche « avance rapide ».

– Qu'est-ce qu'il y a ? a demandé Star, sentant que je me raidissais.

– La maman de Bambi. Elle se fait tuer par les chasseurs.

– Oh, Dol. Tais-toi et dors.

Mais je n'arrivais pas à dormir. Star non plus, même si elle a fait semblant au début. On se retournait toutes les cinq minutes, emboîtées comme des petites cuillers. J'ai essayé de compter dans ma tête, en me disant que Pétunia serait de retour à cent. Deux cents. Trois cents.

J'aurais voulu avoir mon foulard de soie mais je l'avais laissé dans mon lit. J'ai tiré le drap sur mon nez et, à la place, j'ai caressé du doigt le coin de l'ourlet. Le jour se levait. J'ai fermé les yeux mais dans le noir derrière mes paupières il y avait une petite télévision qui me montrait toutes les choses horribles qui auraient pu arriver à Pétunia. C'était tellement effrayant que je me suis enfoncé le coin du drap dans l'œil. Ça m'a fait très mal mais l'écran de télévision n'a même pas trembloté. J'ai essayé de fredonner pour ne plus l'entendre. Je me suis tapé la tête contre l'oreiller pour voir si je pouvais l'éteindre.

– Dol, qu'est-ce que tu fabriques ?

– Je me fais un nid douillet.

– Tu t'y prends d'une drôle de manière.

– C'est pour m'empêcher de penser à des tas de choses. Des choses qui font trop peur.

– Tiens, on va se raconter chacune son tour une histoire d'horreur. Ça nous changera les idées, d'accord ? Une fois, j'ai dormi chez une amie, on a regardé une cassette vidéo, c'était l'histoire d'un groupe de filles dans une grande maison, et elles jouaient des tours vraiment atroces à une autre fille. A un moment, en descendant de son lit, elle a posé le pied dans une masse grouillante d'araignées, de limaces et de serpents. Elle a poussé un cri et elle s'est mise à courir, mais un paquet de serpents lui est tombé sur la tête, ils se tortillaient sur son cou et se glissaient sous ses vêtements…

– Tais-toi, arrête ! j'ai crié.

Et pourtant, bizarrement, ça faisait du bien. Tout à coup, nous étions seulement en train de jouer à nous faire peur et c'était presque drôle.

Je n'avais jamais vu de cassettes de films d'épouvante mais j'étais plutôt douée pour les inventer. Star m'a raconté l'histoire d'un homme mort qui revient pour tuer un groupe d'adolescents. Il a des doigts comme de longs couteaux avec lesquels il taillade ses victimes.

– Je connais un fantôme encore mieux, un vrai, j'ai triomphé. M. Rowling !

M. Rowling était le vieil homme qui habitait à l'étage au-dessus. Il était déjà malade quand on a emménagé. Il savait qu'il allait mourir et il a choisi de faire don de son corps à la science. J'avais demandé à Star ce que ça voulait dire, et lorsqu'elle m'a expliqué, ça m'a donné des cauchemars de penser à tous ces étudiants en médecine en train de découper M. Rowling en tranches.

– M. Rowling ne peut pas faire peur. C'était un vieux monsieur très gentil.

– Il était peut-être gentil quand il était en vie, mais il fait très peur maintenant. Les médecins lui ont enlevé les yeux, alors il ne reste que des orbites dégoulinantes de sang. Ils ont aussi prélevé de grandes plaques de peau, ils lui ont arraché le foie et les reins, en laissant tous ces intestins qui pendouillent, répugnants et visqueux. Son corps est en voie de décomposition et quand il marche, il y a des morceaux tout pourris qui tombent comme de grosses pellicules. Il regrette amèrement d'avoir laissé son corps à la science parce que ça fait horriblement mal, alors tous les soirs il se relève de la table de dissection et il revient comme une âme en peine jusqu'à cette maison qu'il aimait. Il est peut-être là-haut en ce moment même. Oui, il y est, et il se dit : « J'aime bien Star, elle a toujours été gentille avec moi, je vais descendre lui rendre visite », et il arrive, Star, il se traîne en semant des asticots derrière lui, il se rapproche, il se rapproche…

Il y a eu un craquement et nous avons poussé un cri. Puis nous nous sommes redressées, l'oreille aux aguets, en nous demandant si Pétunia était enfin de retour. Mais nous avons entendu le souffle du chauffe-eau dans la cuisine. Ce n'était que le ballon d'eau chaude qui se mettait en route.

– On va pouvoir prendre un bain dans cinq minutes, a dit Star.

– Si on faisait encore une fois le tour de l'appartement ? Elle a pu rentrer sans bruit pendant qu'on était sous les couvertures. On s'est peut-être assoupies sans s'en rendre compte.

On a fait le tour de l'appartement, en sachant pertinemment qu'on n'avait aucune chance de trouver Pétunia. Puis on a pris un bain ensemble, parce qu'il n'y avait pas assez d'eau chaude pour deux bains. C'était comme quand on était petites. Star m'a lavé les cheveux et je lui ai lavé les siens. J'ai toujours voulu ressembler à Star mais ce que j'enviais par-dessus tout chez elle, c'était ses longs cheveux blonds. Les miens étaient d'un châtain terne, queue de souris, si fins qu'ils s'emmêlaient dès qu'ils m'arrivaient aux épaules.

C'est sans doute parce que Star tenait de son père et que je tenais du mien. Nous ne ressemblions ni l'une ni l'autre à Pétunia, même si nous avions toutes les deux hérité en partie de ses yeux verts.

– Des yeux de sorcières, avait coutume de dire Pétunia.

Star avait des yeux bleu-vert, et moi plutôt gris-vert. Ceux de Pétunia étaient d'un vert émeraude, profond et éclatant, le vert des prairies en été, des algues ou des lacs souterrains. Parfois ses prunelles brillaient avec une telle intensité qu'elles donnaient l'impression de tournoyer comme des feux de Bengale, en jetant des étincelles.

– Et si Pétunia…

– Dol, arrête avec tes « si ». Hé, je croyais que tu te prenais pour une coiffeuse professionnelle ? J'ai encore plein de savon dans les cheveux.

Elle s'est versé des brocs d'eau sur la tête puis elle a attrapé une serviette pour se sécher.

Je la regardais.

– Arrête de me regarder comme ça.

Je ne pouvais pas m'en empêcher. C'était tellement bizarre de la voir avec de la poitrine. J'ai baissé le menton sur la mienne mais elle était toujours aussi plate que celle d'un garçon.

– Deux petits boutons, s'est moquée Star. Tourne-toi, je vais t'essuyer le dos.

Nous avons enfilé notre uniforme pour l'école. Enfin, notre version de l'uniforme. Je portais une vieille robe de Pétunia qu'elle avait coupée à ma taille, noire avec des étoiles et une lune brodées au fil d'argent. Je l'appelais ma robe de sorcière et je la trouvais très belle. Elle gardait encore vaguement l'odeur du parfum de Pétunia. Je l'ai sentie.

– Elle est sale ?

– Non !

– Je ne sais pas pourquoi tu t'obstines à porter cette vieillerie. On va se moquer de toi à l'école.

– De toute façon, on se moque déjà de moi.

Star portait des vêtements encore plus bizarres quand elle était en primaire mais personne n'a jamais osé se moquer de Star. Elle a changé en entrant au collège. Elle s'est mise à porter l'uniforme traditionnel. C'est elle qui a voulu. Elle a pris de l'argent à Pétunia au moment où elle allait retirer ses allocations à la poste puis elle a couru à la journée de vente des uniformes de l'école et elle s'est acheté une jupe et un blazer gris hideux, des chemises blanches et même une cravate.

Elle a ajouté sa touche personnelle quand elle est entrée en cinquième : elle a raccourci la jupe au-dessus du genou et elle a agrafé des pins sur le rabat du blazer. C'était comme ça que les filles les plus excentriques de sa classe personnalisaient leur uniforme. Star avait apparemment renoncé à faire preuve d'originalité.

Elle s'est examinée dans le miroir puis elle a tripoté ma robe.

– Sale ou pas, elle a besoin d'être lavée.

– Non, ça va l'abîmer.

– Elle est déjà abîmée. Et l'ourlet est défait derrière. Attends, je vais mettre une épingle de nourrice.

Elle a retendu l'ourlet puis elle s'est relevée.

– Voilà, c'est mieux.

Elle a regardé la table de la cuisine, les bols et les cuillers bien disposés, façon *Boucle d'or et les trois ours*.

– Je n'ai pas faim, j'ai dit.

– Moi non plus. Bon, Pétunia a emporté le porte-monnaie, mais j'ai un billet d'une livre que j'ai trouvé dans le parc. On va s'acheter du chocolat sur le chemin de l'école, d'accord ?

– On est obligées d'aller à l'école ?

– Oui.

– Mais…

– Ce sera encore pire si on reste ici à attendre. On va aller à l'école comme si de rien n'était. Et tu ne diras à personne qu'elle a disparu, d'accord ?

– Parce qu'elle a vraiment… disparu ?

– Je n'en sais rien. Mais si tu commences à vider ton sac, ou même si tu pleurniches et qu'un prof trop curieux te fait subir un interrogatoire en règle, alors je te préviens, Dol, ils vont envoyer une assistante sociale et on va finir toutes les deux dans une famille d'accueil.

– Non !

– Et peut-être même séparées.

– Tais-toi.

– Alors pas un mot. Tu fais comme si tu n'avais pas le moindre souci. Ne fais pas cette tête. Souris !

J'ai essayé. Star a poussé un soupir, puis elle a passé un bras sur mes épaules.

– Je parie qu'elle va rentrer dès qu'on sera parties pour l'école.

– On ferait mieux de lui laisser un mot.

– Quoi ?

– Si jamais elle s'inquiète.

– Bien sûr. Comme elle s'est inquiétée hier soir.

– Elle n'y peut rien, elle est comme ça.

– Si, elle y peut quelque chose, a dit Star avant de nous entraîner toutes deux hors de l'appartement.

Arrivée au rez-de-chaussée, j'ai prétexté une soudaine

38

envie d'aller aux toilettes et Star m'a donné la clé. Je suis remontée au galop, j'ai ouvert la porte, j'ai déchiré une page de mon cahier de brouillon et j'ai griffonné :

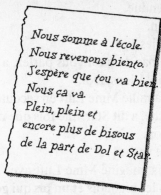

Nous somme à l'école.
Nous revenons biento.
J'espère que tou va bien.
Nous ça va.
Plein, plein et
encore plus de bisous
de la part de Dol et Star.

Je suis redescendue au galop. Mme Luft a paru à sa porte en robe de chambre, les cheveux tortillés en petits escargots sur sa tête.

– Les filles, je vous l'ai assez répété ! Arrêtez de cavaler comme ça dans l'escalier. Tout mon appartement en tremble. Et l'escalier ne va pas le supporter. Le bois est tout vermoulu. J'en ai parlé vingt fois au syndic mais ça n'avance pas. Si vous ne faites pas plus attention, vous allez finir par passer le pied à travers.

Je suis restée sans bouger, à regarder le vieil escalier en bois. J'ai imaginé les marches en train de céder sous mon poids, mon pied qui passe à travers, et mon corps avalé par les ténèbres pourrissantes. Puis je suis descendue sur la pointe des pieds.

– Allez, viens, Dol, on va être en retard.

Quand j'ai été plus près, Star m'a soufflé :

– C'est plutôt elle qui est piquée de vers.

J'ai pouffé de rire. Mme Luft a ronchonné, les bras croisés sur sa poitrine tombante.

– Et comment va votre mère ?

Je me suis tendue.

– Elle va bien.

– Fini les lubies ?

– Je ne vois pas de quoi vous parlez, a dit Star en me prenant la main. Viens, Dol.

– Dol, Star, a raillé Mme Luft en secouant la tête.

– Vieille vache, a dit Star, une fois que nous étions sorties de la maison.

– Oui, vieille vache !

Et je me suis imaginé Mme Luft avec des cornes qui perçaient sous les bigoudis et un pis qui gonflait son peignoir en nylon matelassé.

Star est entrée chez le marchand de journaux pour acheter des Mars. J'ai enfoncé mes dents dans la barre fondante, à grandes bouchées pour que le goût de chocolat envahisse ma bouche.

– J'adore les Mars, j'ai bafouillé.

– Moi aussi. C'était une bonne idée, hein ? Tu viens m'attendre devant l'école cet après-midi ?

– D'accord.

J'ai souri du mieux que j'ai pu. Comme si je n'avais pas le moindre souci…

– Tu peux manger le reste de mon Mars si tu veux, a dit Star en me glissant sa dernière bouchée dans la main.

Elle a couru se mêler à une flopée de collègiennes qui descendaient du bus. Tête basse, j'ai pris la direction de l'école primaire Holybrook. Les élèves arrivaient presque tous en tenant la main de leur mère, même ceux du CM2. Pétunia ne m'emmenait presque jamais à l'école. Le plus souvent, le matin, elle restait au lit. Mais ça m'était égal. C'était aussi bien comme ça. Je ne gardais pas un très bon souvenir des rares fois où elle était venue à l'école, quand elle avait franchi la grille pour interpeller les professeurs.

J'ai piqué un sprint pour ne plus y penser et j'ai touché sept fois la grille de l'école, un petit rituel censé me porter chance.

Ça n'a pas marché. Nous avons dû nous mettre par deux pour écrire une lettre et personne ne voulait faire la paire avec moi. J'ai fini avec Ronnie Churley. Il a grogné : « La barbe » et il s'est assis tout au bout de son siège, sans me regarder. Alors j'ai écrit une longue lettre à moi-même au lieu de faire l'exercice comme il faut. Miss Hill a dit que je devais écouter les instructions et elle m'a collé un zéro.

Ronnie Churley était furieux après moi parce qu'il a eu zéro, lui aussi. Il a dit que ça n'était pas juste, que c'était de ma faute. Puis il a murmuré que ses copains et lui allaient me faire la fête à l'heure du déjeuner.

J'ai lancé : « Et je suis censée avoir peur ? », sur un ton farouche à la Star.

Sauf que j'avais peur de Ronnie Churley, et qu'il avait des tas de copains. A l'heure du déjeuner, je me suis cachée dans les vestiaires. Debout sur un banc, j'ai regardé par la fenêtre dans la cour de récréation. A défaut de mettre la main sur moi, Ronnie Churley et son gang s'en prenaient à Miro Campbell. Je me suis sentie un peu coupable envers ce pauvre Miro mais je n'y pouvais rien. J'arpentais machinalement le vestiaire en regardant les blousons tristounets des élèves, imaginant ce que saurait en faire Pétunia – une bande de velours ici, un parement de satin violet là, un motif celtique en pointes de métal, un dragon vert crachant une langue de feu – quand la directrice, Mme Dunstan, est passée dans le couloir avec une fille qui était tombée dans la cour. J'ai lâché la manche d'un manteau comme si elle me brûlait les doigts.

Mme Dunstan m'a demandé ce que je faisais là et si j'ignorais que les élèves n'étaient pas autorisés à rester dans les vestiaires pendant les récréations. Je suis devenue toute rouge parce que je déteste me faire gronder. Mme Dunstan a froncé les sourcils.

– Et d'abord pourquoi touchais-tu ce manteau ?

Mes joues rouges ont viré au cramoisi.

Je suis restée clouée sur place, à la regarder.

– Je ne suis pas une voleuse !

– Je n'ai rien dit de tel. Bon, va-t'en vite et que je ne t'y reprenne pas.

J'ai bien failli détaler sans me retourner jusqu'à la maison. Mais ce serait encore pire, toute seule là-bas. Et je me suis rappelé ma promesse d'aller attendre Star devant son école, l'après-midi. J'ai relevé le menton, j'ai étiré le coin des lèvres, et je me suis éloignée en sautillant comme si je n'avais pas le moindre souci au monde. Je sentais le regard de Mme Dunstan qui me brûlait le dos.

Je suis arrivée dans la cour trente petites secondes avant la sonnerie. Mais trente secondes paraissent une éternité quand Ronnie Churley et sa bande vous donnent des coups de poing dans le ventre et vous broient les poignets.

Pendant tout l'après-midi, je n'ai pas eu les idées très claires. Je n'arrêtais pas de penser à la maison. Pétunia était-elle rentrée ? J'ai reproduit sur une feuille son tatouage qui représente un pétunia, avec sa corolle de pétales, ses feuilles arrondies et sa tige en spirale. La tête inclinée sur le côté, en mordillant le bout de mon crayon, j'ai dessiné un pétunia après l'autre, en murmurant son nom des dizaines de fois. J'étais convaincue que c'était la meilleure manière de la protéger.

– A qui elle parle ?

– Elle parle toute seule !

– Telle mère, telle fille.

Je me suis retournée vers Kelly Richards et Yvonne Mason et je leur ai craché dessus. Le crachat a atterri sur le cahier de maths de Kelly. Comme j'avais la bouche pleine d'encre, ça a fait une petite tache bleue sur la page.

Elle a hurlé.

– Beurk ! Elle a craché sur mon cahier ! Elle a failli me cracher dessus. J'aurais pu attraper une maladie horrible. Elle est *dégoûtante*.

Miss Hill lui a dit de se calmer et de ne pas en faire tout un plat. Elle a essuyé elle-même le crachat avec un buvard avant de se planter devant moi.

– Qu'est-ce que tu as aujourd'hui ?

J'ai serré les poings, j'ai relevé le menton et j'ai souri comme si je n'avais pas le moindre souci.

Elle m'a mise au piquet dans le couloir pour insolence. Quand la sonnerie a retenti, Miss Hill m'a débité un long sermon, ça n'en finissait pas, et moi qui devais aller au collège pour retrouver Star. Si je n'y étais pas à l'heure de la sortie, elle se dirait peut-être que j'étais rentrée directement. Et elle s'en irait sans moi.

– Tu n'écoutes même pas !

Miss Hill m'a regardée en fronçant les sourcils.

– Tu as l'air soucieux. Qu'est-ce qu'il y a ?

– J'ai peur d'être en retard, Miss Hill.

Elle a marqué une pause, la langue butant contre ses dents comme un poisson rouge contre la paroi de son bocal.

– Tout va bien à la maison ?

– Oh oui. Très bien.

– Ta mère… ?

– Tout va très bien, j'ai assuré d'une voix franche et enjouée.

Pour un peu, j'aurais entonné *Madame la marquise*. Miss Hill n'a pas semblé très convaincue, mais elle a eu un petit geste de la main pour me signifier de partir. J'ai pris mes jambes à mon cou avant qu'elle change d'avis.

La cloche du collège a retenti juste comme j'arrivais. Star est sortie parmi les premières, sans ses amies, et m'a dévisagée.

– Toi, tu en as parlé à quelqu'un.

– Non, c'est pas vrai, je jure.

Star a hoché la tête.

– D'accord. Je retire ce que j'ai dit. J'étais sûre que tu saurais tenir ta langue.

Nous avons marché pratiquement sans nous adresser la parole. Quand nous avons tourné le coin de notre rue, j'ai pris la main de Star. Elle ne s'est pas dérobée. Sa main était aussi moite que la mienne.

Le dauphin

Elle était rentrée. Je l'ai sentie dès qu'on a ouvert la porte. Le parfum à la fois doux et musqué de Pétunia. Même quand elle se promenait toute nue dans l'appartement, elle s'aspergeait de parfum de la tête aux pieds. Mais il y avait aussi une autre odeur. Une odeur appétissante, à vous donner l'eau à la bouche, s'échappait de la cuisine.

Je me suis précipitée. Debout devant la table, un grand sourire aux lèvres, Pétunia pétrissait de la pâte. J'étais tellement contente de la voir que ça ne m'a même pas paru bizarre.

– Pétunia ! je me suis écriée en me jetant à son cou.

– Ma chérie !

Elle m'a serrée dans ses bras fins et musclés, en prenant soin de garder les mains à bonne distance. La moitié de la pâte y était restée accrochée.

– Oh Pétunia, j'ai répété, en posant la tête sur son épaule nue.

Son pétunia tatoué, au fin tracé noir, m'a fait un clin d'œil sous la bretelle de son bustier.

– Hé, tu arroses ma fleur ! Viens ici, mon bébé.

Elle a pris un torchon entre deux doigts farineux et m'a essuyé les joues.

– Ne pleure pas, petite Dol. Mais qu'est-ce que tu as ?

– A ton avis, qu'est-ce qu'elle a ? a demandé Star du seuil de la cuisine. Elle était morte d'inquiétude parce que tu as découché.

– Oui, mais Pétunia est rentrée maintenant, je me suis empressée d'ajouter, en faisant des vœux silencieux pour que Star ne vienne pas tout gâcher.

Star a froncé les sourcils.

– Et d'où sort cette batterie de cuisine ? elle a dit, en montrant les moules à gâteaux, les saladiers et autres rouleaux à pâtisserie.

Il y avait aussi des sacs de farine, du sucre glace, des flacons de vanille et de colorants, des fruits confits, du vermicelle multicolore et des pépites de chocolat. On se serait cru dans une fabrique de gâteaux.

– J'avais juste envie de vous faire des cookies, les filles, a dit Pétunia en se remettant à travailler la pâte. Voilà, je crois que c'est prêt. La première fournée était pleine de grumeaux alors je les ai jetés à la poubelle. Et la deuxième était un peu trop cuite. Je veux qu'ils soient parfaits. Et maintenant, la cerise sur le gâteau...

– Tu fais des cookies au chocolat, Pétunia ? j'ai demandé, pleine d'espoir.

– Encore mieux. Je vous fais deux biscuits de Savoie en forme d'anges. Parce que vous êtes mes deux anges.

Ses doigts de fée roulaient et sculptaient la pâte avec

tant d'habileté et de rapidité, on aurait dit qu'elle faisait apparaître les anges par un tour de magie.

– Des anges en biscuit ! je me suis enthousiasmée. C'est leurs ailes, ça ? Le mien peut avoir des cheveux longs ?

– Bien sûr. Et si tu aimes les pépites de chocolat, il peut aussi avoir des grains de beauté sur tout le corps !

On a rigolé toutes les deux. Pétunia a levé les yeux vers Star, toujours sur le seuil.

– Comment veux-tu ton ange, Star ?

– Je ne suis plus une gamine. Comment peux-tu faire une chose pareille ? Tu t'en vas, tu découches, tu ne rentres même pas à l'heure du petit déjeuner, tu laisses Dol souffrir le martyre toute la journée à l'école, puis tu réapparais sans une excuse, sans un mot d'explication. Et tu joues à la Super Maman de l'année, les mains dans la farine. Eh bien, ne compte pas sur moi. Tu peux le manger, mon cookie. Et j'espère que tu vas t'étrangler avec.

Star est partie en courant dans notre chambre et elle a claqué la porte. Le silence est retombé dans la cuisine. Je savais que Star avait raison et que j'aurais dû la suivre. Il me suffisait d'observer l'œil luisant de Pétunia, ses doigts fébriles et la pagaille qui régnait dans la pièce pour voir qu'elle n'allait pas aussi bien qu'elle voulait le faire croire. C'était le début d'une de ses « phases » – mais je ne pouvais pas non plus gâcher la fête.

– Star a envie d'un cookie, j'ai dit.

– Bien sûr qu'elle en a envie. On va lui préparer un bel ange, le même que le tien. Et comme elle est en colère contre moi, je vais faire un biscuit spécial pour moi. Un ange déchu. Un petit diable ! Avec des cornes et une queue. Tu crois que ça la fera rire ?

– J'en suis sûre.

– Tu ne t'es pas vraiment inquiétée, hein, Dol ? J'aurais peut-être dû téléphoner. Pourquoi je n'ai pas téléphoné ?

– Tu ne pouvais pas. Le téléphone est coupé parce qu'on n'a pas payé la facture, tu te souviens ? j'ai dit en grignotant un morceau de pâte crue.

– Très juste ! Donc je ne pouvais pas appeler, n'est-ce pas ?

– Où tu étais ?

– Eh bien, je suis sortie avec de vieux copains – et puis il y avait cette fête.

Pétunia a eu un rire bref.

– Tu sais à quel point j'aime les fêtes.

Elle confectionnait son ange déchu, de ses doigts habiles mais tremblants.

– Ensuite il était trop tard, je ne suis pas rentrée auprès de mes filles et c'est très mal.

De son index pointé, elle a donné un bon coup à son diablotin.

– Très, très mal.

J'ai rigolé avec Pétunia mais elle a senti mon malaise.

– Tu trouves que je suis une mauvaise mère, Dol ? elle m'a demandé en me fixant de ses grands yeux verts.

– Tu es la maman la plus magique du monde entier.

Au moment d'entrer au four, les biscuits ressemblaient à de véritables œuvres d'art – mais quand on les a sortis, ils s'étaient répandus sur toute la plaque. Leurs cheveux s'entremêlaient, leur corps fin avait gonflé, leurs ailes plumées n'étaient plus que de grossiers éventails.

– Oh ! s'est indignée Pétunia. Regarde ce que cette saleté de four a fait de mes anges !

– Je parie qu'ils sont délicieux.

J'ai mordu dans le mien trop vite et je me suis brûlé la langue.

– On va tout recommencer.

– Non, pas la peine. Ceux-là sont très bien, je t'assure.

– D'accord, alors on passe aux gâteaux.

– Les gâteaux ?

– Oui, je veux en faire de toutes sortes. Des génoises, des charlottes, des beignets, des éclairs et toutes les pâtisseries qui te viennent à l'esprit.

– Mais…

– Tu aimes les gâteaux, non ?

– Oui, j'adore ça, c'est juste que…

– Alors on va faire des gâteaux.

Elle a pris un autre saladier et elle s'est mise à l'ouvrage.

Je l'ai aidée un moment puis j'ai emporté le saladier dans la chambre. Star faisait ses devoirs, assise au pied de son lit.

– Tu veux lécher le bol ? J'en ai déjà pris plein.

– Je croyais qu'elle faisait des biscuits.

– Un gâteau. Les biscuits n'étaient pas très réussis.

– Tu parles d'une surprise… Tu sais qu'elle a dépensé une fortune pour tous ces ingrédients.

– Oui, je sais. Elle n'aurait pas dû. Mais elle l'a fait pour nous.

– Tu es membre attitré du fan-club de Pétunia, c'est ça ?

J'ai écarquillé les yeux. Jusqu'à une époque récente, c'était toujours Pétunia et Star, Star et Pétunia. Et puis moi qui trottais derrière, la cinquième roue du carrosse.

Deux inséparables qui roucoulaient et se becquetaient gaiement, pendant que je faisais figure de perruche déplumée, toute seule sur son perchoir.

– J'imagine qu'elle a oublié d'acheter de la nourriture normale, a dit Star, en faisant courir son doigt dans le bol.

Elle s'était tellement rongé les ongles qu'il ne restait que des crevasses entourées de chair rose.

– A quoi bon de la nourriture normale ? C'est beaucoup plus amusant comme ça. Tu te rappelles, cet été, quand il faisait une chaleur à crever ? Pétunia nous a dit d'aller ouvrir le frigo et il était plein à craquer de glaces. Ça n'était pas merveilleux ?

Nous nous sommes empiffrées d'esquimaux et de sorbets, puis quand les glaces ont commencé à fondre, Star les a toutes mélangées dans la cuvette de l'évier en disant que ça ferait de la soupe à la glace.

– Et pendant le reste de la semaine, on a mangé des carottes et du pain dur parce qu'elle avait dépensé le chèque des allocations.

– Oui, mais ça n'était pas grave puisqu'on avait eu de la glace et qu'on s'était bien régalées. Et puis tu avais eu une idée rigolote avec le pain, tu te souviens ? On avait coupé les tranches en petits morceaux pour jouer aux osselets ? Et Pétunia avait sculpté les carottes. Tu te rappelles le totem, il était génial. Et l'autre ? L'obscène ?

– Elle était tellement folle et surexcitée qu'elle s'est entaillé le pouce et elle n'a pas voulu aller aux urgences comme n'importe quelle personne sensée. Son doigt s'est infecté et elle est tombée vraiment malade, tu te souviens ? Tu te souviens ?

Je me suis bouché les oreilles mais sa voix se vrillait dans ma tête à travers mes mains

– Arrête, Star !

On n'utilise jamais de mots comme « folle », même quand Pétunia est au plus bas.

– On aurait peut-être dû en parler à l'école aujourd'hui, a dit Star.

– *Quoi ?*

– Elle est en train de perdre les pédales, tu le sais bien. Elle devient complètement cinglée. Je me demande ce qu'elle va encore inventer. D'ailleurs, elle n'en sait rien non plus. Elle va peut-être ressortir ce soir et disparaître pendant deux semaines.

– Non, impossible. Elle va bien maintenant, elle est très gentille.

– Eh bien profites-en. Parce que ça ne va sûrement pas durer.

– Elle ne peut pas s'en empêcher, Star.

Star m'avait répété ça des dizaines de fois. C'était comme un Texte Sacré. Quelque chose qu'on ne remettait pas en cause. Pétunia était parfois un peu folle (même si on n'utilisait jamais un terme aussi fort) mais on ne laissait jamais personne s'en apercevoir et on devait toujours se dire que Pétunia n'y était pour rien. Tout simplement, son cerveau n'était pas connecté comme celui des autres gens.

Je me suis représenté un cerveau normal, gris, terne et gélatineux. Puis j'ai pensé au cerveau de Pétunia – d'un rose vif et lumineux. Je pouvais presque voir les branchements qui crépitaient et les éclairs argentés qui explosaient au fond de ses prunelles.

– Bien sûr qu'elle y peut quelque chose, a dit Star. Elle pourrait aller à l'hôpital et se faire soigner.

– C'est toi qui as perdu la tête ! Tu sais comment c'est là-bas. La salle des tortures ! On met des fiches électriques dans la tête des malades, on les empoisonne à coups de médicaments : ils vomissent, ils ont la tremblote et ils finissent par oublier leur nom.

Pétunia nous avait tout raconté en détail. Elle en était encore toute remuée.

– Elle a exagéré.

– Non ! Je me rappelle comment elle était à l'époque. Et tu t'en souviens encore mieux parce que tu étais plus âgée que moi. Elle avait la nausée. Et elle tremblait de partout. Ce n'était pas du cinéma, elle n'a rien inventé. Elle n'était plus elle-même, elle portait tout le temps un vieux jean et un tee-shirt comme n'importe quelle maman.

– C'est comme ça que je la veux. Comme n'importe quelle maman.

Star a repoussé le saladier.

– J'en ai assez de manger cette bouillie. Je vais au MacDo.

– Tu n'as pas d'argent.

– La moitié du collège y sera. Je trouverai bien un garçon pour me payer un Coca et des frites.

Elle ne prenait pas beaucoup de risques. Tous les garçons étaient amoureux de Star. Elle était seulement en cinquième mais il y avait des tas de garçons de quatrième ou même de troisième qui s'intéressaient à elle.

Rien que de penser au MacDo, ça m'a donné l'eau à la bouche.

– Je peux venir ?

A une époque, Star m'emmenait partout avec elle. La question ne se posait même pas. Je faisais partie de sa routine. Mais à présent je devais la supplier et elle me disait souvent non. Elle a dit non.

– Tu ne veux plus de moi ?

– Ce n'est pas ça, Dol. Mais je n'ai pas envie que tu t'accroches à moi en permanence. Aucune de mes amies ne se balade avec sa petite sœur collée à ses baskets.

– Je ne te dérangerai pas. Je ne parlerai même pas à tes amies.

– Non, Dol. Tu n'as qu'à te trouver des amis.

Star est sortie et je suis restée avec Pétunia. J'ai mangé du gâteau pas cuit, du gâteau pas levé et du gâteau brûlé jusqu'à en avoir une indigestion.

– Et voilà ! On s'est drôlement régalées, pas vrai ? a demandé Pétunia, avec une pointe d'anxiété.

– Absolument dé-li-cieux.

– J'en ferai d'autres. Ce n'est pas les ingrédients qui manquent.

– Non, j'ai l'estomac plein. Je ne pourrais plus avaler une bouchée.

J'ai essuyé les miettes collées autour de mes lèvres. Mon ventre bombait sur ma culotte trop serrée. J'étais plutôt petite et maigrichonne pour dix ans, mais sur l'étiquette, il était marqué 6-8 ans. Autant dire que l'élastique laissait des marques rouges sur ma peau. Quand je l'enlevais, pendant une heure on avait l'impression que je portais un slip transparent.

– J'ai gardé une part de chaque gâteau pour Star, au cas elle changerait d'avis, a dit Pétunia. Moi qui croyais lui faire plaisir avec tous ces gâteaux.

– Ne t'en fais pas. Elle a des sautes d'humeur, c'est tout.

– Elle tient ça de moi.

J'ai essayé de sourire.

 - Allez, haut les cœurs, petite Dol. Reprends donc un peu de… Non, tais-toi, Pétunia.

De son côté, elle n'avait pas touché aux pâtisseries mais elle avait bu plusieurs verres de vodka. Elle s'en est servi un de plus. Elle a surpris mon expression.

– Ça va bien, je t'assure. Juste un petit verre, c'est tout. Pour me remonter le moral. Mais on ferait peut-être mieux de ne pas le dire à Star quand elle reviendra, a-t-elle ajouté en cachant la bouteille dans le placard sous l'évier.

Le robinet gouttait toujours.

– Tu vas arrêter, toi ! a dit Pétunia.

Elle a essayé de le serrer à fond mais elle s'est tordu le poignet.

– Aïe !

– Pas la peine d'essayer. Tu n'y arriveras pas. Star dit qu'il faut changer le joint.

Je lui ai enveloppé la main dans un torchon.

– C'est gentil, ma puce.

Pétunia a soudain rigolé.

– Regarde !

En fermant le poing, elle a fait une bouche avec le pouce et l'index.

– C'est un bébé.

La bouche s'est ouverte pour pleurer et Pétunia a bercé le bébé dans son torchon.

 – Il veut quelque chose à sucer.

J'ai glissé le bout de mon doigt dans la bouche. Le bébé a souri et il s'est mis à gazouiller.

– Tu inventes toujours de nouveaux jeux, Pétunia.

– Star ne joue pas beaucoup avec toi, hein ?

– Pas vraiment, j'ai soupiré. Elle a ses amis. Elle dit que je devrais avoir les miens.

– Elle n'a peut-être pas tort. Ça te plairait d'inviter des amis à la maison ? Ils pourraient venir manger les gâteaux.

– Non ! Non, je ne veux personne à la maison.

– Tu n'as pas d'amie en ce moment ?

– J'ai des tas d'amis. Mais personne en particulier.

Je n'ai jamais été très douée pour me faire des amis. Il y a longtemps, en CP, à l'école de Keithstone, j'avais une amie qui s'appelait Diana. Elle avait des chouchous roses dans les couettes et une Minnie Mouse en peluche. On s'asseyait à la même table, on partageait les crayons en cire et les ciseaux en plastique et on jouait à la corde à sauter dans la cour de récré. On allait ensemble dans ces toilettes qui sentaient si mauvais et on s'attendait à la porte. J'ai une légère douleur dans la poitrine quand je pense à Diana, à sa douce odeur de guimauve, à ses collants roses et à sa drôle de démarche dans ses sandales rouges, toujours un pied vers l'extérieur, exactement comme Minnie Mouse. Mais ensuite on a déménagé, à l'époque on n'arrêtait pas de bouger, parfois plusieurs fois dans l'année, et je n'ai jamais retrouvé une fille comme Diana. Quand j'arrivais dans une nouvelle école, tous les enfants avaient déjà leurs amis et j'étais toujours la laissée-pour-compte.

Star était capable de débarquer dans une classe un

matin et d'avoir une ribambelle d'élèves suspendus à ses lèvres dès la première récré – mais elle, c'était différent. Elle avait un don.

Ça faisait une éternité que nous n'avions pas déménagé, depuis que les gens de la mairie nous avaient trouvé un logement. Au début, nous avons cru qu'ils nous donnaient toute la maison, parce qu'elle n'était pas immense, mais en fait Mme Luft occupait le rez-de-chaussée et M. Rowling habitait au-dessus de nous dans un meublé, jusqu'à sa mort.

Nous n'avions jamais été aussi bien logées mais, en contrepartie, je me suis retrouvée dans la pire école de ma vie. Tout le monde ou presque me détestait.

– Qui aimerais-tu avoir comme meilleure amie ? a insisté Pétunia.

J'ai réfléchi un moment. Il y avait des filles que je ne pouvais pas voir en peinture, surtout Kelly et Yvonne. Et puis un paquet d'autres qui ne me faisaient ni chaud ni froid. Mais je pensais parfois à Tasha. Elle ressemblait un peu à Star, en moins jolie bien sûr, mais elle avait des cheveux blonds, plus longs encore que ceux de ma sœur, jusqu'au bas du dos. J'aimais bien regarder les cheveux de Tasha quand le soleil par la fenêtre les faisait scintiller comme une cascade. J'en avais des démangeaisons dans les mains, tellement j'avais envie d'allonger le bras et de les caresser.

– J'aimerais être amie avec Tasha.

– Alors parfait, tu seras amie avec Tasha, a dit Pétunia comme si c'était aussi simple que ça.

– Non. Tasha a déjà plein de copines. Et de toute façon, elle ne m'aime pas.

– Comment peut-on ne pas aimer ma petite Dol ?

Pétunia m'a attirée sur ses genoux et m'a cajolée comme tout à l'heure le bébé dans son torchon. Je me suis blottie contre elle, en prenant soin de ne pas m'appuyer sur son nouveau tatouage qui était encore rouge et enflé. J'ai caressé le léger renflement bleuté de son biceps. *Mon* tatouage. Un superbe dauphin turquoise qui surfait sur une vague, le dos cambré.

– Fais-le nager.

Pétunia a bandé son biceps et le dauphin a fait des sauts de carpe.

– Je vais te faire nager, toi aussi, mon petit dauphin, ma petite Dolphin, a dit Pétunia en me berçant.

Les yeux fermés, j'imaginais une mer froide et un rayon de soleil qui décrivait un arc-en-ciel dans les embruns pendant que je surfais sur la crête des vagues.

Quand Star est rentrée, nous étions encore blotties l'une contre l'autre. Elle avait l'air un peu triste.

– Viens donc faire un câlin avec nous, Star de mon cœur, a dit Pétunia. Oublie un moment que tu es une grande et belle jeune fille.

– Tu as encore bu, a répondu froidement Star, même si Pétunia n'avait pas la voix pâteuse. Dol, tu ferais mieux d'aller te coucher.

Pétunia a gloussé.

– On jurerait que c'est toi la maman ici, Star. Et moi, je dois aller me coucher ?

Star l'a ignorée et s'est retirée dans notre chambre. Je l'ai suivie. Elle était en train de fouiller dans ses livres de classe.

– Tu as encore des devoirs à faire ? Tu es déjà en tête de classe, non ?

– Oui, et j'ai l'intention d'y rester, de réussir tous mes examens et de ficher le camp à l'université le plus vite possible. Il me tarde de quitter cette taule.

– Ce n'est pas une taule, mais un bel appartement. Dans une rue chic. C'est le plus bel endroit qu'on ait habité, tu le sais bien.

– C'est le meilleur qu'on aura jamais, avec *elle*.

– Oh Star, ne dis pas ça. Hé, tu as mangé des frites ?

– Oui. Et une glace.

– Celle dans la coupe en plastique, nappée de caramel ? j'ai dit en pâlissant d'envie.

– Oui, et elle était délicieuse. Écoute, je vais piquer un peu d'argent quand elle touchera ses prochaines allocs et je t'emmènerai au MacDo, d'accord ?

– Merci, Star, tu es généreuse.

– Arrête. Pas la peine de t'exciter pour si peu. Tous les autres enfants trouveraient ça normal. Tu es tellement bizarre, Dol. Tu acceptes tout ça. Comme si ça t'était égal.

Autrefois, ça lui était égal, à elle aussi. Elle aimait Pétunia, elle m'aimait, elle aimait la vie qu'on menait ensemble. Elle trouvait les autres gens ternes et ennuyeux. Toutes les trois, nous étions les « originales », les « hautes en couleur », à l'image des tatouages bariolés sur le corps de Pétunia.

– Si seulement tu pouvais rajeunir, Star. Tu changes.

– Oui, eh bien c'est la vie qui veut ça. Je grandis. Et toi aussi, tu grandiras. Il n'y a qu'elle qui refuse de grandir.

Star a tourné la tête vers la cuisine. Pétunia avait mis une vieille cassette d'Emerald City à plein volume et elle faisait un raffut de tous les diables avec les casseroles.

– Je la déteste, a murmuré Star.

Les mots sont sortis de sa bouche comme si elle les avait crachés.

– Tu mens.

– Non.

– Tu l'aimes.

– C'est une mère indigne.

– Non, c'est pas vrai. Elle nous aime. Et elle est très drôle. Elle invente des jeux super. Regarde-la : elle nous prépare tous ces gâteaux parce qu'elle est désolée à propos d'hier soir.

– Des gâteaux dont on se contrefiche. Elle ne peut pas faire un seul gâteau comme quelqu'un de normal ? Pourquoi est-ce qu'elle a ces coups de folie ? Ah, ah, facile : c'est parce qu'elle est folle.

– Arrête, Star.

– Elle ne nous aime pas. Si elle nous aimait, elle essaierait de se soigner. Elle se fiche bien de nous.

Star se trompait.

Le lendemain à la sortie de l'école, Pétunia était là, à m'attendre. Elle se tenait au milieu des autres mères, mais elle sortait du lot. Plusieurs enfants dans la cour de récréation l'ont montrée du doigt. Même Miro Campbell a écarquillé les yeux à travers ses culs de bouteille. Il était comme tétanisé.

L'espace d'une seconde, j'ai eu l'impression que je venais de lui emprunter ses lunettes et que je voyais Pétunia clairement pour la première fois : une femme aux cheveux roux, en short et débardeur moulants, la peau blanche couverte de tatouages sur les bras, les épaules, les cuisses, la cheville, et même sur le pied.

Plusieurs pères arboraient des tatouages. Une maman avait même un minuscule papillon sur l'omoplate. Mais personne n'avait autant de tatouages que Pétunia.

Elle était très belle.

Elle était étrange.

Elle ne semblait pas remarquer qu'aucune mère ne lui adressait la parole et, quand elle m'a aperçue, elle s'est mise à sauter comme un cabri en agitant les bras.

– Dol ! Dolly, hé ! Hé ho !

Du coup, les gens n'ont pas seulement regardé Pétunia. Je suis aussi devenue le point de mire.

J'ai cru que mes joues allaient prendre feu. J'ai essayé de lui sourire tout en allant à sa rencontre mais mes lèvres se sont coincées sur mes dents. J'avais l'impression de marcher dans la mélasse jusqu'aux genoux.

– Dol, *vite* ! a crié Pétunia.

J'ai accéléré le pas parce qu'elle faisait un chambard pas possible.

– Montre-moi laquelle est Tasha !

J'ai eu un haut-le-cœur. Non. S'il te plaît, non.

J'ai jeté un coup d'œil en direction de Tasha qui traversait la cour, les cheveux au vent et j'ai aperçu sa mère, simple et élégante, en tee-shirt et jupe à fleurs, les cheveux blonds noués en un chignon.

– Je ne la vois pas, j'ai bafouillé. Elle a dû partir.

Mais Pétunia avait intercepté mon regard.

– Ce n'est pas elle là-bas ? Celle avec les longs cheveux ? Salut, Tasha ! Tasha, viens par ici !

– Pétunia ! Tais-toi ! Non !

– Ne t'inquiète pas, Dol.

J'avais toutes les raisons de m'inquiéter. Tasha s'est arrêtée, elle a tourné la tête. Sa mère a froncé les sourcils et a hâté le pas vers Tasha pour passer un bras protecteur sur les épaules de sa fille.

– Hé, attendez! a crié Pétunia en s'élançant au-devant d'elles.

Il a bien fallu que je la suive.

– Qu'est-ce que vous lui voulez? a demandé la mère de Tasha.

– Tout va bien, ne vous en faites pas, a dit Pétunia. Je voulais me présenter. Je suis la maman de Dolphin. Tasha et ma fille sont de grandes amies.

– Non, c'est pas vrai, a dit Tasha.

– Nous ne sommes pas amies, j'ai sifflé à Pétunia.

– Ah, les enfants! a dit Pétunia en riant. Bref, nous organisons un goûter, avec plein de gâteaux, de toutes sortes, et nous aimerions que Tasha vienne jouer à la maison, pas vrai, Dol?

– Elle ne veut pas, j'ai marmonné.

– Bien sûr que si, a dit Pétunia. Quel est ton gâteau préféré, Tasha? Je préparerai ce qui te fait plaisir.

– C'est très gentil à vous mais j'ai peur que Tasha ne puisse pas venir ce soir, elle a sa leçon de danse classique. Allez, viens, Tasha.

– Demain alors? Hein, demain?

– Non merci, a dit la mère de Tasha, sans même se donner la peine d'inventer une excuse.

Elle a vite entraîné Tasha comme si elles venaient d'assister à un horrible accident. Pétunia les a suivies du regard en se mordant la main.

– C'est pas grave, Pétunia. De toute façon, je ne l'aime plus.

– Bon, à qui d'autre on va proposer de venir ?

– A personne ! Rentrons à la maison et goinfrons-nous de gâteaux, juste toutes les deux, j'ai dit en glissant mes doigts entre les siens.

Nous sommes parties main dans la main, sous les regards de toute l'école ou presque. J'ai regretté que mes yeux ne soient pas encore plus verts, des vrais yeux de sorcière capables de leur jeter un sort d'un seul éclair de mes prunelles flamboyantes. *Flash !* Tasha et sa mère perdent soudain tous leurs cheveux et s'enfuient en couvrant leur crâne chauve. *Flash !* Kelly et Yvonne font pipi dans leur culotte devant tout le monde et s'en vont en se dandinant comme des canards. *Flash !* Ronnie Churley se casse la figure et se met à pleurer comme un bébé – oin ! oin ! – et on lui enfile une grenouillère rose avec des fanfreluches. *Flash !*

Mais lorsque je me suis tournée vers Miro Campbell, le verre de ses lunettes a renvoyé mon éclair.

Les marguerites

Pétunia a suggéré qu'on aille chercher Star mais je l'en ai dissuadée. Je savais que Star serait morte de honte si toutes ses nouvelles amies voyaient Pétunia, surtout dans cet état de surexcitation.

– Non, oublions Star. De toute façon, je crois qu'elle a son entraînement de volley aujourd'hui. On n'a qu'à rentrer.

– Mais je ne veux pas rentrer. La barbe ! Tâchons plutôt de nous amuser.

Elle a passé un bras sur mes épaules et ses beaux cheveux roux m'ont caressé la joue.

– Si on allait faire les magasins ? Star m'a cassé les pieds à propos de tes vêtements : il paraît que tu as besoin de tee-shirts, de jeans et de baskets.

– Non, c'est faux. Tu sais bien que je n'aime pas ce genre de vêtements.

J'ai tiré sur ma vieille jupe en velours noir et j'ai agité les orteils dans mes souliers vernis des années cinquante.

– Alors allons acheter des vêtements comme tu les aimes. Que dirais-tu de ta première paire de talons hauts ?

L'idée d'avoir de vraies chaussures à talons hauts a fait l'effet d'un feu d'artifice dans ma tête. Mais le bon sens m'a vite refroidie. De toute façon, je n'aurais pas le droit de les porter à l'école. Déjà que Miss Hill avait fait toute une histoire à propos de mes souliers vernis.

– Ces chaussures ne sont pas vraiment appropriées pour l'école. Pas assez… robustes. Tu ne peux pas porter des sandales normales ?

Je l'avais regardée droit dans les yeux.

– J'ai bien peur qu'on n'ait pas les moyens de m'offrir de nouvelles chaussures en ce moment, Miss Hill. On a dû acheter celles-là d'occasion.

C'était un demi-mensonge. Les souliers vernis étaient bien d'occasion, mais ils avaient coûté une petite fortune parce qu'ils dataient vraiment des années cinquante et qu'ils étaient en parfait état.

– Oui, des talons hauts, a répété Pétunia. Moi aussi, je vais m'acheter des chaussures. Quelle est la pointure de Star ? On va lui prendre aussi une paire.

– Pétunia. On n'a pas d'argent. Pas avant les prochaines allocations.

– Taratata ! s'est exclamée Pétunia en sortant une carte plastifiée de la poche de son short.

– Mais je croyais que… Star a dit que tu n'avais plus le droit d'utiliser ta carte de crédit.

– J'en ai pris une autre, qu'est-ce que tu crois !

Elle a embrassé la carte et l'a rangée dans sa poche avant que j'aie eu le temps de lire le nom dessus.

– Allons faire les magasins, Dolly. Souris, s'il te plaît. Je veux te voir heureuse.

J'hésitais. J'avais envie d'aller dans les magasins, car vu l'humeur de Pétunia, je savais que je n'aurais qu'à demander telle ou telle chose pour qu'elle me l'offre. Et pas seulement des hauts talons. Des escarpins, des chaussons de danse, des bottines en cuir… Puis on passerait aux vêtements et je finirais la journée avec une garde-robe complète. Si je mettais des tee-shirts et des jeans tout neufs, Tasha changerait peut-être d'avis et voudrait bien être mon amie.

D'un autre côté, je savais que Pétunia n'avait pas d'argent sur son compte pour payer des notes de carte bleue. Encore fallait-il que ce soit *sa* carte de crédit. Elle en avait déjà « emprunté » à des gens une fois ou deux. Star disait même qu'elle pouvait finir en prison. Que deviendrait-on ?

– Je n'ai pas envie d'aller faire des courses. Les magasins, c'est rasoir. Allons plutôt… allons…

Je cherchais désespérément une activité qui ne nous coûterait pas un sou.

– Allons nous promener du côté de Beech Brook.

– Beech Brook ?

– Oui. Tu nous emmenais au bord de la rivière quand on était petites.

– Quelle rivière ?

– Je ne sais pas. Je ne me souviens plus. Mais on donnait à manger aux canards, toi, Star et moi. Tu te rappelles ?

Pétunia avait souvent des trous de mémoire mais cette fois son visage s'est illuminé.

– Ah oui ! J'y suis. C'était avant que tu ailles à l'école, hein ? Tu n'as pas oublié ! Tu étais encore dans ta poussette. D'accord, allons donner à manger aux canards. Mais il nous faut du pain.

– Et si on leur donnait les gâteaux qui sont sortis un peu ratés ?

– Excellente idée ! On va leur faire une fête dont ils se souviendront.

Pétunia m'a serrée dans ses bras.

– Hé, ces petites épaules sont toutes raides. Qu'est-ce qui ne va pas, Dol ?

– Rien, je vais bien.

– Et tu veux vraiment donner à manger aux canards ?

– Oui !

– Alors allons-y. Dol... Je sais que parfois je me comporte, comment dire... eh bien, un peu bizarrement. Et il m'arrive même de tout ficher par terre. Mais tu trouves que je suis une mauvaise mère ?

– Non, bien sûr que non. Tu es une mère formidable.

– D'après Star...

– Oublie Star. Viens. Allons chercher les gâteaux.

On a couru à la maison, on en a rempli deux sacs en plastique puis on a marché jusqu'à Beech Brook. Comme ses chaussures à talons commençaient à lui faire mal, elle les as enlevées et les a rangées dans un des sacs. Elle marchait pieds nus, ses pieds délicats foulant légèrement le trottoir. Elle avait un bracelet de marguerites tatoué autour de la cheville gauche. Une guirlande de feuilles serpentait sur le plat du pied et se terminait sur le gros orteil par une marguerite nacrée. Les marguerites sont un symbole d'énergie. Et le bracelet est censé écarter la malchance. Celui de Pétunia n'était pas d'une efficacité à toute épreuve, mais ça n'aurait pas été très aimable de le lui faire remarquer.

Beech Brook était plutôt décevant. J'avais entendu Kelly et Yvonne parler d'y pique-niquer et, à les croire, c'était le paradis sur terre. Mais la rivière asséchée se réduisait à un ruisseau qui se couvrait d'une mousse verdâtre en venant lécher la rive.

– Il n'y a pas de canards, j'ai soupiré.

– Attends, on va en trouver.

Tout à coup elle a poussé un juron en posant le pied sur une touffe d'orties.

– Aïe ! Eh bien, tu vois : on aura au moins trouvé un canard boiteux ! Je vais marcher un peu plus loin, sur l'herbe rase.

Elle a tendu la main et je l'ai rejointe en quelques enjambées, avec le sac de gâteaux qui battait contre ma jambe. Pétunia puisait dans le sien et grignotait distraitement. Elle n'a pas tardé à laisser une traînée de miettes sur son passage.

– Dol, tu connais cette histoire où deux enfants se perdent dans la forêt et sèment des miettes derrière eux ? C'était dans un livre de contes. Je lisais ça quand j'avais ton âge. A dire vrai, je n'avais pas de livres à moi. Je l'avais peut-être fauché à l'école.

– Je n'aime pas les contes de fées. Ce sont toujours les jolies filles qui sont récompensées et les moches sont toujours les méchantes.

– Et alors ? De quoi tu plains ? Tu es très belle.

– Si on était dans un conte de fées, ta langue deviendrait toute noire après un mensonge pareil.

– Ficelle et Bretzel ? Les enfants avaient de drôles de noms. Moi non plus, je ne raffolais pas des contes de fées. C'était les dessins que j'aimais. Des princesses, des sirènes et de belles fées avec de longs cheveux bouclés et des robes à crinoline – hé, bonne idée de tatouage !

– Tu es allée travailler pour Steve aujourd'hui ?

– Non ! La barbe !

– Mais tu lui avais promis.

– J'irai demain. Je pourrais dessiner une fée. Un dos entier ! Superbe sur une femme, avec des arabesques et des guirlandes de fleurs.

J'ai poussé un soupir. Nous savions aussi bien l'une que l'autre que les seuls amateurs de tatouages sur commande au studio de l'Arc-en-Ciel étaient de gros motards avec un goût prononcé pour les squelettes montés sur Harley-Davidson. Sans guirlande de fleurs.

– Aujourd'hui, en classe, je me suis dessiné les quatre Télétubbies sur le bras. J'avais un feutre rouge, un jaune et un vert mais pas de violet alors j'ai demandé à Miro Campbell de me prêter le sien. Il a une boîte de Caran d'Ache géante.

– Miro ?

– Oui. Son vrai prénom, c'est Morris. Mais tout le monde l'appelle Miro parce qu'il porte des lunettes à verres très épais. Les autres se moquent tout le temps de lui.

– Pauvre petit bonhomme. Est-ce qu'ils se moquent aussi de toi, Dol ?

– Non. Je ne porte pas de lunettes, moi. J'avais les Télétubbies au complet mais Miss Hill m'a vue et elle m'a dit d'aller me nettoyer le bras. Je la déteste, cette Miss Hill.

J'ai cligné mes yeux de sorcière et j'ai touché ma jupe noire : Miss Hill s'est retrouvée transformée en un énorme Télétubby gris, avec une antenne en tire-bouchon sur le sommet du crâne.

– Dans le conte dont je te parle, il y avait une méchante sorcière qui capturait les enfants.

– Je sais. Je me souviens maintenant. Star me l'a lu quand j'étais petite. Ça faisait peur.

– Oui, la sorcière faisait rudement peur – mais j'aimais bien comment elle était dessinée, avec son nez recourbé, ses cheveux hirsutes et ses doigts crochus.

– Ce n'était pas la sorcière qui me faisait le plus peur, c'étaient les parents. Au début de l'histoire, ils emmènent Hansel et Gretel dans la forêt – pas Ficelle et Bretzel –, et ils font exprès de les perdre. Ils les abandonnent à leur sort. Et pourtant, tout est bien qui finit bien : Hansel et Gretel échappent à la méchante sorcière, ils retrouvent le chemin de la maison, et hop, c'est la fête, ils sont tous réunis, comme une belle et grande famille.

– Je ne vous abandonnerai jamais, Star et toi.

– Je sais.

– D'accord, j'ai découché – et j'ai fait des choses bien pires – mais il ne me viendrait jamais à l'idée de vous abandonner.

– Je sais. C'est juste un conte de fées stupide.

– Écoute. Tu te souviens où habitait la sorcière ? Ça n'était pas dans une maison en pain d'épice ?

– Si ! Et il y avait des colonnes en sucre d'orge.

– Rien que des friandises, pas vrai ? Alors oublie ces idiots de canards. On va fabriquer une vraie maison de conte de fées en pain d'épice, d'accord ?

– Oui, oui, oui !

Pétunia a renversé tous les restes de gâteaux sur l'herbe et elle a commencé à les trier par taille et par forme.

– Il nous faudrait un couteau. Et quelque chose pour coller les morceaux.

– Vos désirs sont des ordres, ô grand génie du pain d'épice.

J'ai ôté mon sac à dos. Ma règle faisait un couteau acceptable, bien qu'un peu émoussé, et j'avais un pot de colle blanche pour assembler le tout.

Je me suis assise en tailleur sur l'herbe pour regarder les doigts fins de Pétunia donner forme à une maisonnette en gâteau. De temps en temps, je chipais un morceau.

– Eh ! arrête de manger mon toit ! s'est écriée Pétunia en me donnant un petit coup de pied. Va plutôt ramasser des pâquerettes et des boutons-d'or, accroche-les ensemble et ça fera de très jolis rideaux.

J'ai bondi sur mes pieds et je me suis mise en chasse.

– Plus vite, Dol, j'ai presque fini la maison pendant que tu cherches tes rideaux.

– Je n'ai pas trouvé ce que tu m'as demandé. Celles-là feront l'affaire ?

Je lui ai donné une poignée de pissenlits fanés.

– Il ne faut pas ramasser les pissenlits. Sinon, tu sais ce qu'on dit ? Tu vas faire pipi au lit.

Elle a ri. Puis elle a vu ma tête.

– Oh, Dol. Je plaisante. Tu n'as pas fait pipi au lit depuis des lustres.

– Chut ! j'ai dit en regardant autour de moi, terrifiée à l'idée que quelqu'un de l'école pouvait entendre.

Avec application, Pétunia a fabriqué une cheminée en viennoise.

– Je suis passée par une famille d'accueil où la mère me mettait les draps sur la tête quand je les mouillais. Les draps sales et trempés, collés sur mon visage, sur mes cheveux. Et les autres enfants qui se moquaient de moi.

– C'est *cruel*.

– C'était une vraie garce.

Son ongle a dérapé et cisaillé la cheminée en deux.

Elle a poussé un juron et un soupir :

– Oh non ! Et c'était le dernier morceau de viennoise. On demande une intervention urgente sur une cheminée. Passe-moi la colle, Dolly.

Je suis restée silencieuse jusqu'à ce que la cheminée soit réparée et remise en place sur le toit jaune.

– Tu étais très malheureuse quand tu étais petite, Pétunia ?

– Parfois.

– Ça devait être horrible de ne pas avoir de mère, j'ai dit en me blottissant contre elle.

– J'avais une mère. C'est elle qui ne voulait pas de moi. Mais je m'en fichais. Tu sais ce qui me manquait le plus ?

Pétunia m'a regardée, de ses yeux verts soudain très brillants.

– Une sœur. Je rêvais d'avoir une sœur. C'est pour ça que je suis tellement contente que vous vous ayez l'une l'autre, Star et toi.

– Nous t'avons, toi aussi. Tu es comme notre grande sœur. Oh, Pétunia, ta maison est si jolie !

– Que dirais-tu de trèfles en guise de rideau ? On dirait du velours vert, ultra chic.

Avec la croûte d'une tarte, elle a posé des arcs au-dessus des fenêtres.

– Tu n'auras qu'à coller les feuilles dessus.

J'ai réussi à trouver des trèfles et j'en ai cueilli tout un bouquet. Agenouillée par terre, j'ai détaché les feuilles une à une.

– Je me demande bien qui va habiter dans cette maison, j'ai dit. Un lapin peut-être ?

– Les lapins sont trop gros et trop balourds. Mais il y a deux petits mulots qui nous observent en ce moment même, le nez frémissant, en lorgnant sur la maison de leurs rêves. Si on ne fait pas de bruit…

– Hé ! Regarde ! Regarde !

– Dol ! On avait dit pas de bruit. Tu vas les faire fuir.

– Mais regarde !

J'ai tendu la main.

– Un trèfle à quatre feuilles !

– Sans blague !

Elle l'a examiné de près. Une des feuilles paraissait déchirée en deux. Mais Pétunia l'a brandi fièrement.

– Un authentique trèfle à quatre feuilles. Je sens la chance qui coule dans sa sève. Dol la veinarde !

Elle me l'a redonné, mais j'ai repoussé sa main.

– Non, Pétunia la veinarde. Il est à toi. Et tu ne peux pas le refuser ou tu risques de passer à côté de la chance.

– Alors plutôt la veine que la peine, a dit Pétunia, et on a ri toutes les deux.

Pétunia a fait tournoyer le trèfle à quatre feuilles devant ses yeux, puis elle l'a soigneusement enveloppé dans un mouchoir en papier et l'a glissé dans la poche de son short.

– Je vais être vernie, vernie, vernie, elle a chantonné.

Nous avons posé les rideaux de trèfle sur la maison, puis nous sommes restées assises à côté, à attendre les mulots. Nous avons attendu longtemps. Plusieurs mouches et quelques scarabées ont paru intéressés, un papillon s'est même perché un moment sur la cheminée rafistolée.

– A mon avis, ces mulots sont de gros timides, a dit Pétunia. Ça les démange de venir s'installer mais ils n'ont pas le courage de le faire sous nos yeux. Si on les laissait tranquilles ?

– D'accord. Mais si les lapins viennent aussi, ou un animal plus gros. Une hermine ou un renard par exemple ? Ils vont détruire la maison, tu ne crois pas ?

– On va la protéger avec un charme. Vite, des cailloux !

Nous avons ramassé de petites pierres que nous avons disposées en cercle autour de la maison, en ne laissant qu'un trou de souris devant la porte.

– Bravo, ai-je dit.

– *Bravissimo.*

Nous nous sommes éloignées main dans la main. Au bout d'une dizaine de mètres, Pétunia a jeté un coup d'œil par-dessus son épaule.

– Je les ai vus ! Les mulots. Ils se sont faufilés à l'intérieur, les petites pattes toutes frétillantes.

– C'est vrai ?

– Je t'assure.

On a continué à marcher, en balançant les chaussures de Pétunia dans le sac vide. Au bout d'un moment, le ruisseau a grossi. Quand on a tourné le coin, il s'est encore élargi et les herbes folles ont laissé place à une pelouse bien entretenue.

– Des canards ! s'est exclamée Pétunia.

– Ils auraient bien besoin de se mettre au régime. Regarde, ils sont pratiquement obèses. En tout cas, ils peuvent se passer de nos gâteaux.

– Et les mulots avaient besoin d'une maison.

– Tu crois qu'ils étaient frère et sœur ?

– Deux sœurs. Dora et Daphné. Dora est l'aînée.

Pétunia m'a jeté un regard à la dérobée.

– Mais c'est Daphné la plus jolie. Elle a de grands yeux mobiles, ses oreilles sont très fines, duveteuses à l'extérieur, et d'un joli rose nacré à l'intérieur.

– Daphné, c'est joli comme nom. Elle pourrait être aussi la plus intelligente, même si c'est la plus jeune ?

– Et comment ! A l'école des mulots, c'est la plus intelligente de la classe. Elle a un vrai talent d'artiste. Avec ses petites dents pointues, elle est capable de grignoter une noisette, crac, crac, crac, et d'en faire une statuette. Ses chats en bois sculpté sont très réputés. Elle leur donne une base ronde pour qu'ils culbutent d'un petit coup de patte ou de queue. Tous les bébés mulots jouent avec Tip le Chat.

Pétunia a continué ainsi, en s'animant au fur et à mesure. Tout devenait si réel que je pouvais *voir* les mulots trottiner devant moi. Elle n'avait pas son pareil pour inventer des histoires. Bien mieux que Star. Star ne voulait presque plus jamais jouer à faire semblant. Elle disait qu'elle ne savait plus. Parfois, elle essayait encore mais elle prétendait qu'elle se sentait ridicule. Elle n'y croyait plus.

Le jeu des mulots, c'était uniquement entre Pétunia et moi et ça me remplissait de joie. Nous passions si peu de temps rien que nous deux. Quel plaisir ! Ni triste ni agitée, Pétunia était plus drôle que jamais. Ces derniers temps, Star avait eu la dent si dure qu'elle avait fini par la rendre nerveuse. Avec moi, Pétunia se détendait.

– Je t'aime, Pétunia, j'ai dit en passant une main autour de sa taille.

– Je t'aime moi aussi, mon petit dauphin.

Elle m'a serrée contre elle. A travers sa peau douce, j'ai senti les renflements de ses côtes. Je lui ai donné une petite tape sur le bras, près de ce coude pointu sur lequel elle s'était fait tatouer une croix celtique. Pétunia donnait l'impression d'être assemblée de manière trop fragile, presque aussi délicate que la chaînette de marguerites dessinée autour de sa cheville. Mais ces fleurs ne pouvaient pas se faner. Elles étaient peintes sur sa peau pour toujours. Et cette notion de durée me rassurait.

Nous avons longé le ruisseau jusqu'à ce qu'il devienne une petite rivière au milieu d'un parc aux nombreuses allées. Nous étions à des kilomètres de la maison. La saga des mulots occupait entièrement Pétunia et je ne voulais pas rompre le charme en lui rappelant l'heure. Elle vivait dans l'instant présent. Elle ne pensait pas à Star.

Star avait dû se demander pourquoi je n'étais pas venue l'attendre à la sortie du collège. Elle avait dû faire le pied de grue un moment, puis rentrer à la maison. Elle y était sans doute en ce moment même, à se demander où nous étions passées, Pétunia et moi, impatiente et inquiète. Je savais comme c'était pénible à vivre.

J'ai essayé de me concentrer sur Dora et Daphné, j'ai ri aux éclats tandis que Pétunia brodait de manière extravagante, en mimant un petit rongeur, le nez frémissant, la lèvre retroussée sur les dents de devant, les mains recroquevillées comme des pattes – mais je n'arrivais pas à chasser ma sœur de mon esprit.

– Star doit se demander où on est, j'ai dit enfin.

Pétunia a ouvert des yeux surpris.

– Je croyais qu'elle avait son entraînement de volley.

– Oui, mais il est presque six heures et demie.

– Pas possible !

– Et il va nous falloir des heures pour rentrer à pied.

– On va prendre le bus.

Elle a cherché de la monnaie dans sa poche. En sortant son mouchoir en papier qui contenait le trèfle à quatre feuilles, elle a souri.

L'abribus était couvert de publicités pour des concerts de rock. Pétunia était en train de me décrire la garde-robe d'été et d'hiver de Daphné quand elle s'est soudain interrompue. Quelque chose avait retenu son attention.

– Qu'est-ce qu'il y a ?

– Emerald City se reforme pour un concert ! Emerald City ! Je suis allée à deux de leurs concerts dans les années quatre-vingt. C'était le groupe préféré de Micky.

J'ai senti mon estomac se nouer. En général, c'était mauvais signe quand Pétunia se mettait à parler de Micky. Mais elle est restée à contempler l'affiche, comme médusée. Elle tenait le trèfle à quatre feuilles dans la main et le faisait tourner sans fin entre ses doigts.

Micky

Le cœur

A notre retour, Star ne nous a pas adressé la parole. J'ai bien vu qu'elle s'était inquiétée. Ses yeux étaient un peu rouges, comme si elle avait pleuré. Je me sentais coupable mais, d'un autre côté, j'avais fait tout mon possible pour tenir Pétunia à bonne distance, afin que Star ne se trouve pas embarrassée devant ses amies.

C'est ce que je lui ai expliqué sur un ton plaintif dans le lit ce soir-là, mais Star s'est tournée face au mur avec un soupir dédaigneux. Je ne supportais pas quand elle refusait de me parler, et, pour me consoler, j'ai étreint mon corps osseux sous le drap. Mon foulard de soie étendu sur le visage, j'ai inspiré son doux parfum, en soulevant légèrement l'étoffe à chaque respiration. Mais j'avais beau essayer de me bercer, impossible de trouver le sommeil. Je me répétais que j'avais passé un après-midi formidable avec Pétunia et qu'elle allait bien, mais je me sentais encore toute nouée et confuse. Je l'entendais qui tournait en rond dans la cuisine, en fredonnant de vieux airs de rock et en faisant tinter son verre.

Je me suis enfouie plus profond sous les couvertures et j'ai dû finir par m'endormir parce que j'ai rêvé que j'étais dans la maison en pain d'épice avec ma sœur mulot. Assises à une table, nous plantions nos dents pointues dans l'épais glaçage mais c'était tellement sucré que ça nous donnait la nausée. Nous nous sommes lavé les pattes et les moustaches dans l'évier en pain d'épice mais c'est du sirop d'érable qui a coulé du robinet. Nous étions couvertes d'un jus poisseux et doré. Toutes collantes, nous avons monté l'escalier en viennoise et nous nous sommes allongées sur nos lits – des roulés à la confiture – mais les murs en pudding se sont lézardés tout autour de nous et le plafond en frangipane s'est soudain effondré. Une renarde au poil roux est apparue au-dessus de notre tête, les yeux luisants. Elle a ouvert grand ses mâchoires et je me suis mise à hurler de toutes mes forces.

– Réveille-toi, Dol ! a dit Star en me secouant. Tu es en train de rêver.

– Oh, j'ai fait un cauchemar horrible !

Je l'ai serrée très fort.

– Arrête ! Tu m'enfonces les ongles dans la peau. Il faut que tu te les coupes.

– Je peux venir dans ton lit ?

– Non. Je ne te parle plus.

– Mais tu es en train de me parler ! Oh, Star, s'il te plaît.

– Non ! Maintenant tais-toi et rendors-toi.

– Je vais voir Pétunia, j'ai dit en sautant du lit. On s'est tellement bien amusées aujourd'hui. Toi, tu ne fais que l'énerver et empirer les choses. Avec moi, elle est très bien.

Star n'a rien dit. Je suis sortie de la chambre pieds nus. J'ai avancé à pas comptés dans le couloir, en posant le talon devant mes orteils, de sorte que je ne progressais que de la longueur d'un pied à chaque fois.

La lumière de la cuisine était toujours allumée. Je m'y suis dirigée lentement. Pétunia était assise à la table, en jean et en tee-shirt, mais elle dormait comme une souche, la tête effondrée, la bouche entrouverte. Elle avait encore la main fermée sur son verre mais il était vide. La bouteille aussi.

– Pétunia ? j'ai murmuré. Pétunia, j'ai fait un cauchemar.

J'ai soulevé son bras. Il était glacé.

– Pétunia, viens te coucher. S'il te plaît.

Elle a émis un grognement en guise de réponse. Ses yeux à demi ouverts étaient perdus dans le vide. Inutile d'insister. Je suis allée chercher sa couette et je l'ai passée autour de ses épaules. Puis j'ai tapoté sa main glacée.

– Bonne nuit et fais de beaux rêves.

Je suis retournée dans la chambre. Star n'a toujours rien dit, mais tandis que je tâtonnais dans le noir, elle a tendu la main et m'a attirée dans son lit. Elle m'a serrée contre elle et j'ai senti la chaleur de son ventre et la douceur de ses bras.

Le lendemain matin, elle ne m'a toujours pas adressé la parole mais ça n'était plus si grave. Pétunia était enfermée dans la salle de bains, malade, alors on n'a pas pu se rendre aux toilettes et j'ai dû aller à l'école en serrant les dents, une douleur dans le bas-ventre, tellement j'avais envie de faire pipi. J'étais terrifiée à l'idée de ne pas pouvoir tenir jusqu'au bout – surtout les dernières secondes, quand j'ai couru dans les toilettes pour filles, que j'ai poussé la porte et que j'ai baissé ma culotte – mais tout s'est bien passé ou à peu près.

Ensuite je me suis aspergé le visage en vitesse dans le lavabo pour ôter les traces de sommeil. Kelly et Yvonne ont fait irruption et elles m'ont vue.

– Beurk, on ne se lave pas la figure dans les lavabos de l'école. Hé, tu ne t'es pas aussi lavé les pieds dedans, j'espère, Gros Nez ?

Yvonne a ricané en entendant ce nouveau surnom.

– C'est parce que Gros Nez habite dans un squat. Je te parie qu'il n'y a même pas de lavabo chez eux.

– Je ne vis pas dans un squat, Fesse de Rat, j'ai répliqué, même si on avait habité dans plusieurs squats par le passé, dont un sans lavabo. Quelqu'un l'avait cassé, et les toilettes par la même occasion : on se servait d'un W-C portable. C'était dans ce squat que Pétunia avait eu le pire de tous ses petits amis...

– Elle *pleure* ! a dit Kelly.

– Je ne pleure pas, j'ai du savon dans les yeux, alors ferme-la, Gueule de Raie, j'ai dit en m'essuyant rapidement le visage avec le revers de la main.

– Gros Nez habite dans un squat ! a répété Yvonne.

Une fille qui sortait des toilettes a repris en chœur, puis une autre idiote qui n'était même pas dans notre classe.

– Fermez-la. Ce n'est pas vrai. J'habite une grande maison victorienne ultra chic sur Beacon Road, alors vous vous plantez complètement.

Rejetant mes cheveux derrière mes oreilles, j'ai arrondi les épaules, prête à bondir.

– Tu n'as pas les moyens de vivre sur Beacon Road, a dit Kelly. Tu es une menteuse, Gros Nez.

– Eh bien, tu n'as qu'à me suivre jusqu'à chez moi et tu verras.

– Je n'ai aucune envie d'aller chez toi, merci bien, a dit Kelly. C'est pathétique, ta façon de demander à tout le monde de venir chez toi. J'ai entendu ta mère inviter Tasha !

– Sa *mère* ! a dit Yvonne.

Elles ont toutes éclaté de rire. J'ai serré les poings.

– Non mais tu as vu ses tatouages ?

– Elle en est couverte ! a dit Yvonne. Ma maman dit que les tatouages, c'est vulgaire.

– Ta mère est jalouse de la mienne parce que c'est une grosse vache comme toi !

Et je lui ai donné une bourrade dans le bide.

– Hé, tu l'as frappée ! s'est écriée Kelly.

- Oui, et je vais t'arranger le portrait, toi aussi.

Je lui ai décoché un direct au menton.

Puis je suis sortie des toilettes d'un pas décidé, tandis que les autres filles s'écartaient prudemment. Kelly et Yvonne sont allées me dénoncer et Miss Hill m'a grondée devant toute la classe.

– Ce n'est déjà pas beau de voir des garçons se battre mais c'est révoltant quand une fille se met à se servir de ses poings.

– Voilà une remarque sexiste, j'ai répliqué à juste titre mais sans réfléchir.

– Pas d'insolence, je te prie, Dolphin.

Elle avait un rictus hostile chaque fois qu'elle prononçait mon nom. Elle a continué à me faire la morale en roulant les mots dans sa bouche comme si c'étaient des friandises. Elle n'aimait rien tant que d'avoir un prétexte pour me tirer l'oreille.

– On ne frappe jamais personne, compris, Dolphin ? Ça peut être très dangereux. Tu aurais pu blesser gravement Kelly et Yvonne.

D'un clignement de mes yeux de sorcière, je leur ai infligé une blessure ultra grave. Mon poing en acier s'est enfoncé dans le ventre d'Yvonne avec une telle force que ses boyaux ont giclé et voltigé en l'air comme un chapelet de saucisses. Mon poing en acier a fracassé la mâchoire de Kelly, qui en a avalé jusqu'à sa dernière dent. Maintenant j'étais prête à en découdre ! Un autre clignement de mes yeux de sorcière et Miss Hill s'est transformée en punching-ball géant. Bing ! Bang ! Pif ! Paf !

– J'espère que tu prends la chose au sérieux, Dolphin.

– Oh, oui, Miss Hill.

Zim ! Zoum ! Vlan ! Crac !

Kelly et Yvonne ne m'ont pas lâchée pendant toute la récré : elles m'ont lancé les pires insultes pour me faire perdre mon sang-froid. Elles espéraient que je lèverais la main sur elles, m'attirant ainsi de nouveaux ennuis. Je savais que ce serait pire à l'heure du déjeuner, et que d'autres élèves allaient se joindre à la curée. Heureusement, nous n'étions pas ensemble à la cantine parce qu'elles apportaient presque toutes leur déjeuner dans des boîtes en plastique pendant que je me tapais le repas dégueulasse de l'école parce que c'était gratuit. Ce jour-là, c'était plutôt un avantage. J'ai avalé ma saucisse-purée et ma tartelette, et j'ai filé sans demander mon reste, pendant qu'elles mordaient dans leur premier sandwich. Puis j'ai fait un rapide tour de reconnaissance pour constater qu'il n'y avait pas de cachette vraiment sûre. Si je me réfugiais au vestiaire ou dans les toilettes, je savais qu'un professeur ne tarderait pas à me tomber sur le poil. Et on n'avait pas le droit d'aller dans la salle de classe pendant la pause. Tout à coup j'ai eu une idée. La bibliothèque. Elles ne penseraient jamais à m'y chercher. D'habitude, je n'étais pas très portée sur la lecture.

J'ai enfilé le couloir jusqu'à la bibliothèque. Il n'y avait pas grand-monde : M. Harrison lisait le journal derrière son bureau pendant que deux garçons tapotaient sur l'ordinateur.

– Bonjour. Je peux t'aider ? a demandé M. Harrison.

J'aurais voulu l'avoir comme professeur à la place de cette rosse de Miss Hill. M. Harrison était plutôt jeune, rondouillard et rigolo. Il avait des yeux marron, des cheveux coupés en brosse, comme une fourrure, et il portait souvent un gros pull-over. C'était une sorte de gros nounours, les grognements en moins.

– Je crois que je voudrais un livre.

– Alors vous êtes au bon endroit, mademoiselle…

– Dolphin. Dolphin Westward.

J'ai attendu le sourire narquois. De fait, il a souri.

– Dolphin ? Tu veux dire comme un dauphin ? Et *Aimes-tu folâtrer sur la mer des tropiques* ?

J'ai ouvert de grands yeux.

– Pardon ?

– C'est mon péché mignon, mademoiselle Westward. Je crache des vers comme un dauphin souffle de l'eau. Je citais Wordsworth. Vous connaissez, le poète qui a écrit *Les Jonquilles* ?

Ça ne me disait rien. M. Harrison ne s'en est pas offusqué.

– Puis-je vous appeler Dolphin, mademoiselle Westward ?

– Vous pouvez, j'ai répondu en riant.

– Souhaitez-vous que je vous aide à trouver un livre en particulier ? Ou bien préférez-vous errer parmi les rayonnages et choisir vous-même ?

– Je vais regarder, s'il vous plaît.

– Certainement. Faites comme chez vous.

Je me suis promenée entre les rayonnages, prenant un livre ici et là, regardant les images. Je savais lire, plus ou moins, mais j'avais horreur de ces gros pavés de texte. Les mots se brouillaient sur la page et ne voulaient plus rien dire. J'ai jeté un œil pour voir si M. Harrison me regardait mais il s'était replongé dans son journal. Je me suis agenouillée et j'ai fureté parmi les albums pour enfants. Il y en avait un qui faisait un peu peur avec des tas de monstres dedans. Pétunia aurait adoré s'en inspirer pour ses tatouages. J'ai aussi aimé un livre tout bariolé qui parlait d'une maman et d'un papa. Les couleurs chatoyaient à l'intérieur des lignes claires du dessin. J'ai suivi les contours avec mon doigt. J'ai essayé d'imaginer ce que ça serait de vivre dans un livre d'images où les monstres sont terrassées d'un simple regard et où l'on se sent bien à l'abri au fond de son lit, avec une maman à pois et un papa à rayures qui font les clowns, un large sourire sur leur visage rose.

– Qu'est-ce que tu lis ?

– Rien ! j'ai dit en remettant vite fait les deux livres sur l'étagère.

84

Mais ça n'était que Miro Campbell. Lui au moins ne se moquerait pas de moi parce que je regarde un album.

– Tu ne peux pas te faire annoncer ? j'ai lancé sur un ton agressif, histoire de lui montrer que je n'étais pas d'humeur.

– Je ne voulais pas te surprendre. Mais j'ai des semelles en caoutchouc qui ne font pas de bruit.

Il a pris un livre sur l'étagère du haut et l'a ouvert au milieu. Il y avait un ticket de bus en guise de marque-page.

– Pourquoi tu ne l'empruntes pas, ce livre ? Tu peux le sortir de la bibliothèque, non ?

– Je préfère le lire ici, a dit Miro en s'installant à une table.

– Pour te cacher des autres, c'est ça ?

Miro a relevé ses lunettes au reflet brillant.

– Tu te caches bien, toi aussi, non ?

– Ils ne me font pas peur.

– Moi si.

– Il faut que tu apprennes à leur voler dans les plumes. Défends-toi un peu.

– Regarde où ça t'a conduit. Tu t'es fait sonner les cloches par Miss Hill.

– Et alors ?

– Alors je n'ai pas envie de récolter un avertissement en plus des moqueries.

– Oh oui, tu es bien le sale chouchou à sa maîtresse, pas vrai, Miro ?

– Ne m'appelle pas comme ça.

J'ai réfléchi.

– D'accord. *Morris.*

– Merci. Dolphin.

– Ils m'appellent Gros Nez maintenant. Je ne sais pas pourquoi. Qu'est-ce qu'il a, mon nez ? j'ai dit en le frottant. Il n'est pas trop gros et il n'a pas de bosse.

– Le dauphin à gros nez. C'est le nom qu'on donne parfois au grand dauphin. C'est l'espèce la plus connue, celle qu'on voit dans les aquariums.

Miro a poussé des couinements aigus.

– Super ! Tu imites bien le dauphin, Miro.

– Morris.

– Pardon, pardon. Fais-le encore.

Morris s'en est donné à cœur joie. Au point que ses lunettes en étaient tout embuées.

– Monsieur Campbell ? a dit M. Harrison en s'approchant. Vous répétez un numéro de ventriloque ?

– Il parle le langage des dauphins, monsieur Harrison.

– Oh, je vois.

M. Harrison a inspiré un grand coup puis il a émis une incroyable série de cris aigus qui se sont terminés par un drôle de clappement.

– Ça aussi, c'était du langage dauphin. Faut-il que je traduise ? Ça voulait dire : « Silence dans la bibliothèque je vous prie ou le gros monsieur va vous donner un coup sur la tête. »

Morris et moi on a rigolé.

– Les gloussements aussi sont interdits, a dit M. Harrison, en faisant mine de se mettre en colère. Tenez, puisque vous vous intéressez tous les deux aux dauphins… Instruisez-vous plutôt.

Dans la section des documents, il nous a trouvé un gros livre qu'il a ouvert devant nous. Des photos de différents

86

dauphins alternaient avec des pans de texte. J'ai regardé attentivement les photos, pendant que Miro lisait. On faisait la paire.

On est tombés sur le grand dauphin.

– Le mien n'a pas de nez comme ça. Il est beaucoup plus joli.

– Le tien ?

– Oh, euh, oui, un dessin de dauphin, j'ai dit rapidement.

– Sur ta mère ?

Après un moment d'hésitation, j'ai hoché la tête.

– Ta mère est très belle.

Je l'ai dévisagé un bon coup pour m'assurer qu'il ne se moquait pas. Mais Morris avait l'air tout ce qu'il y a de sérieux, avec ses paupières qui battaient et sa frange de cheveux qui recouvrait le bord supérieur de ses lunettes.

– Moi aussi, je la trouve belle.

– Ce que j'adore surtout, c'est ses tatouages. Ils sont tellement originaux. Rien à voir avec ces machins rouges et bleus qu'on voit partout.

– Ça, c'est ce qu'on appelle les *flashes*. Tu choisis un modèle sur les murs des studios et on te le reproduit sur le bras. Aucun intérêt. Ma maman a des tatouages sur mesure, qu'elle a dessinés elle-même. Et chacun représente un événement important dans sa vie.

– Et le dauphin, c'était pour fêter ta naissance ?

– Oui. C'est un dauphin magique, pas un vulgaire dauphin à gros nez.

– Dis, est-ce que je pourrais le voir de près ? a demandé Morris d'une seule traite.

– Quoi ? Sur ma mère ?

J'ai hésité. Jusqu'à présent, Morris n'était à mes yeux que Miro l'horrible fayot. Ça me faisait tout drôle de penser qu'il pouvait être une personne intéressante à l'intérieur.

Comme ami, ce n'était pas un choix de tout repos. Les autres élèves se moquaient de lui, donc ils allaient se moquer de moi. Mais de toute façon ils ne s'en privaient pas.

– Morris, tu veux passer à la maison un soir ?

– Oh oui, s'il te plaît !

– Et ta mère ? Elle sera d'accord pour que tu viennes ?

– Elle sera ravie que j'ai une amie.

– Enfin... pas exactement, j'ai dit, trouvant qu'il allait un peu vite en besogne.

– Je peux venir ce soir après l'école ?

J'ai réfléchi rapidement. Je ne savais pas si Pétunia serait d'aplomb.

– Peut-être pas aujourd'hui. Ma mère n'est pas toujours d'humeur.

– C'est comme la mienne. Des migraines, des crises de larmes et je t'en passe. Je n'ai pas le droit de faire de bruit et il faut que je lui fasse du thé et que je lui donne de l'aspirine.

– C'est vrai ?

Je n'avais pas réalisé que d'autres mères pouvaient avoir un comportement bizarre.

– C'est depuis qu'elle et mon papa sont séparés. Il a une petite amie.

Morris a murmuré les mots « petite amie » comme s'il s'agissait d'une obscénité.

– Je ne l'aime pas.

– Et alors ? Ma mère a eu des tas de petits amis. Star et moi, on n'a jamais pu les encadrer.

– Et ton père ? Tu le vois tous les samedis ?

– Non. Je ne le vois pas.

– Moi non plus, je n'ai pas toujours envie de le voir. Dolphin, tu promets que je peux venir goûter chez toi ?

– Eh bien… oui. Un de ces jours. Mais chez nous, il n'y a pas toujours de goûter à proprement parler. Parfois, c'est juste des gâteaux.

– Super ! J'adore les gâteaux.

– Ou bien des *fish and chips* achetés au coin de la rue ou encore une tranche de pizza. On n'a pas vraiment de repas cuisiné comme dans les autres familles.

– Tu en as de la veine.

Et il ne se payait pas ma tête.

– Peut-être bien qu'on est amis, après tout.

Après l'école, quand j'ai retrouvé Star, j'étais toute fière de lui parler de mon nouvel ami Morris. Mais ça n'a pas eu l'air de beaucoup l'impressionner. Nous étions nerveuses toutes les deux en ouvrant la porte et en montant l'escalier. Pétunia passait par des périodes où elle buvait tous les jours. Mais cette fois on ne l'a pas trouvée avachie sur le divan ni en train de vomir dans la salle de bains. Elle chantait dans la cuisine, les cheveux fraîchement lavés. Ses yeux maquillés paraissaient encore plus grands et plus verts. Elle portait son plus beau jean noir et un pull décolleté moulant qui mettait en valeur sa silhouette. Morris avait raison. Pétunia était la plus belle maman du monde.

– Bonjour mes chéries ! Vous avez faim ? J'ai du jus d'orange et des cookies au chocolat. Et ils viennent de la pâtisserie, Star.

– Super ! j'ai dit en me jetant sur la nourriture.

Star a grignoté son cookie du bout des lèvres.

– Alors ? Ils sont bons ? Et pour le dîner, il y a du poulet froid et tout ce qu'il faut pour une salade. Tu la prépareras, Star ?

Star a arrêté de manger.

– Pourquoi ? Où tu vas ?

– Oh, j'ai juste envie de m'offrir une petite sortie, ma chérie. Vous n'avez rien contre, j'espère ?

– Non, bien sûr, j'ai dit rapidement.

– Moi si. Je comptais sortir, moi aussi. Je dois retrouver des amis au MacDo.

– Eh bien, si tu remettais ça à demain ? Il faut vraiment que je sorte ce soir.

– Ce n'est pas juste, a dit Star en serrant le poing.

Son cookie est tombé en miettes par terre.

J'ai avalé le mien en trois bouchées, et pourtant je commençais à avoir l'estomac noué. Je déteste les disputes.

Pétunia a fait de son mieux pour éviter l'affrontement.

– Je sais que ce n'est pas juste, ma chérie…

Elle a essayé de passer un bras autour de Star, mais elle s'est dérobée avec colère.

– Allez, quoi, juste une petite sortie. Ça compte beaucoup pour moi. Et ça pourrait même te concerner aussi, ma chérie.

– En quoi le fait que tu ailles en boîte, que tu te saoules, que tu te donnes en spectacle et que tu ramasses des inconnus peut-il me concerner ?

Les mots ont bourdonné dans la cuisine comme un essaim de guêpes en furie.

– Touchée, a dit Pétunia.

90

Elle a eu une sorte de rire nerveux.

– Écoute, Star, c'est vraiment important. Je ne vais pas juste traîner dans un pub ou une boîte. Je n'ai pas non plus l'intention de boire ou de faire des folies. Regarde.

Elle a sorti un ticket de sa poche de jean et l'a agité sous notre nez.

– Tu vois ? Je vais à un concert.

Le trèfle à quatre feuilles s'est échappé de sa poche et il est tombé à ses pieds en tourbillonnant.

– Attention, Pétunia, ne marche pas sur ton porte-bonheur, j'ai dit en le ramassant.

– Merci, mon chou. Je vais en avoir besoin.

Elle a embrassé le trèfle avant de le ranger soigneusement.

Star regardait fixement le billet.

– Tu vas à un concert ?

– J'aurais voulu vous emmener les filles, je suis sûre que ça vous plairait, même si tu me charries pour mes goûts en musique, Star. Mais c'est complet. C'est un vrai coup de pot si j'ai eu ce billet. Tiens, c'est peut-être grâce à ton trèfle à quatre feuilles, Dol.

– C'est quoi comme concert ?

– Emerald City. Tu te souviens, on a vu l'affiche ?

– Ils jouent encore ? s'est étonnée Star. Ça doit être des papys maintenant. Des vieux types dégarnis avec une grosse bedaine. J'ai du mal à croire qu'ils fassent encore des tournées.

– C'est le concert des retrouvailles. Pendant des années, ils ont fait des carrières solos. Et sait-on jamais ? a ajouté Pétunia, les yeux brillants. Ça pourrait aussi être le concert des retrouvailles pour moi.

– Quoi ? a fait Star.

– Tu n'as pas envie de faire la connaissance de ton père ?

– Oh, je t'en prie. Pas ça.

– Emerald City était son groupe préféré. Il sera là ce soir. J'en suis sûre. Micky !

Elle prononçait toujours son nom avec vénération, comme s'il était le chef d'un culte étrange et elle sa principale adoratrice.

Elle s'était fait tatouer son nom sur la poitrine, dans un cœur aux entrelacs celtiques qui battait au-dessus de son vrai cœur. En général, les tatoueurs déconseillent aux clients de se mettre le nom d'une personne sur la peau parce qu'une fois que c'est fait, c'est pour la vie, à moins de l'enlever au laser. Mais le nom de Micky était gravé pour toujours sur le cœur de Pétunia et aucun laser au monde n'aurait pu effacer cette encre-là.

– Tu n'as pas envie de connaître ton père, Star ?

– Tu es folle.

Elle a lâché le mot interdit sur un ton glacial et délibéré. Pétunia a accusé le coup. Puis elle a eu un haussement d'épaules.

– Bon. Qui vivra verra.

L'étoile

Star était comme une statue de marbre. Elle a refusé que Pétunia l'embrasse en partant. Alors j'ai embrassé Pétunia pour deux.

– Tu vas revenir, hein ? Tu ne vas pas découcher ? j'ai demandé en la couvrant encore de petits baisers. Sept pour lui porter chance.

– Bien sûr que non, ma petite Dol.

A croire qu'elle avait déjà oublié l'autre soir.

– Tu vas voir, je serai de retour bien avant minuit.

Elle a jeté un coup d'œil en direction de Star.

– Avec Micky.

Pétunia a quitté l'appartement dans un claquement de hauts talons. Elle a laissé derrière elle un tel silence que j'ai pu entendre Mme Luft grommeler depuis le pas de sa porte quelque chose à propos des talons aiguilles qui abîmaient le revêtement de l'escalier.

Star restait immobile, le regard vide, à se ronger l'ongle du pouce. J'allais et venais dans la pièce en me demandant si je devais commencer la salade de poulet. Je n'avais pas vraiment faim mais au moins ça m'occuperait.

– De retour avant minuit, a marmonné Star. Elle se prend pour cette gourde de Cendrillon ou quoi ? A la recherche de son abruti de prince charmant.

– Et si elle tombait sur Micky ?

– C'est ça. Tu crois encore au Père Noël ?

– Tu aimerais quand même le rencontrer, non ? Qu'est-ce que tu lui dirais ?

– Je lui dirais : quel sorte de père es-tu, pour quitter Pétunia et la rendre folle ?

Star a marqué une pause.

– Parce qu'elle est folle.

– Elle n'est pas vraiment folle. Je veux dire, elle n'est pas cinglée, elle n'entend pas des voix, elle ne se prend pas pour Pocahontas ou pour la princesse Diana. Elle a juste un don pour inventer des histoires.

– Elle a surtout un don pour dépenser l'argent qu'on n'a pas. Pour se saouler, ça, elle est douée. Pour se mettre dans la tête des idées complètement dingues. Et pour te convaincre qu'elle est la Parfaite Maman Gâteau.

– Oui, n'empêche que c'est toi qu'elle préfère. Même quand tu es méchante avec elle. Elle nous aime autant toutes les deux, mais toi tu es spéciale parce que tu es l'enfant de Micky. J'aurais voulu qu'il soit aussi mon père. Jamais elle ne parle du mien. Comme si elle voulait le chasser de sa mémoire. Il n'a même pas eu droit à son tatouage, mon papa.

– Eh bien, tu n'as qu'à y remédier. Tiens, voilà.

Star s'est emparée d'un feutre rose et elle m'a griffonné quelque chose à toute vitesse sur le front.

– Laisse-moi !

J'ai regardé dans le miroir. J'avais un P, un A et un autre P inachevé sur le front.

– Méchante, Star ! Et si ça ne part pas ? Miss Hill va me faire passer un mauvais quart d'heure.

– Viens ici. Il suffit d'un peu de salive.

Star s'est sucé le pouce puis elle m'a frotté le front.

– Miss Hill t'embête toujours ?

– Je la déteste. Et je déteste Yvonne et Kelly. Je déteste toute la classe. Sauf Miro… Morris. Lui, ça va.

– Alors ce Morris est ton petit copain, c'est ça ?

– Non !

– Moi, j'ai un petit ami.

– Quoi ?

– Je l'ai rencontré au MacDo. Il s'appelle Mark. Il a seize ans.

– Seize ans ! Mais c'est bien trop vieux pour toi.

– Ne dis pas de bêtises. Il est super, Dol. Très beau, avec des cheveux noirs et des yeux incroyables et il ne porte que des vêtements de marque. Toutes les filles sont folles de lui, mais c'est à moi qu'il a dit « bonjour ».

– Alors tu es vraiment *sortie* avec lui ?

– Eh bien… on s'est rencontrés au MacDo puis on est allés sur le terrain de jeux.

– Mais avec les autres.

– Il m'a embrassée.

– Pour de vrai ? Tu plaisantes, hein ?

– Non, pour de vrai. Il l'a fait quand on jouait près des balançoires et que ses copains tapaient dans le ballon sur la pelouse.

– Alors c'était comment ?

Star a marqué une pause.

– Je ne sais pas, moi. Comme un baiser.

– D'accord, mais ça t'a fait quel effet ?

– Un effet baveux ! a dit Star, et on ri toutes les deux.

– Alors c'est lui que tu devais retrouver ce soir ?

– Oui. Et tous les autres. Janice Taylor y sera. Elle est dans la classe au-dessus et elle est très jolie. Elle est folle de Mark. J'ai peur qu'elle lui fasse des avances si je ne suis pas là.

Star s'est rongé les ongles de plus belle, arrachant les petites peaux jusqu'au sang.

– Arrête de te manger. Bon. Va voir Mark ce soir.

– Mais tu as peur toute seule.

– Tout se passera bien.

– Oh, génial !

Star m'a lancé un grand sourire avant de courir se préparer dans notre chambre.

– Tu es sûre, Dol ? elle a appelé en enlevant son uniforme.

– Sûre et certaine. Du moment que tu reviens vite.

– Je serai de retour à 10 heures. Promis. Et tu peux manger ma part de poulet si tu veux.

Je regrettais déjà mon offre et je restais assise sans bouger, les doigts noués, en me demandant ce que j'allais bien pouvoir faire. Personne à qui parler. Pas de télévision. Je pouvais dessiner, regarder un livre d'images, me déguiser ou encore jouer à la coiffeuse. Mais aucune de ces activités ne me tentait.

– Dol ? Ne fais pas cette tête, a dit Star en regagnant le salon.

Elle portait un haut de Pétunia et elle avait souligné ses

yeux avec du mascara. Elle faisait incroyablement adulte. Ce n'était plus ma sœur, mais une inconnue.

– Je ne fais aucune tête en particulier, j'ai dit.

Et je me suis mise à gribouiller sur le dos de mon cahier de brouillon. J'ai dessiné une fille avec de longs cheveux et un haut moulant. J'ai noirci le contour de ses yeux et je l'ai entourée d'étoiles.

– J'y vais, a dit Star.

Elle a regardé par-dessus mon épaule.

– C'est moi ça ?

Je me suis contentée de grogner.

– On dirait que j'ai deux yeux au beurre noir. Bon, à tout à l'heure. Avant 10 heures. Tu te débrouilles, hein ?

J'ai hoché la tête, de peur de ne pouvoir articuler.

Elle m'a passé la main dans les cheveux et elle est sortie. J'ai entendu la porte claquer puis le bruit étouffé de ses baskets dans l'escalier.

L'appartement paraissait tellement silencieux sans elle. J'ai farfouillé un moment parmi les cassettes de Pétunia. Mais je préférais ne pas trop penser à elle parce que sinon j'allais recommencer à m'inquiéter.

De toute façon j'étais inquiète. Je n'arrêtais pas de scruter la pièce, surtout derrière moi. J'avais l'impression qu'un maniaque s'approchait en catimini. Ou qu'une énorme araignée toute velue allait me monter sur le pied. J'ai coincé une chaise sous le bouton de la porte et j'ai replié mes jambes contre ma poitrine mais ça n'a pas suffi à me rassurer.

J'ai dessiné un autre personnage à côté de Star. Une sorte de poisson tout moche avec un gros nez et qui pleurait comme une fontaine. Puis j'ai entendu des pas dans

l'escalier. Mon cœur s'est mis à battre. J'ai serré le crayon si fort qu'il a creusé un sillon dans ma paume. J'ai attendu qu'on frappe. J'avais décidé de ne pas répondre. Pétunia était criblée de dettes et certains créanciers avaient des têtes sinistres. Ou bien c'étaient ses anciens petits amis. Il y en avait un surtout qui me faisait peur.

Je tremblais comme une feuille. J'ai essayé de me convaincre que tout allait bien. Ils pouvaient bien tambouriner à la porte toute la nuit, je n'avais qu'à rester assise sans bouger. Ils finiraient par renoncer et par s'en aller.

Mais personne n'a frappé. J'ai tendu l'oreille. Est-ce que j'avais imaginé ces bruits de pas ? Puis j'ai entendu le cliquetis d'une clé dans la serrure. Ils avaient la clé ! Certains petits amis de Pétunia avaient la clé ! Ils allaient entrer et j'étais toute seule…

La porte a claqué et les pas ont résonné dans le couloir. Je me suis mordu le poing jusqu'au sang, trop paniquée pour songer à me cacher ou à m'enfuir.

– Dol ?

Star est entrée dans la pièce et m'a regardée.

– Qu'est-ce que tu as, Dol ?

– Oh, Star ! Tu m'as fait une de ces peurs !

J'ai sauté sur mes pieds, je lui ai donné un coup puis je l'ai étreinte.

– Pourquoi tu es revenue ?

– Je suis allée au bout de la rue et puis j'ai eu un peu de remords à te laisser seule.

– Je vais très bien.

– Oh oui, tu parles ! Tu en as presque fait pipi dans ta culotte. Allez.

– Quoi ?

– Tu viens avec moi.

– Pour aller voir tes amis ?

– Oui.

– Mais tu disais…

– Et maintenant je te dis que tu viens. Mais pas dans cette robe affreuse. Mets ton jean.

– D'accord !

Star m'a prêté un tee-shirt et j'ai noué mes cheveux en chignon pour me vieillir un peu. Il se dressait tout droit comme l'antenne de Dipsy, dans les Télétubbies.

– C'est peut-être mieux avec les cheveux lâchés. Qu'est-ce que tu en penses, Star ?

– C'est très bien comme ça. Dépêche-toi ou ça ne vaudra même plus la peine d'y aller. Bon, ne gâche pas tout et ne dis pas de bêtises, d'accord ? Pas d'histoires. Essaie juste d'être normale.

Je ne savais pas vraiment comment on faisait pour être normale, mais ça n'avait aucune importance. Une fois en ville, quand on a retrouvé la petite bande devant le MacDo, personne ne m'a prêté la moindre attention. Les autres n'avaient pas l'air de s'intéresser beaucoup plus à Star. Janice Taylor et les autres filles n'ont même pas daigné la saluer. Les plus jeunes garçons souriaient à Star et se donnaient des coups devant elle mais les plus âgés ne lui ont pas accordé un regard. J'ai deviné tout de suite lequel était Mark mais il paraissait plongé dans une importante discussion avec ses copains.

Star est allée se planter aussi près que possible de lui. Je l'ai suivie. Mon estomac grondait. Pourquoi personne ne voulait entrer dans le MacDo ? Je me suis mise à penser à la salade de poulet qui m'attendait à la maison.

– Star, j'ai faim.

Elle se concentrait tellement sur Mark qu'elle ne m'a pas entendue. Chaque fois qu'il éclatait de rire, elle découvrait ses dents et émettait un ricanement identique. Quand il rejetait sa mèche en arrière, la tête de Star pivotait aussi. Et lorsqu'il posait une main sur la hanche, le bras nu de Star l'imitait comme son ombre.

Deux jeunes garçons ont commencé une bagarre idiote. L'un d'eux a heurté Star. Elle lui a donné un coup de coude et l'a remis vertement à sa place.

Mark a levé les yeux.

– Hé, faites gaffe à Starlette !

Starlette ! J'ai cru qu'elle allait lui enfoncer les dents au fond de la gorge. Mais elle s'est ramollie comme de la guimauve.

– Salut, Mark, elle a susurré d'une petite voix ridicule.

Il a eu un geste vague de la main puis il a murmuré quelque chose à ses copains. Ils ont tous éclaté de rire.

Je ne sais pas si Star a entendu ce qu'il avait dit mais elle s'est mise à rougir. Elle a baissé la tête, la dissimulant sous un rideau de cheveux, mais elle n'a pas bougé. Elle a attendu. Finalement, quand ses copains sont entrés dans le fast-food, Mark a passé un bras sur ses épaules.

– Tu viens manger un morceau, Starlette ?

– Tu me laisses grignoter quelques-unes de tes frites ?

– Tu ne veux pas un cornet à toi toute seule ? C'est moi qui régale.

– C'est trop gentil, Mark, elle a dit, la bouche dégoulinante de sirop mielleux. Hé, je sais. Je peux avoir une glace ?

– Bien sûr.

Elle est entrée dans le MacDo, l'épaule toujours encastrée sous l'aisselle de Mark. Elle ne m'a même pas jeté un coup d'œil.

J'ai ouvert la porte battante d'un coup de pied. Et moi alors ? Ça n'était pas juste. Moi aussi, j'adorais les glaces. Star aimait le chocolat mais je préférais le caramel. J'avais tellement envie de lécher une glace que j'en ai tiré la langue.

– Hé, à qui tu tires la langue, gamine ? a dit Janice sur un ton hargneux.

J'ai agité la langue de façon aussi grossière que possible.

– On ne t'a jamais appris les bonnes manières ! a lancé l'amie de Janice. Qui c'est celle-là ?

– C'est la petite sœur de Star. Elle vient tout le temps traîner à la sortie du collège.

– J'y suis ! Et Star, c'est celle avec la longue tignasse ?

Elle a hoché la tête en direction de Star et de Mark qui étaient au comptoir.

– Je ne vois pas ce que Mark lui trouve, a dit Janice. Ça me donne la nausée rien que de la voir minauder autour de lui. Qu'est-ce qui lui prend de vouloir sortir avec une gamine comme ça ?

L'amie lui a murmuré quelque chose à l'oreille et elles ont éclaté de rire.

Je leur ai tiré la langue comme une folle.

– Ils vont te coller à l'asile si tu continues, a dit Janice.

Elle a mis un bras sur les épaules de son amie et toutes deux se sont éloignées. J'ai remballé ma langue. Les mots « à l'asile » résonnaient dans ma tête. Je me suis mordu l'intérieur de la joue pour me distraire.

– Qu'est-ce que tu fais ? a sifflé Star.

Elle m'a entraînée au fond du MacDo et m'a installée à une table dans un coin. Elle a posé sa glace devant moi.

– Tiens, c'est pour toi. Je suis là-bas avec Mark, d'accord ?

Elle est partie en courant se blottir contre lui. Elle n'avait plus rien à manger. J'ai baissé les yeux sur la coupe de glace. Elle avait même pensé à en commander une nappée de caramel.

Je l'ai dévorée à grands coups de langue, savourant chaque bouchée. Star devait avoir aussi faim que moi. De temps à autre, Mark lui offrait une frite, mais il l'obligeait à supplier comme un petit chien. Elle s'exécutait avec un certain charme, la tête inclinée sur le côté, en poussant de petits halètements, les mains recourbées comme des papattes, mais ça me mettait mal à l'aise.

Le pire restait à venir. Mark et Star se sont éclipsés dans l'allée derrière le drugstore. J'ai dû faire semblant d'admirer des bouteilles de shampooing et des lunettes de soleil pendant des heures. J'avais encore faim. J'en ai eu tellement marre de rester debout que j'ai fini par me laisser glisser contre la vitrine. Je me suis assise par terre malgré le froid qui pénétrait à travers mon jean. C'était comme de s'asseoir sur un grand baquet de glace.

J'étais toute tremblante quand Star est enfin revenue.

– Debout, Dol. Tu vas attraper froid par terre.

– Où est Mark ?

– Il est parti retrouver ses copains. Comment tu le trouves ? Il est formidable, non ?

– Non.

– Mais si ! C'est le plus beau garçon du collège. Toutes les filles veulent sortir avec lui. Janice Taylor en est verte de jalousie.

– Qu'est-ce que tu as fait avec lui ?

– A ton avis ?

Elle a vu l'expression sur mon visage.

– Tout va bien, Dol. Je t'assure. On n'a fait que se bécoter.

Je détestais ce mot. On aurait dit des animaux de basse-cour. Des poules ou des dindons. Et des cochons, pendant qu'on y est ? Mark et Star avec une paire de groins, une peau toute rose et une horrible queue tire-bouchonnée. Je les ai imaginés vautrés l'un sur l'autre et ça m'a donné envie de vomir.

– Dol ?

– Fiche-moi la paix.

– Mais qu'est-ce que tu as ?

– Je n'aime pas ta façon de te comporter avec Mark.

– Tu es jalouse, c'est tout.

103

– Non ! Et ce n'est seulement avec Mark, mais avec tous les autres. Tu as changé.

– J'ai grandi.

– Eh bien tu n'es pas encore assez grande pour laisser ce Mark te baver dessus. Je vais le dire à Pétunia.

Star a rigolé.

– Et alors ? Qu'est-ce que je risque ? Je suis sûre qu'elle avait déjà fait bien pire que ça à mon âge.

– Tu crois qu'elle va rentrer ce soir ? Elle a promis.

– Elle promet toujours.

Cette nuit s'annonçait comme une nouvelle promesse non tenue. Nous sommes rentrées à la maison avant 10 heures. Nous avons mangé notre salade de poulet. Puis nous avons fait nos préparatifs pour le coucher. J'aimais bien mieux Star quand elle s'est démaquillée et qu'elle a enfilé sa vieille chemise de nuit parsemée de petits nounours. Elle était de tellement bonne humeur qu'elle a fait parler toutes les peluches avec des voix différentes.

– Tu te souviens de mon vieux nounours ? je lui ai demandé en frottant mon foulard de soie contre mon nez. Le gros jaune avec une veste écossaise. Je regrette de l'avoir perdu.

– Je t'en achèterai un pour Noël.

– Non, je n'en veux pas d'autre. C'est Teddy qui me manque. Et toutes mes affaires. Mes vieux livres d'images et ma poupée Barbie avec tous ses habits.

– J'adorais ma Barbie. Mais tu lui as coupé les cheveux. D'abord j'étais folle de rage puis finalement j'aimais assez son look de skinhead. Je lui ai fait des brodequins noirs en pâte à modeler, tu te rappelles ?

– Oui, mais on les as perdus. Il me manque. Je voudrais…

J'ai fait un grand geste d'impuissance.

On n'avait jamais eu de chambre aussi belle et elle me plaisait beaucoup. Il n'y avait pas de rideaux ni de tapis mais Pétunia avait acheté un énorme pot de peinture bleu foncé et on avait peint les murs et le plafond. Pétunia avait transformé les murs en océan, elle avait dessiné des baleines, des requins, des sirènes sur un récif de corail et tout un banc de dauphins en train de plonger. Le plafond, c'était le ciel. Pétunia avait passé toute une journée et la moitié de la nuit accrochée à un escabeau pour peindre la Voie lactée, Sirius, les Pléiades, la Grande et la Petite Ourse, et la grosse étoile Polaire. Mais en plus gros et en plus brillant que tout le reste, elle avait peint les cinq points de l'étoile qu'elle portait tatouée sur sa poitrine, au-dessus de son cœur.

C'était la plus belle chambre de filles qu'on puisse rêver. Je ne tenais pas à la voir encombrée de vieux jouets rongés par les mites. Mais je regrettais qu'on n'ait pas pu en garder certains. Ou bien on nous les avait volés. Ou bien on avait dû déménager à la cloche de bois, en abandonnant toutes nos affaires.

J'ai pensé à mes vieux jouets éparpillés sur la moitié de la ville et je me suis sentie triste.

– Je me demande ce qu'ils sont devenus.

Je les ai imaginés entassés dans une benne à ordures puis déversés dans une affreuse décharge, avec des emballages de plats à emporter qui leur dégoulinaient dessus, les mouettes qui picoraient les yeux en verre de Teddy et les rats qui rongeaient le reste des cheveux de Barbie.

Star m'a laissée entrer dans son lit quand nous avons

entendu sonner minuit et que Pétunia n'était toujours pas rentrée. Je me suis endormie le nez dans les nounours de son dos et j'ai rêvé que nous étions dans une benne à ordures, Star et moi, et que les éboueurs lui peignaient les cheveux de leurs doigts sales et lui léchaient le visage. Puis ils l'ont attachée sur le devant de leur camion en guise de mascotte. Moi, ils m'ont balancée sur le tas d'ordures et j'étais engluée dans ces immondices, j'appelais Pétunia à l'aide mais elle ne venait pas. Elle ne venait pas à mon secours, et pourtant j'ai crié son nom des dizaines de fois…

– Pétunia !

– Je suis là, Dol. Tout va bien, je suis là, ma chérie. Ça va même on ne peut mieux. Réveillez-vous. Star, mon cœur, réveille-toi !

Pétunia avait allumé la lampe. La lumière était si forte qu'au début je ne voyais rien. Je me suis accrochée à elle, les yeux à demi fermés, et j'ai senti les effluves d'alcool dans son haleine mais elle semblait en forme, même si elle tremblait un peu. Je l'ai serrée fort mais elle ne s'occupait pas de moi.

– Star ! Star, assieds-toi, ma chérie.

Pétunia s'est appuyée sur moi pour écarter les cheveux du visage de Star.

– Star, j'aimerais te présenter quelqu'un.

Sa voix était toute frémissante, au point qu'elle parvenait à peine à articuler les mots.

– Star, voici Micky. Ton *père* !

La sorcière

On s'est redressées toutes les deux et on l'a regardé avec de grands yeux. C'était comme si lady Diana venait de descendre du ciel pour nous rendre visite. Depuis toujours, Pétunia nous avait parlé de Micky mais on n'avait jamais vraiment cru ce qu'elle nous racontait.

– Vous êtes Micky ? Sans rire ? a dit Star en détaillant l'inconnu.

Il n'avait pas tout à fait l'air d'un inconnu. Il était grand et mince comme Star, avec de longs cheveux clairs qui lui tombaient sur les épaules, des yeux bleus, un nez droit et une fossette sur la joue gauche. Il portait un tee-shirt noir, un blouson de cuir noir, un jean noir et des bottes noires. Il avait un bracelet en argent à un poignet et une grosse bague à chaque main.

– Alors vous êtes.. mon père ? a murmuré Star.

Il n'avait pas l'air d'un papa. Plutôt d'une rock star.

Micky s'est tourné vers Pétunia.

– Je suis… ton père, Star.

– Ouah ! a dit Star. Je n'en reviens pas.

– Moi non plus ! Je ne savais même pas que j'étais papa. Je tombe des nues. D'abord je rencontre Pétunia. Et voilà que j'ai une fille !

Il m'a regardée un moment.

– Hé, tu n'es pas ma fille, toi aussi ?

– Non, elle, c'est Dolphin, a dit Pétunia.

– Bonjour, Dolphin. Tu as un joli nom.

Ses yeux s'étaient déjà reportés sur Star. Il était comme ébloui.

– Je te l'avais dit, a fait Pétunia à Micky. Je te l'avais dit, Star.

Elle était tellement excitée qu'elle sautillait presque sur place dans ses sandales.

Star et Micky se regardaient dans les yeux, comme s'ils apprenaient par cœur les traits de leur visage. On aurait dit que Star, Micky et Pétunia étaient pris dans une grande bulle arc-en-ciel qui s'élevait dans les airs.

Moi, j'étais à l'extérieur de la bulle. Sur le plancher des vaches. Exclue de la famille.

– Vous voulez vous lever, les filles ? Je pourrais préparer quelque chose à manger. Tu as faim, Micky ?

– On a mangé le poulet, Dol et moi. Mais comment vous êtes-vous retrouvés ? Il devait y avoir des milliers de personnes à ce concert.

– Des milliers et des milliers, a dit Pétunia. Mais je l'ai trouvé. J'en étais sûre. Je savais même où le chercher.

– Tu l'as lu dans ta boule de cristal, a dit Micky.

– Tu te souviens ! a ri Pétunia.

Elle avait une belle sorcière tatouée sur le ventre, avec une robe à manches flottantes et de longs cheveux bou-

108

clés. Elle fixait d'un regard pénétrant sa boule de cristal, qui était en fait le nombril de Pétunia, entouré d'un trait noir.

– C'était mon idée, la sorcière avec sa boule de cristal, a dit Micky. Tu me la montres ?

Pétunia a soulevé son décolleté en riant. On a eu aussi un petit aperçu.

– Elle est superbe. Je fais aussi des sorcières, mais en plus celtique, a dit Micky en montrant sa bague.

– C'est toi qui as fait cette bague ! s'est exclamée Star.

– Micky a ouvert sa boutique de bijoux, a annoncé fièrement Pétunia. Et c'est lui qui dessine tous les modèles.

Micky a tendu la bague à Star.

– Elle est magnifique !

Elle la tenait avec une sorte de dévotion, examinant le moindre détail.

J'ai essayé de la regarder aussi, mais elle m'a écartée d'un coup de coude.

– Dol, ôte-toi de mon soleil !

Du bout du doigt, elle a caressé les arabesques complexes du motif. Elle a même touché l'intérieur encore tout chaud de l'anneau.

– Je peux l'essayer ?

– Bien sûr.

– Elle est beaucoup trop grande, a dit Star, en faisant pivoter la bague sur son doigt.

– C'est parce que tu es toute menue, a dit Micky. Quel âge as-tu, Star ? Treize ans ? Tu es toute petite.

– Ta petite fille, a soufflé Pétunia comme on dit une prière.

J'ai cru que Star allait se fâcher, elle qui faisait tant d'efforts pour paraître plus vieille que son âge, mais elle n'a pas eu l'air de se vexer. Elle a levé les yeux vers Micky à travers ses cheveux blonds. Ma poitrine était si comprimée que je pouvais à peine respirer. J'aurais dû me féliciter que Star ait retrouvé son père, mais je ne supportais pas la façon qu'il avait de la couver du regard.

– Je n'en crois pas ma chance, a dit Micky.

Il ne parlait peut-être pas seulement de la chance qu'il avait de se découvrir une fille. Il voulait peut-être dire qu'il était content d'avoir pour fille la fée Clochette, et pas sa sœur à tête de gargouille.

– Nous avons tous de la chance ! a chantonné Pétunia en tournoyant dans la pièce.

Elle avait l'air si belle, ses cheveux roux au vent, les bras levés, son corps ondulant comme celui de la sorcière sur son ventre mais Micky lui a coulé un drôle de regard en biais.

– De la chance, de la chance, de la chance !

Pétunia a vu la tête que je faisais et elle m'a sortie du lit pour me faire danser avec elle. J'ai titubé comme une idiote, mal à l'aise à cause de ma chemise de nuit qui était beaucoup trop courte, et aussi très sale.

– Allez, Dol, danse ! Cette chance, c'est un peu grâce à toi. Ton trèfle à quatre feuilles ! Quatre, mon nouveau chiffre porte-bonheur, le symbole de l'équilibre parfait, car nous avons l'équilibre parfait, n'est-ce pas, ma chérie ?

Elle me faisait tourner de plus en plus vite.

– Je crois qu'on ferait mieux de manger un morceau, a dit Micky. Tu m'as tout l'air d'avoir un léger et adorable petit coup dans le nez.

– Ni coup dans le nez, ni bourrée, ni fracassée ! Oui, j'ai été brisée en mille morceaux mais aujourd'hui je me sens de nouveau entière, remise à neuf, toute rabibochée.

– Je vais voir si je peux préparer quelque chose, a dit Star, mais on savait l'une comme l'autre qu'il restait tout juste quelques feuilles de laitue et assez de pain pour les toasts du petit déjeuner.

– Et si on commandait une pizza ?

On était au beau milieu de la nuit mais Micky connaissait le numéro d'une pizzeria qui livrait à domicile vingt-quatre heures sur vingt-quatre. Il a appelé depuis son portable.

– Quelle est ta garniture préférée, ma belle ? il a demandé à Star.

– Fromage et ananas.

Il a rejeté le buste en arrière, mimant la surprise.

– Pareil que moi ! Incroyable !

– C'est aussi ma préférée, a dit Pétunia, alors qu'elle n'avait jamais aimé les pizzas.

– Et toi, Dolphin ?

Je ne savais pas quoi dire. J'aimais aussi le fromage et l'ananas, c'est ce qu'on prenait toujours, mais si je demandais la même chose, j'allais passer pour un perroquet.

– Je voudrais... champignon. Et poivron. S'il te plaît.

Grave erreur. Il a fallu attendre des heures avant que les pizzas arrivent. J'avais des picotements de nausée comme chaque fois que je me relève la nuit. L'odeur des pizzas chaudes m'a presque donné envie de vomir. Star et Micky se sont jetés sur la leur avec appétit, en échangeant la liste interminable de tous les plats qu'ils aimaient ou détestaient, s'amusant de chaque similitude, même la plus grotesque. Vous connaissez beaucoup de gens qui détestent le chocolat et qui raffolent des choux de Bruxelles ?

Je me suis rendu compte mais un peu tard que j'avais horreur des champignons. Les miens étaient grisâtres et gluants, à moitié enfouis dans la pâte. On aurait dit qu'une cohorte de limaces avait rampé dans la boîte et établi son nid dans ma pizza. J'ai essayé de manger autour des champignons, la gorge serrée de peur d'en avaler un par accident. Les poivrons ne valaient guère mieux. D'aspect, ils étaient très jolis, rouge et vert vif, mais ils piquaient atrocement.

– Laisse-la si tu n'en veux pas, a dit Star.

Elle s'est excusée du regard auprès de Micky.

– Elle a sommeil.

Pétunia a à peine touché sa pizza, elle aussi. Elle est allée jusqu'au placard et s'est baissée. Elle s'est servi une longue rasade de vodka, le dos tourné. Elle croyait peut-être qu'on n'y verrait que du feu.

Je n'ai pas eu la force de la regarder.

– Alors tu bois en Suisse maintenant ? a dit Micky.

– Un dernier pour la route, a répondu Pétunia. C'est l'heure d'aller au lit. Regardez cette pauvre Dol, elle a du mal à garder les yeux ouverts.

– Bon, hé bien… Sur ce…

Micky a enfourné sa dernière bouchée de pizza et il s'est levé. Il a tendu la main pour caresser les longs cheveux de Star.

– Quand puis-je revenir te voir ? il a demandé, comme s'il sollicitait un rendez-vous galant.

– Hein ? a fait Pétunia en secouant la tête.

Elle s'est resservi un verre devant tout le monde.

– Micky, qu'est-ce que tu racontes ? Tu ne vas quand même pas partir ?

– Il est 2 heures du matin, ma belle.

– Arrête ! Tu ne vas plus nulle part. Tu restes ici avec nous.

– Je reviendrai demain.

– Non ! s'est exclamée Pétunia, d'une voix trop forte. Non, tu ne peux pas partir maintenant !

Elle criait presque.

Micky lui a jeté un autre regard en biais. Il est resté debout sans bouger. Star lui a pris la main.

– Reste, s'il te plaît.

Son visage s'est radouci.

– Bon, d'accord.

Et je l'ai vu serrer la main de Star. Si elle lui avait dit : « Envole-toi par la fenêtre, s'il te plaît », il aurait sauté à travers la vitre.

Pétunia l'a emmené avec elle. Star et moi, nous sommes allées nous coucher mais ni l'une ni l'autre nous n'avons pu trouver le sommeil. Je me suis bien pelotonnée sous la couette, mon foulard de soie sur le visage.

– Je n'en reviens toujours pas, a murmuré Star.

– Oui, il est… comme elle a toujours dit.

– Encore mieux. Et moi qui ne la croyais pas. Pourtant elle avait raison. Pas étonnant qu'elle soit encore folle de lui. Et c'est mon papa.

– Oui, mais il ne s'est jamais comporté comme un vrai papa, hein ? j'ai dit avec une pointe d'amertume.

– Qu'est-ce que tu veux dire ?

– Il n'a pas gardé le contact, il ne t'a pas emmenée en balade comme un père normal, pas vrai ? Enfin, je ne critique pas, mon papa non plus, mais...

– Parce qu'il ne savait pas que j'existais. Tu l'as entendu. Les bras lui en tombaient. Je parie qu'il ne savait même pas que Pétunia attendait un bébé. Ils ont dû se séparer avant qu'elle le lui annonce.

– Il l'a quittée.

Je me suis encore recroquevillée sous mes draps, tirant si fort le foulard sur mon visage qu'il m'écrasait le nez.

Star n'a pas répondu tout de suite. Je me demandais si elle s'était endormie. Mais au bout d'une minute environ, elle a dit :

– Il ne me quittera pas, moi.

Elle s'est endormie peu après. Quant à moi, je n'arrivais toujours pas à trouver le sommeil. J'entendais Pétunia et Micky. Je me suis enfouie sous la couette, le visage couvert d'un masque de soie. L'étoffe me chatouillait à chaque respiration. Je suis restée allongée ainsi jusque tard dans la nuit. Inspiration, expiration...

Star m'a réveillée de bonne heure le lendemain matin.

– Qu'est-ce que tu fais tout au fond du lit, Dol ? Tu es folle, tu vas étouffer. Sors de là.

– J'ai sommeil.

– Allez, réveille-toi ! Tu as oublié ? Mon papa est ici.

– Il est peut-être parti à l'heure qu'il est.

– Ça m'étonnerait.

Mais il y avait une soudaine panique dans sa voix. Elle s'est écartée de mon lit. J'ai entendu le bruissement de la brosse dans ses cheveux. Puis elle s'est mise à tourner dans la pièce comme un ours en cage.

– Tu ne peux pas aller voir, j'ai marmonné. Pas s'il est avec Pétunia. Elle sera folle de rage.

– C'est mon papa, après tout !

Et elle est sortie de la chambre. Je me suis assise et j'ai tendu l'oreille. Comme elle avait refermé la porte derrière elle, je n'ai pas entendu grand-chose. La voix de Star qui murmurait. Puis celle de Micky. Une pointe m'a traversé l'estomac. J'espérais qu'il aurait fichu le camp. Je savais que c'était mal. J'ai senti une deuxième douleur au ventre parce que j'étais une sœur odieuse.

Je n'ai pas entendu Pétunia. Mais en général elle avait du mal à se réveiller le matin. Apparemment, Star et Micky étaient dans la cuisine à présent. Il y a eu la longue plainte de la tuyauterie quand on ouvre le robinet. J'avais la gorge sèche et le goût de la pizza de la veille dans la bouche. J'avais envie d'un verre d'eau.

Je me suis dit que je ne devrais peut-être pas les déranger. Star préférait sans doute être seule avec lui dans la cuisine. Mais j'étais aussi chez moi. Et j'avais très très soif.

Je me suis levée et je suis entrée dans la cuisine d'un air timide. Micky faisait du café, habillé tout en noir, frais et dispos malgré ses joues mal rasées. Assise à la table, Star sirotait un verre d'eau en balançant ses jambes nues. Ils discutaient à bâtons rompus mais ils se sont arrêtés quand je suis apparue.

– Je veux un verre d'eau, j'ai dit, avec une voix de bébé.

– Bien sûr, a dit Micky. Star et moi on parlait justement du petit déjeuner.

– Il y a des corn-flakes, j'ai dit. Mais il n'y a plus de lait.

– Je peux descendre chez l'épicier du coin, a dit Star. Il ouvre tôt le samedi.

– Tu ne vas pas sortir faire les courses. a dit Micky, plein de sollicitude.

Il la trouvait sans doute trop petite pour ça. Je m'apprêtais à lui dire qu'aussi loin que je me rappelais, Star s'était toujours occupée des courses. Et qu'elle le faisait beaucoup mieux que Pétunia. J'ai ouvert la bouche mais Star m'a fusillée du regard. Apparemment, elle préférait qu'il la prenne pour une gamine idiote.

– On pourrait prendre le petit déjeuner au restaurant.

Star et moi, nous avons ouvert de grands yeux. Le restaurant, c'était pour le déjeuner, ou pour le dîner. Il ne nous était encore jamais venu à l'esprit qu'on pouvait y prendre le petit déjeuner.

– Où ça ? j'ai demandé.

J'ai été prise d'un espoir soudain.

– Si on allait chez MacDonald's ?

– On n'a pas envie de hamburgers, on veut un petit déjeuner ! a dit Micky. Je connais l'endroit idéal. Vous les filles, allez vous mettre sur votre trente et un. Je vais essayer de réveiller votre mère. Elle était encore dans les vapes quand je suis sorti de la chambre.

On a été prêtes en un rien de temps. Star n'a pas pris la peine de se maquiller. Elle portait un jean noir – pour faire comme lui – et elle avait noué un ruban de velours noir autour de son cou.

– C'est moche, j'ai bougonné.

Le noir sur sa peau blanche était superbe.

J'ai mis mon débardeur noir brodé et une jupe à damier noir et blanc que Pétunia avait confectionnée pour moi à partir d'une fripe des années cinquante. Elle avait cousu le symbole du *yin* et du *yang* sur certains carrés mais elle en avait eu assez avant d'arriver au bout, alors j'avais été obligée de les attacher avec des épingles de nourrice. J'aurais voulu mettre un collier de velours noir pour rehausser ma tenue mais je ne pouvais pas copier Star.

On a réveillé Pétunia. Elle a appelé « Micky ? » avant même d'ouvrir les yeux.

– Il est là. Et il veut nous emmener prendre le petit déjeuner dehors, a dit fièrement Star.

– Excellente idée.

Elle a sorti les jambes du lit, mais une fois debout, elle a vacillé.

– Oh là là, elle a dit en se prenant la tête entre les mains. Je suis dans le cirage.

Elle a passé une heure sous la douche et une autre pour s'habiller et se maquiller. Quand elle est enfin apparue dans la cuisine, son visage était livide et ses yeux injectés de sang. Ses cheveux pendaient lamentablement, avec des mèches rebelles autour des oreilles. Sa croix tatouée, pas encore bien guérie, offrait un mélange de croûtes et de chair à vif. Elle portait le même bustier à paillettes et la même mini-jupe que la veille. A la lumière du jour, ça n'avait pas l'air très chic.

Je l'ai regardée d'un air peiné. Jusqu'alors, j'avais toujours cru que Pétunia était belle. A présent je n'en étais plus très sûre.

– Ça va, mon cœur ? a dit Micky.

J'ai essayé de me sentir réconfortée. *Mon cœur*. Il devait avoir des sentiments pour elle. Même s'il avait dit ça sur un ton désinvolte, comme si c'était le terme qu'il employait avec toutes les femmes.

– Prête, Star ? il a dit, en posant un bras sur ses épaules.

117

Il avait prononcé son nom d'une certaine façon, comme si une petite étoile brillait sur ses lèvres.

Sa voiture était devant la maison, une Jaguar rouge XJ6. Star a poussé un cri de midinette en la voyant.

– Ouah ! Je ne suis jamais montée dans une Jaguar.

– Assieds-toi devant avec moi, a dit Micky.

Star a regardé Pétunia qui a hoché la tête et mis ses lunettes noires.

– Oui, va donc t'asseoir à côté de ton père.

Micky a rigolé.

– Je ne me lasse pas d'entendre ce mot. Papa ! C'est tellement étrange. Il y a un an environ, je me suis senti soudain très conscient du temps qui file et…

– Comme à un carrefour ! a dit Pétunia d'une voix triomphante.

Elle est montée en voiture en révélant une grande partie de ses jambes décorées.

– Oh, Micky, nous sommes des âmes sœurs ! C'est pour ça que je voulais cette croix. Hé, si je demandais à Steve d'ajouter nos deux noms, au-dessus de la croix ? Ou peut-être dans une sorte de ruban, relié à chaque bout ?

– Si ça te chante, a dit Micky. Non, ce que je voulais dire, c'est que je me suis mis à gamberger sur le fait d'avoir un enfant. Je me suis posé sérieusement la question, encore que l'idée d'un bambin en train de vomir partout n'avait rien pour me séduire. Et aujourd'hui je suis le plus heureux des pères ! J'ai une jolie fille toute faite, la plus belle surprise de ma vie !

Star a gloussé tandis qu'il l'aidait à régler son siège. Elle m'a jeté un regard par-dessus l'épaule et a articulé en silence : « Tu vois ! »

Ce jour-là, j'en ai vu de toutes les couleurs. Ça m'a empê-chée de profiter pleinement de ce qui aurait dû être une journée formidable, parce que nous avons été tellement gâtées. Micky nous a promenées dans Londres et nous avons pris le petit déjeuner dans un grand hôtel. Nous avons mangé des croissants, bu du café et une délicieuse boisson gazeuse, moitié orange pressée, moitié champagne. Je me suis demandé si j'allais être saoule. Star avait l'air pompette avant même d'avoir avalé une gorgée. Elle s'était assise tout contre Micky et il la traitait comme un coq en pâte, lui ouvrant son petit pot de confitures et beurrant ses tartines.

J'ai beurré mon croissant toute seule et je l'ai mangé en faisant tomber des miettes graisseuses sur ma jupe. Les bulles du Buck's Fizz m'ont surprise ; je me suis mise à tous-soter et à postillonner. En tendant la main pour me donner des tapes dans le dos, Pétunia a renversé son café. Star et Micky faisaient des têtes comme si notre compagnie les indisposait.

Ensuite nous sommes allés chez Hamley's dans Oxford Street, un énorme magasin de jouets. Micky nous a montré les poupées, même s'il voyait bien que Star avait passé l'âge. Moi aussi, j'étais censée être trop grande pour ça, mais j'en bavais d'envie en contemplant toutes ces poupées de collection enfermées dans des vitrines. Elles avaient des visages doux et de très longs cheveux. J'en avais des démangeaisons dans les doigts à l'idée de les coiffer. Elles portaient aussi des tenues romantiques, des robes à smocks cousues main, des robes-chasubles froncées et d'adorables bottines en cuir véritable.

J'ai appuyé mon front contre la vitrine et je les ai toutes

admirées, leur inventant à chacune un nom et une personnalité. Elles me tendaient leurs doigts blancs. Elles avaient l'air si vraies que j'étais convaincue qu'elles ne pouvaient pas être froides et dures au toucher. J'ai choisi ma préférée. Elle avait des boucles blondes, des yeux bleus, une robe couleur de jacinthe, des socquettes de soie rose et des chaussures bleues avec des boutons de nacre. Je l'ai baptisée Natacha et je savais qu'elle et moi nous serions amies pour la vie…

– Viens, Dol, a dit Star en me tirant par la manche.

Quand elle a finalement réussi à m'arracher à ma contemplation, j'ai laissé un petit nuage de buée sur la vitre à l'endroit où j'avais respiré si longtemps. Pétunia s'enthousiasmait devant les Barbie, poussant des cris de petite fille. C'était encore pire dans la section des animaux : elle prenait un ours, un lion, une vache, et les faisant grogner, rugir ou meugler. Je redoutais le moment où un employé allait venir nous rappeler à l'ordre. Star était nerveuse elle aussi, constamment à jeter des regards à la dérobée vers Micky. Il a paru surpris mais il est resté très cool. Il a même joué les marionnettistes avec un gros gorille, le faisant bondir vers Star qui a poussé un cri strident. Je traînais les pieds, en pensant à Natacha à l'étage supérieur.

– Dol ! Dis merci à Micky, a dit Pétunia.

Elle m'a donné un coup de coude. Je n'avais pas enregistré. Micky proposait de nous acheter chacune une peluche. Il a essayé de convaincre Star de prendre l'énorme gorille mais elle a refusé en riant, sous prétexte qu'il faisait trop peur. Elle a choisi un nounours couleur de miel avec un museau bosselé et des pattes violettes.

Pétunia ne savait plus où donner de la tête : elle a jonglé avec les hippopotames, les pandas et un énorme python, avant de jeter enfin son dévolu sur un tigre à rayures orange et aux grands yeux verts.

– C'est ton portrait tout craché, a dit Micky.

Il s'est tourné vers moi.

– A ton tour, Dolphin. Il faut que tu te décides. Que dirais-tu d'un dauphin ?

Il y en avait de gros bleu turquoise avec la tête noire et les dents blanches. Je ne les aimais pas du tout mais je me suis dit que ce serait peut-être mal élevé de refuser. Je mourais d'envie de demander à Star si je pouvais prendre Natacha à la place. Elle coûtait beaucoup plus cher qu'un dauphin mais Micky avait l'air de rouler sur l'or puisqu'il était prêt à offrir à Star ce gorille qui valait presque deux cents livres. Mais Star était sa fille. Et elle avait finalement choisi un nounours beaucoup plus modeste.

Finalement, je n'ai pas osé demander Natacha.

– Le choix est difficile, ils sont tous beaux. Les poupées aussi sont très belles, j'ai ajouté avec mes gros sabots.

Mais personne ne m'écoutait vraiment.

Je me suis retrouvée avec un dauphin. Il nageait dans son sac en plastique aux couleurs de Hamley's, butant contre ma jambe à chaque pas et me mordillant le mollet. Pétunia portait fièrement son tigre sur l'épaule, si bien qu'elle attirait plus que jamais les regards des passants. Star tenait son nounours serré sous son bras tout en discourant avec Micky à propos des peluches. Il avait chéri le même nounours pendant toute son enfance.

– Moi aussi, j'ai toujours rêvé d'en avoir un bien à moi, a dit Star. Et maintenant c'est fait.

J'ai fait mine de vomir. Star et Micky m'ont ignorée. Pétunia était blanche comme un linge, à croire qu'elle allait vomir pour de bon. Elle parlait sans arrêt. Micky hochait la tête ou faisait un commentaire de temps à autre, mais il la regardait à peine.

On a déjeuné au Planet Hollywood et on a eu trois tee-shirts. Puis on a fait un tour dans les attractions du Trocadero et de Sega World. J'essayais de calculer dans ma tête combien tout ça pouvait coûter. Micky était peut-être millionnaire ?

Après, nous sommes allées nous promener dans Soho. Star et moi on a rigolé devant les vitrines des sex-shops. Puis on a poussé jusqu'à Chinatown et Micky nous a acheté des chaussons brodés, noirs pour moi, verts pour Pétunia et rouges pour Star.

Nous avions encore le ventre plein du déjeuner mais nous nous sommes arrêtés pour manger des pâtisseries dans un salon de thé français. Pétunia n'a pas commandé de gâteau. Elle a juste pris du thé citron et en a bu un litre. Peut-être qu'elle avait soif, à force de parler comme ça. J'ai choisi un gros gâteau crémeux recouvert d'un glaçage rose à la pâte d'amandes. Il était superbe mais j'avais peur que Micky me prenne pour une meurt-de-faim. Lui et Star ont choisi des tartes à la fraise. Star n'a pas touché à la croûte.

Elle a juste piqué les grosses fraises et les a mangées avec gourmandise, en léchant la crème et en mordillant délicatement la chair rouge.

Micky la regardait faire d'un air réjoui.

– Arrête de faire des cochonneries avec ta tarte, Star, a dit Pétunia. Mange proprement.

– Laisse-la manger comme elle veut, a dit Micky. Elle s'amuse.

– Et comment ! a dit Star. C'est le plus beau jour de ma vie. J'aimerais qu'il ne finisse jamais.

Il y avait une kermesse à Leicester Square, avec une de ces attractions où on s'attache et on bascule comme des fous.

– Hé, faisons un tour ! a crié Pétunia.

Micky a regardé Star. Elle a fait la grimace.

– Du calme, Pétunia. Les enfants vont être malades, après avoir mangé ces gâteaux.

– Oh, allez ! Tu viens avec moi, Micky chéri. Les filles nous feront des signes, pas vrai ? Allez, quoi, amusons-nous !

C'était comme si elle avait déjà le tournis. Ses cheveux étaient tout ébouriffés, ses yeux brillaient, son corps se trémoussait. Elle a attrapé Micky par le bras, essayant de l'entraîner.

– Je déteste ces trucs. Et on ne peut pas laisser les filles toutes seules, c'est plein de détraqués par ici. Hé, si on allait tous sur le manège ?

– Oh oui, j'adore les manèges, a dit Star.

– Moi aussi, j'ai dit, mais tout le monde s'en fichait.

Alors j'ai fait comme si Natacha avait brisé sa cage de verre d'un coup de bottine bleue et qu'elle s'était enfuie, ses boucles soyeuses flottant sur son visage.

Pétunia allait piquer une crise et je préférais ne pas voir ça. J'ai pris Natacha dans mes bras et je lui ai dit qu'elle pouvait venir habiter chez moi. Je la déshabillerais, je l'envelopperais tous les soirs dans mon foulard de soie, on se blottirait l'une contre l'autre dans mon lit, on se dirait nos petits secrets, puis on irait à l'école ensemble et toutes les autres filles voudraient être son amie mais Natacha ne parlerait qu'à moi. Bon, elle pourrait dire bonjour à Miro mais à personne d'autre. On travaillerait en duo, elle apprendrait les leçons et ferait tous les travaux d'écriture à ma place et on serait premières de la classe à tous les coups…

– Lâche-moi un peu, Pétunia, a dit Micky en se dérobant à son emprise.

Elle est restée un moment interdite, la main levée. Puis elle a éclaté de rire.

– Eh bien moi, je vais m'amuser !

Et elle s'est dirigée vers le gros rouleau qui tourbillonnait.

– Elle est souvent comme ça ? a dit Micky.

Star a hésité avant de répondre.

– Elle va bien. On peut aller au manège ?

J'ai choisi un cheval noir avec des naseaux rouges et une selle violette. Je me suis assise bien en arrière pour que Natacha puisse s'installer devant. Star a choisi un cheval blanc avec une selle rouge. Elle a pris place devant et Micky s'est juché derrière elle. Rien que de les voir, j'ai eu un haut-le-cœur alors que le manège n'avait pas commencé à tourner. J'ai cherché du regard Pétunia. Elle était sur le rouleau à bascule, toutes jambes dehors, le tigre serré sur la poitrine. Il y avait beaucoup de gens attachés avec elle mais les sièges à sa droite et à sa gauche étaient vides.

Le manège s'est ébranlé. A chaque passage, je me tordais le cou pour apercevoir Pétunia. Le rouleau avait commencé à bouger violemment en avant et en arrière.

Tout le monde criait. Mais Pétunia hurlait plus fort que les autres, la bouche en forme de O.

J'ai serré la barre torsadée comme un sucre d'orge jusqu'à en avoir mal aux mains. Le manège a ralenti mais Micky nous a payé plusieurs tours. Lui et Star jacassaient comme des pies. Comme si leur cheval blanc avait brisé ses liens et les avait emportés au loin.

J'ai essayé de faire la causette avec Natacha mais je n'ai pas réussi à entrer dans le jeu. J'étais toute seule sur ce cheval, la nuit tombait, la journée touchait à sa fin, je ne savais pas ce qui allait se passer et j'avais peur.

Pétunia avait beaucoup plus peur que moi. Elle tremblait comme une feuille quand elle est descendue de cette stupide machine. Micky a dû passer un bras autour de sa taille pour la soutenir. Elle s'est penchée contre lui et lui a embrassé le cou.

– Je crois qu'il est temps de rentrer à la maison, a dit Micky.

– Chez toi ? a dit Pétunia.

– Non, pas chez moi. Tu sais bien que j'habite à Brighton maintenant.

– Alors chez nous, a dit Pétunia. Tant pis. Du moment qu'on reste tous ensemble. Oh, Micky, je n'arrive pas à croire qu'on se soit retrouvés. On va s'amuser comme des fous.

Je ne sais pas qui elle croyait tromper. Était-elle seulement dupe elle-même ? Elle a babillé et chanté et sautillé pendant tout le trajet, mais elle semblait à bout de nerfs. Micky a attendu qu'on soit arrivés devant la maison pour annoncer l'inéluctable. Il s'est d'abord assuré qu'on était toutes les trois sorties de la voiture.

– Il faut que je me sauve maintenant. Mais on a passé une journée formidable et je reviendrai vite.

Il m'a serré l'épaule, il a donné à Star un baiser timide sur la joue puis il s'est présenté les bras ballants devant Pétunia. Elle s'est mise à pleurer.

– Pas de larmes, chérie. Je serai bientôt de retour, c'est promis.

Il l'a embrassée sur la joue comme si elle avait notre âge.

Puis il a sauté dans sa voiture et il a démarré. J'ai observé Star. Elle a suivi la voiture des yeux jusqu'à ce qu'elle disparaisse au coin de la rue. Elle a continué de regarder, comme si elle la voyait encore. Elle ne pleurait pas comme Pétunia. Son visage était soigneusement dépourvu de toute expression mais ses yeux brillaient.

L'œil

Micky a envoyé des cadeaux tous les jours. Pas seulement pour Star. Pour moi aussi – et pour Pétunia. Il y avait des petits cadeaux rigolos, comme un minuscule mouchoir à fleurs pour Star et un immense mouchoir à pois rouge et blanc pour que Pétunia éponge ses larmes. Il y avait des cadeaux pratiques : un téléphone portable parce qu'il savait que notre ligne était coupée. Mais aussi des cadeaux très chers, des colliers dans des bourses de velours noir. Moi, j'ai eu un petit dauphin monté sur une chaîne d'argent. J'aurais bien voulu ne pas toujours écoper de dauphin. Pétunia a reçu un pendant en ambre, du même roux orangé que ses cheveux. Star a eu une pierre noire qui lançait des éclairs à la lumière. Elle était accrochée à un ruban de velours noir.

– Un onyx noir, a dit Pétunia.

– Non, c'est un saphir, a corrigé Star en prononçant les mots comme une incantation sacrée.

– Non. Les saphirs sont bleus, tout le monde sait ça.

– Non, il en existe des noirs. Et on dirait qu'il y a une étoile prisonnière au milieu. C'est Micky qui me l'a expliqué.

Apparemment, Star discutait beaucoup avec Micky. Parfois, elle emportait en douce le téléphone portable dans son cartable avant le réveil de Pétunia. En tout cas, elle n'a pas paru surprise du cadeau qui est arrivé tôt le samedi matin : deux allers-retours tarif enfant pour Brighton.

– Qu'est-ce que c'est ? j'ai demandé bêtement.

– Oh, Dol, ouvre les yeux. Allez. Dépêchons-nous. Prends ta chemise de nuit, on dort là-bas. Tout bien réfléchi, laisse tomber, elle est trop minable. Tu ferais mieux de dormir en culotte. Bon, voyons, brosse à dents, peigne, sous-vêtements de rechange…

Curieusement, les affaires de Star étaient toutes prêtes, propres comme un sou neuf. Elle était forcément au courant.

– Il n'y a pas d'autre billet ? j'ai demandé, en regardant dans l'enveloppe.

– Je les ai tous les deux, avec le mot de Micky.

– Non, je veux dire un troisième billet. Pour Pétunia.

– Pour moi ? a dit Pétunia.

Elle est entrée en titubant dans la chambre. Elle faisait peine à voir. Depuis samedi dernier, elle avait beaucoup bu et elle parlait sans arrêt de Micky. Elle parlait aussi à Micky, enfin, chaque fois qu'elle parvenait à arracher le téléphone des mains de Star.

Star a fait non de la tête. Pétunia a blêmi puis elle s'est précipitée aux toilettes. On l'a entendue vomir.

– Elle est bouleversée, j'ai dit.

– Elle a trop bu, c'est tout. Dépêche-toi, s'il te plaît, Dol. Ce sera beaucoup plus facile si on part tout de suite. On pourra appeler Micky de la gare Victoria pour lui dire quel train on prend et il viendra nous chercher.

– On ne peut pas la laisser seule !

– Bien sûr que si. Elle ne se gêne pas, elle.

C'était la stricte vérité. N'empêche que j'avais l'impression de lui jouer un mauvais tour.

Quand elle est sortie de la salle de bains, elle paraissait au trente-sixième dessous. Elle frissonnait dans sa nuisette, les bras croisés sur la poitrine. Ses yeux se sont posés sur les affaires que Star fourrait à la va-vite dans son sac à dos.

– Nous allons passer le week-end à Brighton, a dit Pétunia. Micky me l'a dit au téléphone.

– Juste Dol et moi, a répliqué Star.

Son visage était ferme mais sa voix tremblait.

– Je viens aussi, a dit Pétunia. Aïe aïe aïe ! Je ne sais pas ce que j'ai. Sans doute une gastro. J'espère que vous ne l'attraperez pas, les filles. Bon ! Il faut que j'accélère et que je prépare mon sac.

– Il n'y a que deux billets, Pétunia. Un pour Dol et un pour moi.

– Oh.

Pétunia a pris l'enveloppe, elle a jeté un rapide coup d'œil à l'intérieur, puis elle l'a déchirée.

– Ça ne fait rien. Je peux encore me payer mon billet.

– Pétunia. Il n'y a que Dol et moi qui sommes invitées. Je croyais que Micky t'avait expliqué.

– Expliqué quoi ?

– On passe la nuit chez lui.

– Et alors ? Je peux bien y dormir, moi aussi.

Star a poussé un soupir. Elle a fermé les poings. Elle s'est raclé la gorge.

– Sa petite amie sera là-bas.

– Sa petite amie ? j'ai répété.

– Mais c'est moi, sa petite amie, a dit Pétunia en remettant un peu d'ordre dans sa chevelure.

– Il vit avec une autre femme, Pétunia. Sîan.

– *Sîan* ? a répété Pétunia comme si c'était un gros mot.

– Il m'a dit qu'il t'en avait parlé.

– Oui, il a mentionné une fille. Mais Micky est le seul amour de ma vie, alors je me fiche bien qu'il ait eu quelques aventures depuis. Si ça n'était pas le cas, il ne serait pas humain. Mais c'est moi qu'il est venu chercher. Je suis la mère de son enfant. Il faut que j'y aille, c'est évident. Il faut bien que je veille sur vous.

– On se débrouillera très bien, a dit Star. Bon, Dol et moi, on ferait mieux de partir. Micky a dit qu'on devrait essayer de prendre le train de 10 heures.

– Attendez-moi. S'il vous plaît. Laissez-moi venir avec vous.

Elle a couru dans sa chambre, elle a enfilé son plus beau cardigan sur sa vieille nuisette mais elle l'a boutonné tout de travers.

– Pourquoi elle ne viendrait pas avec nous ? j'ai soufflé à Star.

– Il n'y a pas de chambre pour elle. C'est Micky qui me l'a dit.

– Micky a dit, Micky a dit. Je commence à en avoir plein le dos de ton Micky. D'abord, pourquoi c'est lui qui déciderait de tout ? Les chemins de fer ne lui appartiennent pas. Brighton ne lui appartient pas.

– Mais son appartement, si. Et il est tout petit. Il nous a acheté deux lits de camp. On dormira dans le salon, lui et Sîan dans la chambre. Il n'y a pas de place pour Pétunia.

– Je pourrais dormir sur le divan, est intervenue Pétunia. Ou bien Sîan. D'ailleurs, si je suis là, elle n'a pas besoin de venir jouer les nounous.

– Elle habite là tout le temps ou presque. Elle et Micky sont ensemble depuis plus de deux ans.

– C'est moi sa petite amie, a répété Pétunia en glissant les pieds dans ses hauts talons et en essayant d'arranger son cardigan.

– Ne dis pas de bêtises, Pétunia. Votre histoire n'a duré que quelques *semaines*. Il me l'a dit.

– N'empêche qu'il est resté ici samedi dernier.

– Parce qu'il voulait me voir, moi ! Et il veut me revoir ce week-end. Je ne te laisserai pas tout ficher par terre. Tu ne viens pas.

– Alors je n'y vais pas non plus, j'ai dit.

Elles en sont restées baba.

– Je n'y vais pas, j'ai répété.

– Ne dis pas de sottises, Dol. Bien sûr que tu viens.

– Micky n'a pas envie de me voir. Et je n'ai pas non plus envie de le voir. Je le trouve horrible. Et toi aussi, Star, je te trouve horrible. Pétunia et moi, on va rester à la maison. Va retrouver ton cher Micky à Brighton. On s'en fiche.

– Ah oui ? C'est comme ça ?

Elle a pris son sac et elle est sortie de la chambre. On a entendu claquer la porte, puis des pas qui dévalaient l'escalier et le bruit sourd de la porte d'entrée qui se refermait.

L'appartement est resté plongé dans le silence. Debout, à moitié habillée, toute tremblante, Pétunia tirait encore sur son cardigan.

– Dol ? elle a dit, les yeux brillants.

– Tout va bien. Regarde, tu t'es boutonnée n'importe comment. Approche.

Je lui ai remis les boutons dans les bons trous. Elle paraissait sous le choc. Des larmes ont ruisselé sur son visage.

– On va bien s'amuser, j'ai dit. Juste toi et moi.

Je l'ai serrée fort contre moi, au point que les petites perles de son cardigan se sont imprimées sur ma joue.

Je n'ai pas pu m'empêcher d'espérer que Star allait rappliquer ventre à terre. Elle dirait que Pétunia pouvait venir aussi. Elle insisterait pour que je l'accompagne. Elle resterait à la maison avec nous.

Mais rien de tout ça.

Pétunia et moi sommes restées toutes seules. J'aurais voulu qu'elle me soit reconnaissante de ne pas être partie avec Star. Mais elle a commencé à tout mélanger dans sa tête. A l'entendre, c'était de ma faute si elle n'était pas invitée à Brighton.

Je me suis défendue et elle s'est vraiment fâchée. Elle s'est mise à crier à tue-tête, le front plissé, la bouche comme une grande caverne rouge, un filet de salive sur le menton. Elle faisait des moulinets avec les bras et j'avais peur qu'elle me tape, même si elle n'avait encore jamais levé la main sur moi. J'ai essayé de me justifier mais elle faisait un tel ramdam qu'elle ne m'entendait pas.

Il y a eu un grand coup frappé à la porte. Pétunia n'y a

pas prêté attention, alors je ne suis pas allée ouvrir. Je savais qui c'était.

Mme Luft a crié à travers la fente de la boîte aux lettres :

– Si vous n'arrêtez pas ce chambard j'appelle la police et ils vous expédieront tout droit à l'asile de fous !

A ces mots, Pétunia a bondi à la porte et l'a ouverte en grand. Mme Luft a reculé, manquant tomber à la renverse. Pétunia faisait encore de grands mouvements.

– Pétunia, non ! j'ai crié.

Elle s'est figée sur place, les bras en l'air, sur la pointe des pieds, la bouche dessinant un cri.

– Non ! Ne fais pas ça !

Elle m'a regardée comme si elle s'apercevait seulement de ma présence. Ses bras sont retombés le long de son corps et elle s'est effondrée contre le mur, haletante.

Mme Luft a battu en retraite, toujours pliée en deux.

– Elle est folle ! Une vraie cinglée ! Elle déraille complètement. Et avec deux enfants à charge !

– Tout va bien, j'ai dit. Maman était en colère après moi parce que j'ai fait une grosse bêtise. Elle était en train de me gronder. Et après ? D'abord nous ne sommes pas à la charge de Pétunia, nous avons un père, n'est-ce pas, Pétunia ? Star est chez lui en ce moment et s'il apprend que vous avez dit des horreurs sur ma mère, comme par exemple de la traiter de folle, il vous poursuivra en diffamation, vous verrez, vieille toupie.

Mme Luft s'est redressée.

– Je ne m'abaisserais pas à une vulgaire querelle de voisinage. Votre place à toutes les trois est dans le caniveau. Maintenant, parlez plus bas ou j'appelle la police une bonne fois pour toutes.

Je lui ai claqué la porte au nez. Le sang me fouettait le corps comme si je venais de courir un mille mètres. J'aurais aimé que Pétunia me félicite d'une tape dans le dos mais son esprit battait de nouveau la campagne. Elle s'est retroussé les manches pour gratter les croûtes de son tatouage à grands coups d'ongles.

– Arrête ! Tu vas tout infecter !

Je suis allée chercher sa crème désinfectante qu'elle a appliquée lentement. Ça a paru la soulager. Elle a fait sa toilette et elle s'est habillée. Je l'ai coiffée. Je lui ai fait une mise en plis très chic que j'ai fixée avec ma pince crabe verte.

– Ferme les yeux.

J'ai aspergé ses cheveux de laque pour que les mèches restent bien en place.

Le troisième œil de Pétunia me regardait sans ciller. Elle s'était fait tatouer un gros œil vert sur la nuque. D'ordinaire, il disparaissait sous les cheveux. Ça faisait tout drôle de le voir me fixer comme ça. Quand j'étais en CE1, dans ma première école – je ne me souviens plus de son nom, je suis passée par tellement d'endroits différents ! –, la maîtresse avait pour habitude de claquer la langue pour nous rappeler à l'ordre lorsque nous n'étions pas sages. Elle se plaignait de ne pas avoir des yeux derrière la tête pour mieux surveiller nos bêtises. Je lui ai dit que ma mère avait un œil sur la nuque, un grand œil vert, et la maîtresse a répondu : « C'est ça, ma chérie », comme si elle n'en croyait pas un mot.

J'ai allongé la main et j'ai touché la prunelle verte. L'œil n'a toujours pas cillé mais Pétunia a arrondi les épaules.

– Attention, tu me mets le doigt dans l'œil.

C'était une vieille blague entre nous. Ça m'a fait du bien de l'entendre. Pétunia semblait calmée. Ses cris résonnaient encore dans ma tête et me glaçaient le sang. Mais après tout, il valait peut-être mieux qu'elle ait crevé l'abcès. Au moins elle n'était plus en colère contre moi.

– Qu'est-ce qu'on va faire aujourd'hui, Pétunia ?

Je n'aurais jamais dû demander.

– Aujourd'hui ? On va à Brighton.

J'ai fait de mon mieux pour la dissuader. On ne savait même pas où habitait Micky.

– On trouvera. Mon flair ne me trompe jamais.

J'ai posé les yeux sur le téléphone portable.

– Tu pourrais peut-être téléphoner et lui demander.

Mais elle n'avait pas le numéro. C'est toujours Micky qui appelait.

Star connaissait le numéro. Mais elle n'avait pas voulu le donner.

Nous sommes restées un moment à contempler l'appareil comme s'il pouvait composer le numéro tout seul. Soudain la sonnerie a retenti et nous avons fait un bond en l'air comme s'il allait nous exploser à la figure. Puis nous avons tendu la main en même temps pour l'attraper. J'ai été la plus rapide.

– C'est toi, Dol ?

Star appelait d'une cabine. J'entendais des annonces par haut-parleurs en fond sonore.

– Tu es à la gare ?

– Oui. Écoute. Comment va-t-elle ?

– Euh... bien.

Je n'avais pas envie de lui raconter la crise de tout à l'heure. De toute façon, c'était terminé.

– Tu es sûre ? Bon, il faut que j'attrape mon train dans une minute, mais je voulais juste vérifier.

– Star, attends-nous. On va à Brighton, nous aussi.

– Pas avec Pétunia. Ne la laisse pas faire.

– Star, s'il te plaît.

– Oh non...

J'ai cru entendre un sanglot.

– Je ne sais plus quoi faire, a repris Star. Pourquoi tu n'as pas voulu venir avec moi ? Oh, Dol, elle va vraiment bien ? Écoute, je dois y aller, je vais rater mon train. Il faut que je voie Micky. C'est mon père.

– C'est quoi, son numéro, Star ?

– Quoi ?

– Le téléphone. Il me faut le numéro.

– Non, je ne peux pas te le donner. Je n'ai pas le droit. Je vous appellerai. Ce soir, d'accord ? Et je serai de retour demain.

Pétunia m'a pris le téléphone des mains.

– Star, ma chérie, il faut que je parle à Micky. C'est très urgent. S'il te plaît, donne-moi le numéro tout de suite.

Star a raccroché. Pétunia a eu une grimace de dépit. Une mèche de cheveux s'est échappée pour pendre sur son oreille. J'ai essayé de la remettre en place.

– On n'a qu'à téléphoner aux renseignements, j'ai proposé. On leur donnera le nom de Micky.

– Excellente idée !

Mais Micky était sur liste rouge.

– Aucune importance, a dit Pétunia. On s'en passera. Je connais tout sur lui, la façon dont ses yeux se plissent quand il sourit, les taches de rousseur sur son dos, les chansons qu'il fredonne sous la douche, la musique qu'il aime.

Tu vois, Dol, je savais qu'il serait au concert d'Emerald City. Je l'ai trouvé au milieu de la foule. Mes pas m'ont conduite droit sur lui. Eh bien on va aller à Brighton, on va tomber pile sur sa maison et il sera enchanté de nous voir. On va recommencer comme samedi. On s'est bien amusés, pas vrai ? Tous les quatre. Comme une vraie famille.

– Mais Star dit qu'il vit avec cette Sîan.

– Elle compte pour du beurre. On se débarrassera d'elle. Viens, Dol. On va à Brighton. Qu'est-ce qui t'a pris de perdre tout ce temps à me faire cette scène ridicule ?

Je l'ai regardée avec des yeux ronds. Est-ce qu'elle mélangeait tout dans sa tête au point de croire que c'était moi qui avais crié ? Elle a évité de me regarder dans les yeux. Elle m'a tourné le dos pour me présenter son troisième œil.

Nous sommes parties pour Brighton. J'ai utilisé mon billet. Pétunia a payé le sien avec sa nouvelle carte de crédit. Autre source d'inquiétude.

Je ne me souvenais pas si j'étais déjà allée à Brighton. A l'arrivée, Pétunia est descendue d'un pas alerte mais elle ne semblait pas non plus savoir son chemin. Nous n'avons pas eu trop de mal à trouver la direction du front de mer parce qu'on apercevait le scintillement de l'eau à l'horizon. C'était plus loin qu'il ne paraissait. Et Pétunia portait des talons hauts.

– On va prendre un taxi, elle a dit.

Elle a hélé le premier qui passait. Le taxi s'est arrêté et le chauffeur l'a regardée.

– Conduisez-nous chez Micky, a dit Pétunia en grimpant à l'arrière du véhicule.

– Où ça ?

– Chez Micky.

– C'est une boîte de nuit ou quoi ? C'est à quelle adresse ?

– Je n'en sais trop rien. Faites le tour de la ville, je suis sûre que je reconnaîtrai la maison.

– Vous avez de l'argent, ma petite dame ?

– Bien sûr. Enfin, j'ai ma carte de crédit.

– Non, merci. Descendez de là. Toi aussi, mignonne. Je ne vais pas vous trimballer à travers tout Brighton. Vous êtes cinglée.

– Comment vous m'avez appelée ?

Il a fallu que je la sorte en vitesse du taxi. Ensuite, nous avons marché. Direction le front de mer. Il n'y avait pas de sable fin mais la mer était d'un bleu turquoise et la jetée coiffée d'un grand dôme brillait sous le soleil. Le visage de Pétunia s'est éclairé, lui aussi. Elle m'a prise par la main et nous sommes entrées dans la galerie. Elle a trouvé un stand où on faisait votre thème astral pour voir si vous êtes compatible avec votre partenaire. Comme elle n'avait pas oublié la date de naissance de Micky – à défaut de connaître son numéro de téléphone ou son adresse –, elle a dépensé le reste de notre argent pour voir si leur couple était né sous une bonne étoile.

L'ordinateur a dit qu'ils étaient compatibles à 75 %, un pourcentage bien supérieur à la moyenne. Pétunia a lu la feuille trois fois, avec un sourire jusqu'aux oreilles. On est allées jusqu'au bout de l'arcade puis on a fait demi-tour. J'aurais préféré qu'elle garde un peu d'argent pour qu'on essaie d'attraper un nounours vert ou un panda avec un nœud-papillon dans les machines à sous. J'avais aussi envie d'une glace. L'heure du déjeuner était passée depuis longtemps. Mais Pétunia avait rarement faim quand elle était dans cet état de nerfs.

Il y avait un *Fish and Chips* au milieu de la jetée. Rien que l'odeur m'a fait saliver. Installés sur une longue rangée de transats, les gens croquaient à belles dents du poisson frit et des frites. Une fille maigre comme un clou avait à peine touché son assiette en carton, se contentant de jeter quelques frites aux mouettes. Elle est partie jouer avec son petit ami. Je les ai suivis du regard. Puis mes yeux se sont reportés sur le poisson et les frites. Plusieurs mouettes à l'œil rond et au bec orange étaient déjà perchées sur la balustrade, prêtes à la curée. Mais j'ai bondi la première sur l'assiette et je me suis goinfrée.

– Dol ! a dit Pétunia, mais elle ne m'a pas arrêtée.

Elle regardait au loin, les yeux mi-clos. Chaque fois qu'elle apercevait quelqu'un avec des cheveux blonds elle se hissait sur la pointe des pieds, sa main étreignait mes doigts graisseux, mais jusqu'à présent on n'avait pas vu trace de Micky ni de Star.

– On va les trouver, a dit Pétunia.

On a parcouru des kilomètres. Pétunia avait tellement d'ampoules aux pieds qu'elle a dû glisser des Kleenex entre les lanières de ses chaussures. On a fait toutes les galeries commerciales pour s'informer dans chaque bijouterie, mais personne ne connaissait Micky ni son travail.

– Ces magasins sont trop grands, trop modernes, trop clinquants, a dit Pétunia.

Alors on a quadrillé les ruelles tortueuses, pleines de bijouteries anciennes.

– Non, trop démodées, a dit Pétunia, quand on les a eu toutes faites.

Finalement, on est tombées sur des rues animées, avec des gens qui faisaient des tresses, qui jouaient de la flûte et qui vendaient de l'ambre sur des étals.

– C'est plus son style, a dit Pétunia.

Nous sommes entrées dans plusieurs bijouteries. Nous n'avons vu aucune bague ressemblant à celle que portait Micky et il n'y avait pas non plus de colliers comme les nôtres. Personne ne connaissait Micky – ou s'ils le connaissaient, ils n'ont rien voulu nous dire.

– On ne va jamais le trouver, Pétunia, j'ai dit en dénouant mes lacets et en arquant mes plantes de pieds endolories.

– Mais si, bien sûr, elle a répondu en me tirant par le bras, avant que j'aie eu le temps de remettre mes chaussures.

Nous avons repris notre vadrouille, jusqu'à la fermeture des boutiques.

– Si on rentrait à la maison ?

– Pas question de rentrer tant qu'on n'a pas retrouvé Micky et Star.

Elle s'imaginait sans doute qu'à force de le répéter, son vœu allait se réaliser. Chaque fois qu'on passait devant un pub, elle ralentissait l'allure : elle mourait d'envie de boire un verre. Moi aussi, j'avais très soif. J'ai essayé de boire à même le robinet d'eau froide dans les toilettes publiques mais ça n'était pas facile. L'eau a éclaboussé mon tee-shirt, qui est devenu tout mouillé et inconfortable. Le vent soufflait de la mer et il commençait à faire frisquet.

– S'il te plaît, rentrons à la maison.

– Tais-toi, Dol. Arrête d'être aussi défaitiste. C'est peut-être de ta faute si on ne les a pas encore retrouvés.

J'avais peur qu'elle ne ressorte de ses gonds. J'étais fatiguée, j'avais faim et froid et mes pieds me faisaient mal. Je ne pouvais plus tenir. J'ai fondu en larmes, poussant de grands vagissements.

– Arrête.

Impossible.

– *Arrête !* Écoute, tout va s'arranger dès qu'on les aura retrouvés. Micky va nous emmener dîner et on va passer une soirée formidable, je te promets. Mais il faut que tu te taises maintenant, Dol. Les gens nous regardent. On va marcher encore un peu. Je te parie qu'on va les croiser dans la rue suivante.

– C'est de la folie, j'ai sangloté.

Pétunia m'a giflée. J'ai reculé, le souffle coupé. Elle aussi semblait abasourdie. Elle contemplait sa main comme si elle n'en croyait pas son geste.

Quelqu'un a dit à voix haute :

– Tu as vu la claque qu'elle a donnée à sa gamine !

– On devrait la dénoncer, a lancé un autre.

Puis une dame m'a tirée par la manche.

– Ça va, ma petite ?

Je les ai tous regardés. J'ai regardé Pétunia.

– Vite, Dol, elle a dit en me prenant la main.

Elle s'est mise à courir, me traînant derrière elle. Quelqu'un a crié dans notre dos mais personne n'a essayé de nous suivre. Deux pâtés de maisons plus loin, Pétunia m'a attirée dans le renfoncement d'un magasin.

– Je suis désolée, Dol, je te demande pardon, elle a dit, au bord des larmes. Je ne voulais pas te frapper. Oh, mon

Dieu, on ne voit rien dans cette pénombre. Ta joue est toute rouge ? Ma pauvre petite chérie. J'ai été si méchante avec toi. Tiens, à ton tour. Vas-y, gifle-moi fort !

Elle a pris ma main et a essayé de m'obliger à la frapper. Mon bras est retombé lourdement sur ma hanche.

– Je ne veux pas te faire de mal, j'ai reniflé.

– Ne dis pas ça. Ça me donne encore plus de remords.

Elle pleurait comme une petite fille, avec la bouche ouverte et le nez qui coulait comme une fontaine.

J'ai fouillé dans son sac et j'en ai sorti un mouchoir en papier.

– Tiens, j'ai dit en lui essuyant doucement le visage.

– On dirait que c'est toi la maman.

C'était un jeu auquel elle aimait jouer parfois. Je me suis dit que c'était ma seule chance de nous ramener à la maison.

– Oui, je suis la maman et tu es ma petite fille Pétunia. Tss, tss, tu t'es mise dans un drôle d'état, ma chérie. Maman va t'essuyer le nez. Maintenant, suis-moi comme une petite fille bien sage. Je vais te raconter une histoire en chemin, d'accord, ma belle ?

– Oui, maman, a dit Pétunia avec une voix d'enfant.

– Bien, ma chérie. Voilà. Il était une fois une petite fille qui s'appelait Pétunia. Elle avait des yeux couleur d'émeraude et des cheveux de la couleur du soleil couchant. Un jour, elle a été enlevée par des méchants...

C'était une vieille histoire que Pétunia avait elle-même inventée, mais elle m'a écoutée comme si elle l'entendait pour la première fois. On a gravi une rue en pente, et j'ai croisé les doigts en espérant qu'on mar-

chait en direction de la gare. Pétunia s'est tordu la cheville. J'ai passé une main autour de sa taille. J'avais vraiment l'impression d'être la mère et elle ma petite fille.
J'aurais voulu la prendre dans mes bras. Elle pleurait de
nouveau, les larmes coulaient sur ses joues.

– On abandonne, c'est ça ? elle a dit.

– Non, ma chérie, bien sûr que non. On reviendra
autant qu'il faudra et on les trouvera et ce sera formidable, comme tu l'as dit. Mais maintenant tu es fatiguée,
très très fatiguée, alors maman va te ramener à la maison et te mettre au lit.

Pétunia s'est arrêtée. J'ai cru qu'elle allait mettre fin à
notre jeu. J'ai attendu l'explosion de colère. Elle m'a
regardée longuement, comme si elle voyait tous les soucis qui s'agitaient sous mon crâne.

– Oh, Dol.

Elle a poussé un long soupir, comme si elle expulsait
tout l'air de son corps.

– Oh, Dol, pourquoi je te fais subir une chose
pareille ?

Nous sommes arrivées à la gare et nous avons pris le
train. Pétunia s'est endormie. J'ai glissé un bras autour
d'elle et j'ai laissé sa tête reposer sur ma poitrine encore
humide. Le contrôleur est passé et j'ai dû la réveiller,
mais elle a été très bien avec lui, discutant même un
moment. Il avait un tatouage sur le bras, un cœur tout
bête traversé d'un poignard. Il a contemplé la peau de
Pétunia avec une sorte d'effroi.

Quand on est rentrées à la maison, le téléphone sonnait. Sans discontinuer.

Star était tout excitée quand j'ai décroché.

– Oh, Dol, j'étais folle d'inquiétude ! Pourquoi vous ne répondez pas ?

– On était sorties.

– Vous n'aviez pas pris le téléphone ?

– On n'y avait pas pensé.

– Mais ça sert à ça ! C'est un portable, non ? Vous êtes deux idiotes. Vous allez bien ? Pétunia va bien ? Où étiez-vous passées ?

Star a marqué une pause. Moi aussi. Pétunia me regardait en se mordant les jointures des doigts.

– Oh, non. Ne me dis pas que vous êtes allées nous chercher à Brighton ?

– Bien sûr que non, j'ai répondu en vitesse.

– Si ! J'en suis sûre. Il fallait l'en empêcher. Écoute, Dol, même si elle avait trouvé la maison, ça n'aurait servi à rien. Micky est avec Sîan. Il ne veut plus rien avoir à faire avec Pétunia. Il pense qu'elle a besoin de se faire soigner. Il dit que ça n'est pas du tout horrible, avec des électrochocs comme raconte Pétunia. Elle aura juste à prendre un médicament qui la calmera. Mais d'après lui, elle ne devrait pas s'occuper de nous alors qu'elle est incapable de se prendre en charge elle-même.

Je collais le téléphone si fort contre ma tempe que j'en avais mal à l'oreille. Mais la voix de Star s'échappait encore par un coin. Pétunia a entendu jusqu'au dernier mot.

– Tais-toi, Star ! Arrête…

– Micky est très inquiet à ton sujet, Dol. Tu aurais dû venir avec moi. Je t'assure, il dit qu'elle est complètement folle.

J'ai coupé la ligne. Pétunia regardait dans le vide. Puis elle s'est traînée dans sa chambre et s'est effondrée sur le lit. Elle a pleuré dans l'oreiller où Micky avait posé la tête, la chemise froissée, les pieds tout écorchés d'ampoules. Ses cheveux s'échappaient de la pince crabe, mais le troisième œil continuait de regarder entre les mèches rousses, sec et immobile.

Le serpent

J'ai pris mon foulard de soie et je suis allée me coucher auprès de Pétunia. Le lendemain, nous avons fait la grasse matinée. Vers midi, j'ai préparé des corn-flakes et des toasts puis elle est retournée au fond de son lit pendant que je traînassais dans l'appartement.

J'ai fait un peu de dessin. J'ai essayé de dessiner Natacha sur le dos du paquet de corn-flakes. Je l'ai coloriée et je l'ai découpée pour pouvoir la tenir dans la main. Puis j'ai arraché une page dans le cahier de brouillon de Star et j'ai fabriqué des robes pour Natacha. J'ai laissé des languettes au niveau des épaules et j'ai découpé tout autour en faisant très attention de ne pas dépasser. Mais rien n'allait, ni les robes, ni le manteau, ni la chemise de nuit. Les manches étaient au mauvais endroit et, du coup, les bras en carton de Natacha s'agitaient derrière des manches vides. Les cols n'allaient pas non plus, si bien que les vêtements pendaient tout de travers.

Je me suis aperçue que j'aurais dû coucher la poupée en carton sur la feuille et dessiner autour d'elle pour avoir des vêtements bien ajustés mais j'étais trop découragée pour tout recommencer. J'ai fait comme si la vraie Natacha était là avec moi et j'ai inventé toutes sortes de jeux avec elle. Pétunia a dû m'entendre parler toute seule parce qu'elle est entrée dans la pièce en se frottant les yeux.

– Star est rentrée ?

– Non.

– Elle n'a pas dit à quelle heure elle serait de retour ?

– Non.

– Elle devrait être là d'une minute à l'autre. Micky va sans doute la ramener. Et monter ici. Hé, on ferait mieux de ranger un peu, Dol. Oh, là là, je suis affreuse – vite, un bain ! Viens avec moi. Tu as besoin d'un bon décrassage.

J'adorais prendre un bain avec Pétunia parce que son corps était tout bariolé dans l'eau : un vrai livre d'images animées. Et je pouvais regarder tous les tatouages qui étaient masqués d'habitude. Il y avait un serpent vert et bleu qui ondulait de chaque côté de sa colonne vertébrale, la langue fourchue dardée entre les omoplates et le bout de la queue tout en bas, dans le creux des reins.

Avec l'index, j'ai suivi les premiers méandres, et Pétunia a remué les épaules pour faire bouger le serpent. A dire vrai, je ne l'avais jamais vraiment trouvé à mon goût. Ses petits yeux mi-clos avaient un air vicieux et inquiétant. Subitement, le serpent m'a paru beaucoup trop réel, comme s'il allait se décoller du dos de Pétunia et ramper sur ma peau. Je suis sortie du bain en vitesse.

Pétunia y a passé des heures. Elle a mis encore plus de temps à s'habiller : elle a enfilé et ôté presque toute sa garde-robe. Finalement, elle s'est décidée pour un vieux jean et un tee-shirt rose pâle qui appartenait à Star. Elle a mis du rouge à lèvres assorti et elle s'est brossé les cheveux en arrière, derrière les oreilles, ce qui ne lui allait pas du tout. Sans les tatouages, elle aurait eu l'air presque normal. C'est là que j'ai compris. Elle voulait montrer à Micky qu'elle n'était pas folle.

Je n'ai pas osé lui rappeler que Star avait son billet retour, et que Micky n'allait donc probablement pas venir. Je n'avais pas envie qu'elle me reproche encore mon défaitisme. Et d'ailleurs je me trompais. Quand Star est enfin rentrée, tard dans la soirée, elle est allée droit à la fenêtre et elle a agité la main. On a entendu une voiture démarrer et s'éloigner.

Pétunia s'est précipitée à son tour à la fenêtre, mais Micky avait déjà tourné le coin de la rue.

– Il t'a ramenée depuis Brighton ? j'ai dit.

– Il voulait s'assurer qu'il ne m'arriverait rien, a frimé Star. Et que vous alliez bien.

– Pourquoi on n'irait pas bien ? j'ai répliqué.

Pétunia était encore collée contre la fenêtre. Nous l'avons regardée toutes les deux avec anxiété. Elle était capable de se jeter dans le vide.

– Pétunia ?

Ses épaules se sont arrondies. Elle s'est tournée, les paupières battantes, les yeux luisants. Une veine battait à sa tempe. Elle a inspiré profondément. Puis elle s'est forcée à esquisser un sourire niais.

– Tu t'es bien amusée, ma chérie ?

– Oui.

– Tant mieux. Je suis contente. C'est merveilleux que tu puisses faire connaissance avec ton père. Micky t'a raccompagnée jusqu'ici ? Pourquoi tu ne lui as pas proposé de monter boire un verre, ma chérie ?

– Il était pressé.

– C'est ça. Bon. Il t'a dit quand il te reverrait ?

– Le week-end prochain.

– Formidable.

Pétunia a pris Star dans ses bras. Star s'est d'abord raidie puis soudain elle a passé ses bras autour du cou de Pétunia et l'a serrée fort.

– Je lui ai demandé de monter. Et je lui ai dit à quel point tu l'aimais. Oh, Pétunia, je voudrais tant que ça puisse marcher comme tu le souhaites, toi, lui, Dol et moi. Je suis désolée. J'avais le cœur brisé en y allant. Mais il fallait que je le voie.

– Bien sûr. C'est ton père. Et il est merveilleux, je te l'ai toujours dit. Tu ne dois pas te sentir coupable, ma belle, tu dois être heureuse. Micky voulait sans doute t'avoir à lui tout seul ce week-end. Il a besoin de cette Sîan comme d'un chaperon, pas vrai ? Je comprends. Ne te fais pas de souci. Dol et moi, nous avons passé une très bonne journée, hein, ma chérie ?

– Oui. Absolument. Une très bonne journée.

Star m'a interrogée entre quat'zyeux quand on est allées se coucher.

– Fiche-moi la paix, Star. Tu parles que tu te faisais du souci ! Si je t'avais dit au téléphone qu'elle était en train de me découper avec un hachoir à viande, tu ne serais même pas revenue.

149

– Ne dis pas n'importe quoi ! J'étais morte d'inquiétude. Ça a même failli gâcher mon week-end, si tu veux savoir. Je n'arrêtais pas de téléphoner en me demandant si vous alliez bien.

– Mais tu n'es pas revenue plus tôt pour vérifier, hein ?

– Écoute, je ne suis pas ta mère. Ce n'est pas juste. Pourquoi est-ce que je devrais toujours veiller sur toi ?

– Ce n'est pas ce que tu fais. Je peux me débrouiller toute seule. Et je m'occupe aussi de Pétunia. Elle est grimpée aux rideaux mais je me suis débrouillée. Je savais exactement comment m'y prendre pour la remettre sur les rails.

– Comment ça, elle est grimpée aux rideaux ? Qu'est-ce qu'elle a fait ?

– Rien. Parce que je l'ai arrêtée à temps.

– Tu viens avec moi samedi prochain.

– Non.

– Si. Il faut que tu apprennes à connaître Micky.

– Pourquoi ? Il n'est pas mon père.

– Je sais bien. Mais il va quand même s'occuper de toi.

– Qu'est-ce que tu veux dire ?

– Dol. Il faut que ça reste secret. Tu me le jures ?

– Oui, d'accord. Alors, qu'est-ce qui se passe ?

Star s'est levée de son lit pour se glisser dans le mien. Elle était si près que son souffle m'a chatouillé le visage.

– Je vais peut-être aller vivre chez Micky, elle m'a murmuré dans le creux de l'oreille.

– Habiter chez lui ?

– Chut ! Oui. Et il dit que tu peux venir aussi. Nous en avons longuement discuté, lui et moi. Avec Sîan aussi. Ils ne vivent pas tout le temps ensemble, elle a gardé son appartement, mais Micky envisage de prendre une maison plus grande pour nous quatre.

– Et Pétunia ?

– Ne sois pas idiote.

J'y ai réfléchi, la tête me tournait. C'était comme dans les contes de fées. Non, tu n'es pas obligée de rester prisonnière de la méchante sorcière. Le prince charmant arrive sur son cheval blanc, il transforme les deux petites mendiantes en princesses, même la plus moche, et ils vivent heureux tous ensemble dans un château féerique. A ce détail près que Pétunia n'était pas une méchante sorcière. C'était notre maman.

– On ne peut pas l'abandonner.

– On pourra toujours la voir quand on en aura envie. Mais Micky dit qu'elle devrait faire un séjour à l'hôpital. Il dit qu'il connaît un endroit très bien où ils font cette thérapie…

– Elle ne voudra jamais y aller.

– Si seulement elle prenait ce médicament…

– Mais elle ne voudra pas.

– Alors ce n'est pas notre faute. Elle est censée s'occuper de nous. Nous sommes des enfants. On n'est pas supposées veiller sur elle. Comme je l'ai fait jusqu'à présent. Eh bien, je ne veux plus. J'ai deux parents maintenant. Et je veux vivre avec mon père.

– Je te trouve affreusement égoïste.

– Quoi ?

Elle m'a secouée par les épaules.

– Comment oses-tu dire une chose pareille ! Écoute, j'aurais pu rester avec Micky aujourd'hui, il me l'a demandé, et j'en avais envie, mais il fallait que je

151

revienne pour régler ton sort. Je n'étais pas obligée de penser à toi, Dol, j'aurais pu rester avec mon père, tout simplement. Mais nous avons pensé à toi et au fait que tu ne saurais peut-être pas t'y prendre comme moi…

— Je sais me débrouiller.

— Micky est tout à fait disposé à ce que tu viennes habiter avec nous. Tu te rends compte de ce que ça veut dire ? Tu n'es pas sa fille et pourtant il est prêt à s'occuper de toi, à t'élever comme ton père.

— Je ne veux pas qu'il soit mon père. Il se fiche bien de moi. Il ne pense qu'à toi.

— Je suis sa fille.

— Tu n'arrêtes pas de le rabâcher, j'en ai plein le dos.

— Et moi j'en ai plein le dos de toi, Dol. Je croyais que tu serais folle de joie.

— Eh bien non. Je ne veux pas vivre avec lui. Je veux rester avec Pétunia.

— Très bien. Si c'est ce que tu veux.

Elle est sortie de mon lit pour retourner dans le sien. Nous sommes restées allongées en silence dans le noir. J'ai frotté mon foulard contre mon nez. Je n'arrêtais pas de renifler. Star penserait peut-être que j'étais en train de pleurer. Je voulais qu'elle soit assaillie de remords. Je voulais l'entendre me dire qu'elle n'irait pas vivre avec Micky sans moi. Je voulais qu'elle reste. Je voulais qu'on soit toutes les trois, Pétunia, Star et moi, comme toujours.

Pétunia s'est tenue à carreau pendant toute la semaine. Elle n'a pas bu une goutte d'alcool. Elle n'a pas crié, elle n'a insulté personne, elle n'a pas jeté l'argent par les fenêtres, elle n'a pas traîné au lit jusqu'à midi ni veillé jusque tard dans la nuit. Elle portait son jean et son tee-shirt comme n'importe quelle maman normale et elle faisait attention à préparer un vrai dîner avec des haricots blancs, des toasts, des frites, du poisson frit et des macaronis au fromage.

– J'ai l'impression qu'elle t'a entendue, j'ai dit à Star. Elle essaie de te retenir.

– Non. Elle est toute gentille parce qu'elle veut m'embobiner. Elle espère que je vais lui donner l'adresse de Micky.

– Pourquoi elle ne l'aurait pas ?

– Il ne veut pas la voir. Il a Sîan, je te rappelle. S'il est resté l'autre soir, c'est à cause de moi.

Star a rejeté la tête en arrière pour faire gonfler sa chevelure blonde. J'ai eu envie d'attraper deux mèches et de tirer un bon coup.

– Tu fais ton importante, j'ai dit avec une pointe d'aigreur.

– Je suis importante aux yeux de Micky. Mon papa. Ce qui se passe entre nous, c'est magique.

– Beurk.

– Tu es jalouse, voilà tout.

– C'est pas vrai, j'ai répondu, alors que la jalousie m'étouffait presque.

– Et Pétunia aussi. Tu as remarqué comme elle me regarde bizarrement ? Tu sais ce qui m'énerve le plus ? Elle peut contrôler ses accès de folie. Toute cette semaine, elle a été sage comme une image. Elle pourrait se maîtriser à longueur d'année si elle voulait vraiment se comporter comme une mère normale.

– Avant, quand elle perdait les pédales, tu disais qu'elle ne pouvait pas s'en empêcher.

– Je sais. Je lui ai toujours trouvé des excuses. J'ai tout essayé. Quand tu étais petite et qu'elle pétait les plombs ou qu'elle buvait, je m'occupais de toi. Elle a fait des trucs dont tu n'as pas idée, Dol. J'ai essayé de bien m'occuper de toi. J'ai essayé de m'occuper d'elle. Et pourtant tu veux que je te dise ? Ça n'a jamais vraiment marché. Ça n'a jamais suffi. Elle est comme une petite fille à son anniversaire : tu as beau lui donner des tas de cadeaux, ce ne sont jamais ceux qu'elle voulait.

– Elle aime bien sa pince crabe. Elle la porte tout le temps.

– Je ne veux pas dire littéralement. Oh, et puis tu es trop petite pour comprendre !

Je me sentais trop petite pour comprendre, en effet. Je ne savais pas si Star pensait vraiment tout ce qu'elle disait. Elle ne pouvait pas sérieusement envisager de quitter la maison pour toujours le week-end prochain. Et ce collège qu'elle aimait tant ?

– Je peux aller dans n'importe quelle école de Brighton. En fait, Micky va peut-être m'envoyer dans une école privée, il dit que j'aurai plus de chances de réussir comme ça.

– Et tes amies ?

– Je m'en ferai d'autres.

– Et Mark ?

– Lui ! a dit Star avec dédain.

Et ce n'était pas du pipeau. Micky avait dû lui donner plein d'argent parce qu'un soir elle m'a emmenée au MacDo et elle m'a acheté un cheeseburger et des frites, un milk-shake à la fraise et *deux* glaces nappées de caramel. Plusieurs garçons sont venus à notre table pour engager la conversation mais Star les a superbement ignorés. Je croyais qu'elle se réservait pour Mark. Il traînait dehors avec sa bande. Janice Taylor y était, elle aussi.

– Je le lui laisse, m'a dit Star.

Quand on est sortis, Mark l'a appelée :

– Hé, Superstar !

Elle ne s'est même pas retournée.

– Superstar ! Hé !

Il lui a bloqué le passage.

– Où tu vas ?

– A la maison, a dit Star en me tirant par la manche.

– Une petite balade, ça ne te tente pas ?

– Non.

Mark s'est arrêté, interloqué.

– Hein ? Laisse donc ta petite sœur. Viens.

– J'ai dit non. Tu es sourd ou quoi ?

– Qu'est-ce qui te prend ?

– Je me suis rendu compte que je n'avais pas à perdre mon temps avec des garçons dans ton genre.

Elle s'est éloignée d'un pas si vif que j'ai été obligée de trottiner pour rester à sa hauteur. Mark a été un peu long à la détente, puis il s'est mis à lui crier des trucs dans notre dos. Ses copains se sont joints à lui. Ils ont donné à Star des noms affreux. Je me suis sentie devenir écarlate mais elle a gardé son sang-froid.

– Fais attention, pauvre minable ! Si mon père t'entend m'appeler comme ça, il va t'arranger le portrait.

– Tu ne pourras plus retourner au MacDo après ça, j'ai dit.

– Je n'ai aucune envie d'y retourner. Pas avec ce genre de types.

155

– Je croyais que Mark était ton petit ami.

– Non. De toute façon, Micky trouve que je suis beaucoup trop jeune pour avoir un petit ami, elle a ajouté comme si ça réglait la question.

Elle ne semblait pas se soucier du fait que je ne pourrais pas non plus retourner au MacDonald's.

– Tu ne veux plus de petit ami ?

– Pas lui. A propos, et le tien, de petit ami ?

– Qui ?

– Celui qui est miro.

– Morris.

– Oh, c'est Morris maintenant ? Parle-moi de lui.

– Il est gentil, j'ai dit en haussant les épaules.

Morris était plus que gentil. Lui aussi avait eu un week-end difficile. Il avait prévu d'aller à Legoland avec son père et sa petite amie mais sa maman avait eu la migraine alors il avait dû rester auprès d'elle.

– J'avais drôlement envie d'y aller, il paraît que c'est génial et j'ai toujours été fou de Lego, depuis que je suis tout petit. Une fois, j'ai même fabriqué des robots en Lego et ils se battaient avec leurs pistolets laser en Lego et ils se zappaient comme des fous, ils tombaient, et moi j'étais le réparateur de robots, je les opérais pour les remettre sur pied en moins de deux et les renvoyer sur le champ de bataille…

Un garçon à l'autre bout de la bibliothèque a pouffé de rire. Morris a cligné des yeux derrière ses lunettes.

– Bien sûr, ça, c'était quand j'étais tout petit.

– Moi aussi, je joue à inventer des histoires. Alors, tu vas à Legoland la semaine prochaine ?

– J'en sais rien. Mon père était plutôt en rogne. Il a dit

que ma mère simulait et que je ne devais pas tomber dans le panneau.

– Tu crois qu'elle simulait ?

Morris s'est tortillé sur sa chaise et il a fait la grimace. Ses lunettes montaient et descendaient sur le bout de son nez.

– Elle a souvent la migraine, c'est vrai. Elle s'allonge sur le divan et je dois baisser le son de la télévision pour ne pas la déranger.

– Au moins tu as la télévision. La nôtre a été saisie.

– Après elle s'est endormie. J'aurais pu facilement aller à Legoland. Dolphin, est-ce que ta mère a aussi des migraines ?

– Pas vraiment. Enfin… elle a la gueule de bois quand elle a trop bu la veille.

– Ta mère *boit* ? a dit Morris, tandis que ses lunettes faisaient l'ascenseur. De la bière ?

– Surtout de la vodka. Seulement quand elle… quand elle a des moments d'égarement.

Je me suis mordu la langue et couvert la bouche comme si les mots me brûlaient les lèvres.

– Tu ne le répéteras à personne, hein, Miro ?

– Morris. Non, bien sûr, je ne dirai rien. Ta mère est un sacré personnage. Quand est-ce que je peux venir goûter ?

– Eh bien…

J'ai réfléchi. Pétunia se surveillait ces derniers temps. Mais la semaine prochaine, si Star s'en allait pour de bon… J'ai secoué la tête pour ne plus penser à la semaine prochaine. Ça m'angoissait trop.

Morris a mal interprété mon geste.

– Pardon. C'est malpoli de t'embêter avec ça.

– Non, c'est d'accord. Viens demain si tu veux. Après l'école.

– Oh ! Ouah ! Super ! Et je pourrai voir tous ses tatouages ?

– Pas tous, sauf si tu la surprends dans son bain.

– Arrête, a rigolé Morris en rougissant. Est-ce qu'elle sera ivre ? Elle va tomber dans les pommes ?

– Non ! De toute façon, elle ne tombe jamais quand elle boit un coup de trop. Même quand elle porte des hauts talons.

– Elle est toujours super bien habillée, ta mère. On dirait une chanteuse de rock.

– Alors tu devrais voir le père de Star. Lui, il a vraiment l'air d'une rock star.

– Je croyais que tu n'avais pas de père.

– Pas le mien. Celui de Star. Lui et Pétunia se sont retrouvés à un concert d'Emerald City.

– Pas possible !

Morris m'a écoutée tout ébahi, comme si je lui révélais le dernier rebondissement dans son feuilleton préféré.

– Star est complètement scotchée devant lui. Elle n'a plus que son nom à la bouche. Mais moi, je ne l'aime pas beaucoup. Elle dit que je suis jalouse mais ce n'est pas vrai. Je ne veux pas de papa.

– Moi non plus, pas quand il se met en colère contre moi. Mais j'avais bien envie d'aller à Legoland. C'était ma deuxième destination préférée.

– Et quelle est la première ?

– Chez toi, bien sûr !

Je lui ai donné une bourrade, en faisant attention de ne

158

pas y aller trop fort avec mon coude pointu. Il m'a aussi donné un coup de coude, puis il a sorti sa trousse et il a tiré la fermeture éclair de sa réserve de chocolat.

– Une barre pour moi et une pour toi.

Nous avons suçoté notre chocolat.

– Hé, hé, c'est une bibliothèque ici, pas une cantine, a dit M. Harrison en passant. Ayez au moins la politesse de m'en offrir une bouchée, Arion et Dolphin. Le chocolat blanc, c'est mon péché mignon.

– Je m'appelle Morris, pas Arion, a dit Morris en lui tendant une barre de chocolat.

– Nom d'une pipe, tout ça pour moi ! Généreux garçon. Je sais bien que tu t'appelles Morris. Je tentais juste une fine allusion littéraire pour le plaisir. Une légende antique raconte que le poète Arion a charmé un dauphin grâce aux sons mélodieux de sa lyre. Serais-tu musicien, Morris ?

– Je sais presque jouer *Au clair de la lune* à la flûte.

– Eh bien, c'est un début, a dit M. Harrison en se léchant les babines. Mmm, délicieux. Vous êtes les bienvenus dans cette bibliothèque, tous les deux.

Nous n'avions pas besoin de ses encouragements. Je commençais à attendre avec impatience l'heure du déjeuner passée en compagnie de Morris à la bibliothèque. Le reste du temps, l'école restait un calvaire. En classe, j'ai essayé de changer de place pour être à côté de Morris. J'ai convaincu Brian de faire l'échange. Enfin, j'ai dû le soudoyer un peu, en lui dessinant une tête de mort au feutre sur l'avant-bras. C'était le plus commun des tatouages – arboré par des millions de biceps à travers le monde – mais Brian a trouvé que c'était original et super cool. D'autres garçons sont venus me réclamer un tatouage. Ils étaient une flopée autour de moi quand Miss Hill est entrée dans la classe. Je me suis assise à la place de Brian et il est allé à mon ancienne table, à côté de Ronnie Churley. Tout semblait réglé. Tu parles. Miss Hill ne l'entendait pas de cette oreille. Elle a pris le cahier d'appel, puis elle a froncé les sourcils.

— Brian et Dolphin, retournez immédiatement à vos places respectives.

— Mais Miss !

— Mon nom est Miss Hill, Dolphin, elle a dit en expectorant comme si elle soufflait des bougies d'anniversaire. Je ne vous laisserai pas jouer aux chaises musicales dans ma classe. Veuillez reprendre vos places habituelles, je vous prie.

— Mais…

— Silence !

Quand elle voulait le silence, elle se mettait à vociférer. Et quand la classe s'est tue, c'est elle qui a fait du bruit.

— Brian Barley ! Qu'est-ce que c'est que cette tache noire sur ton bras ?

Elle n'a pas apprécié le tatouage de Brian. Elle l'a envoyé aux toilettes se frotter avec du savon.

— Et je préviens tous ceux ou celles qui seraient assez stupides pour se peindre des images grotesques sur le corps. Je ne demande pas mieux que d'apporter à l'école un morceau de savon et une brosse à récurer. Et je me chargerai moi-même de les nettoyer.

— Elle aurait du boulot avec Gros Nez ! Regarde son cou. Il est presque aussi noir que la vieille fripe ridicule qui lui sert de robe.

Ma nuque m'a picotée. Je ne savais pas s'ils me faisaient marcher ou si mon cou était vraiment sale. Je n'allais jamais vérifier de ce côté. J'ai essayé de me rappeler quand je l'avais lavé pour la dernière fois. Et ma robe n'avait plus rien d'une fripe, depuis que j'avais réparé l'ourlet. Et elle n'était pas ridicule. Elle était magique. Une robe de sorcière.

J'ai rassemblé tous mes pouvoirs occultes. J'ai lentement tourné la tête et, d'un seul clin d'œil, j'ai traîné Kelly et Yvonne dans le couloir jusqu'aux toilettes pour filles, je les ai bloquées chacune sur un W-C, la tête dans la cuvette, en leur ordonnant de se laver le cou.

Puis j'ai regardé Miss Hill. Je l'ai couverte de tatouages de la tête aux pieds : le ventre, les bras et toutes les parties flasques de son corps. Pour faire bonne mesure, j'ai ajouté quelques piercings – des anneaux sur ses sourcils froncés et un autre dans son nez en trompette.

– Pourquoi me regardes-tu ainsi, Dolphin ? elle a dit, très irritée. Mets-toi au travail tout de suite. Vous avez tous besoin de faire des exercices d'écriture.

J'ai essayé d'écrire. J'étais capable d'inventer des histoires à la pelle, mais les mots se bousculaient dans ma tête sans me laisser le temps de les fixer sur le papier. Les rares qui échouaient sur la page se mélangeaient les pinceaux, de sorte que la moitié d'entre eux étaient à l'envers.

Miss Hill a rayé ma feuille d'un grand trait rouge et elle m'a dit de tout reprendre à zéro. Morris a proposé de m'aider à l'heure du déjeuner à la bibliothèque.

– Tu n'as qu'à me dire ce que tu veux écrire. Je l'écrirai à ta place et tu recopieras.

C'est ce que nous avons fait pendant un moment mais j'en ai eu vite marre et j'ai commencé à me tromper en recopiant les mots.

– Je ne suis pas idiote, tu sais, je me suis énervée en repoussant mon cahier.

– Je sais. Tu es dyslexique.

– Ça veut dire que je ne sais pas bien écrire ?

– C'est ça. Tu as besoin d'une aide scolaire.

– Je ne veux pas de traitement particulier. Oui, dyslexique : c'est le mot que les professeurs avaient utilisé dans mon ancienne école. Comment ça s'écrit ?

– Ne m'en demande pas trop. C'est un mot compliqué pour désigner les gens qui ont du mal à écrire. Je suis plutôt calé en orthographe mais là, je n'ai pas la moindre idée.

– Tu es calé en tout, monsieur Fort-en-thème.

– Toi, tu es douée en dessin. Il était super, le tatouage que tu as dessiné pour Brian. Ce n'est pas toi qui fais ceux de ta mère quand même ?

– Bien sûr que non ! Il faut suivre une sorte de formation. Et puis il y a des tas de trucs à apprendre, il faut faire très attention à la stérilisation. Mais je sais dessiner sur la peau. Je t'en ferai un si tu veux.

– Après l'école, hein ? Quand on ira chez toi.

– Tu as peur de te faire taper sur les doigts par Miss Hill, pas vrai ? Tiens, sous sa blouse grise et sa jupe stricte bleu marine, je te parie que Miss Hill, c'est un rêve en technicolor.

J'ai retourné ma feuille et je me suis mise à dessiner la maîtresse toute nue et tatouée.

– Dolphin, ta rédaction est de l'autre côté ! Tu ne vas plus pouvoir la rendre.

Mais il a pouffé de rire quand il a vu mon dessin.

– Ouah, ça lui ressemble comme deux gouttes d'eau. Mais qu'est-ce que tu lui fais sur les seins ? Deux têtes, et la bouche, c'est…. Oh !

Les lunettes de Morris se sont couvertes de buée.

J'étais inspirée. J'ai dessiné un tatouage complètement fou et obscène, en tirant pleinement profit de toutes les parties de son corps.

– Tu es gonflée ! a dit Morris. Je ne pourrai plus jamais lever les yeux sur Miss Hill.

A cet instant précis, Miss Hill a fait irruption dans la bibliothèque.

Morris a failli s'étrangler. J'ai planqué mon dessin sous la table en quatrième vitesse.

– Bonjour, monsieur Harrison. Je suis venue chercher les livres que je vous avais demandés sur la période victorienne.

Elle nous a regardés.

– Quelque chose ne va pas, Morris ?

Il en bavait des ronds de chapeau. Et ses yeux roulaient désespérément derrière ses lunettes.

– Morris s'inquiète parce qu'il était en train de m'aider pour ma rédaction, Miss. Miss Hill. Il avait peur de s'attirer des ennuis, mais je lui ai dit que vous seriez contente qu'il me donne un coup de main. C'est très gentil de sa part, n'est-ce pas, Miss Hill ?

– Eh bien… Oui. Encore qu'il vaudrait mieux que tu fasses le travail toute seule, Dolphin. C'est ta rédaction que tu caches sur tes genoux ? Montre-moi où tu en es.

Morris souffrait le martyre.

– Non, ce n'est qu'un premier jet et j'ai fait plein de

fautes, j'ai dit en froissant la feuille. Mais je vais recommencer, pas vrai, Morris ?

Il a hoché la tête, incapable d'articuler le moindre son.

– Très bien, j'attendrai cette rédaction avec une impatience non dissimulée, a dit Miss Hill en se dirigeant vers la section des livres d'histoire.

M. Harrison lui a emboîté le pas. Quand elle a disparu en faisant couiner le parquet ciré, il s'est tourné pour nous faire un clin d'œil.

– Je ne sais pas ce qu'il y a sur cette feuille dans ta main, Dolphin, mais à ta place je la ferais disparaître en vitesse.

– Sage conseil, monsieur Harrison.

Je l'ai enfouie dans ma poche.

– Ouf ! a soufflé Morris en s'épongeant le front sous sa frange.

– Remets-toi de tes émotions, Morris. Maintenant, la vieille Nénés-Tatoués ne va pas me lâcher avant d'avoir ma rédaction.

Morris a été pris de fou rire.

– Chut ! a dit M. Harrison. Du calme, Dolphin, pas de médisance.

J'ai mis une sourdine. J'aimais tellement M. Harrison que j'aurais fait n'importe quoi pour lui. Si seulement il pouvait être mon professeur ! Mais il avait les CE2. Tous ses élèves l'adoraient. Quand il était de surveillance dans la cour de récréation, ils s'agglutinaient autour de lui et s'accrochaient à ses mains comme s'il était leur père. J'aurais voulu qu'il soit mon père.

J'ai écrit une histoire intitulée MON PAPA. Ou plutôt je l'ai dictée à Morris, il l'a écrite et je l'ai mise au net. J'avais mal au poignet quand j'ai eu fini.

MON PAPA

J'ai un papa formidable qui ne peut venir me voir qu'une ou deux fois par an parce qu'il voyage sur toutes les mers du monde pour observer les dauphins. C'est pour ça que je m'appelle Dolphin. Mon père comprend le langage des dauphins, il nage au milieu d'eux et la prochaine fois, il m'emmènera avec lui. Je pourrai monter sur un dauphin et je parie que tout le monde va m'envier, et mon meilleur ami Morris aura peut-être aussi le droit de chevaucher un dauphin.

– C'est vrai ? a dit Morris.

– Quoi ? Monter sur un dauphin ? Non, pas en vrai..

– Non, c'est vrai que je suis ton meilleur ami ?

– Oui. Tu viens goûter à la maison, non ?

Je commençais d'ailleurs à me faire du souci. Nous avons retrouvé Star après l'école et elle s'est montrée d'une gentillesse inhabituelle. Elle a bavardé avec Morris comme s'il était son petit frère chéri, lui racontant en détail une mésaventure cocasse qui lui était arrivée avec sa crosse de hockey. Morris a rigolé pendant tout le trajet. Je marchais en retrait, avec un léger sentiment d'exclusion, mais il a ralenti le pas pour rester à ma hauteur.

Quand Star s'est absentée une minute chez le marchand de journaux, il m'a dit d'une voix timide :

– J'aime bien ta sœur.

– Oui. Tout le monde l'adore. Elle est très jolie, hein ? Elle a de ces cheveux !

– Ils sont très beaux.

Morris a marqué une pause.

– Mais pas aussi beaux que les tiens.

C'était un compliment si gentil mais si bête que j'en suis devenue toute rouge.

– Qu'est-ce qui t'arrive, Dol ? a dit Star en sortant de la boutique avec un grand sac.

– Rien.

– Morris, qu'est-ce que tu lui as dit pour la faire rougir comme ça ?

– Rien.

– Vous êtes deux petits perroquets : rien, rien, rien. Tenez, servez-vous.

Elle nous a tendu le sac. Elle avait acheté des fraises à la guimauve, des bananes acidulées, des bouteilles de cola, des rouleaux de réglisse et des serpents en gélatine.

– Miam, miam ! a dit Morris.

On s'est joyeusement régalés jusqu'à la maison. J'ai eu un petit pincement au cœur quand on a franchi le portail cassé du jardin et qu'on a suivi l'allée jusqu'à la porte d'entrée. La douce friandise dans ma bouche a pris un goût métallique.

– Tu habites une grande maison, a dit poliment Morris. La nôtre est plus petite, et on risque de déménager dans un appartement bientôt.

– Nous aussi, on vit dans un appartement. Le rez-de-chaussée est occupé par une vieille taupe. On habite au premier. Et en haut il y a le fantôme.

– Le fantôme ? a ricané Morris.

– Pas un fantôme ridicule sous un drap blanc. Non, un vrai revenant tout putréfié qui perd des morceaux de chair à chaque pas.

166

Morris a écarquillé les yeux.

– Tais-toi, a dit Star en glissant la clé dans la porte. Ne fais pas attention, Morris. C'est juste que le voisin du dessus est mort et personne n'est encore passé prendre ses affaires. Et un soir, Dol et moi, on a cru l'entendre marcher au-dessus.

– Pour de vrai ?

– Pas en vrai de vrai. Morris, tu ne sais jamais faire la différence entre le vrai et le faux !

J'ai suivi Star dans la maison et j'ai tiré Morris derrière moi. Dès le rez-de-chaussée, j'ai senti une bonne odeur de cuisson. J'ai échangé un regard avec Star. Elle semblait nerveuse elle aussi. Pétunia avait-elle encore préparé des montagnes de gâteaux ? Mais une fois en haut, on a découvert qu'il y avait un seul gâteau, une charlotte avec « Miro » écrit en pâte d'amandes sur le dessus.

– Tu vois, je l'ai fait spécialement pour toi, a dit Pétunia.

– Oh, Pétunia, c'est Morris, pas Miro.

Mais il n'a pas eu l'air de se formaliser.

– Merci, il a murmuré en admirant le gâteau.

Il jetait aussi des coups d'œil admiratifs à Pétunia, mais j'ai bien vu qu'il était un peu déçu parce qu'il n'y avait pas beaucoup de peau exposée. Elle portait un jean et une chemise à manches longues, le col relevé, si bien que son troisième œil était caché.

– Il n'y a que ce gâteau pour le goûter ? a dit Star.

– Bien sûr que non, ma chérie. Il y a des saucisses, des haricots et des chips. Mais aussi des yaourts aux fruits. Et des fruits : pommes, bananes ou kiwis.

Pétunia a récité le menu avec appréhension, guettant notre approbation.

Nous avons tout mangé. Morris a eu la part avec son nom. Puis nous avons fini les bonbons de Star.

– Et toi qui disais qu'il n'y avait pas grand-chose à manger chez toi, m'a soufflé Morris. Je suis plein comme un œuf.

Il a aidé à débarrasser la table tout en suçotant un serpent en gelée rouge.

– Ne te donne pas cette peine, mon chou, a dit Pétunia.

Elle s'agitait beaucoup dans la cuisine, très appliquée dans son rôle de maman normale.

– Ça ne me dérange pas, a dit Morris d'une voix un peu zézayante, parce qu'il avait coincé le serpent entre ses dents pour avoir les mains libres. J'aime bien aider. Merci pour le délicieux repas.

– Voilà un jeune homme comme je les aime, a dit Pétunia, en se retroussant les manches pour faire la vaisselle.

Mais elle a vu que Morris regardait ses bras et elle a vite rabaissé ses manches.

– Morris adore tes tatouages, j'ai dit. Montre-lui mon dauphin.

Pétunia a hésité. Elle a jeté un coup d'œil par-dessus son épaule. Star était partie dans notre chambre, sous prétexte qu'elle avait des devoirs à faire.

– D'accord, a dit Pétunia, et elle lui a montré le dauphin.

– Super ! a sifflé Morris.

La queue brillante de son serpent a remué entre ses lèvres.

– Montre-lui le tien, de serpent, Pétunia.

Elle a encore regardé par-dessus son épaule, s'assurant

une nouvelle fois que Star n'était pas en vue. Puis elle a relevé les pans de sa chemise sous ses aisselles et elle a dévoilé les courbes du serpent vert à Morris.

– Ooooh !

Pétunia a exécuté des petits mouvements du buste pour que le serpent se mette à onduler le long de sa colonne vertébrale.

– Oooooh !

Morris a ouvert si grand la bouche qu'il en a lâché son serpent. Le bonbon a glissé sur son tee-shirt pour venir se coller sur sa jambe nue.

– Oh, vivement que je sois grand ! Je veux des tatouages sur tout le corps.

– Cours chercher tes feutres, Dol. Très bien, Morris. Tes désirs sont des ordres.

Nous l'avons assis sur le sofa entre nous. Pétunia a dessiné des serpents, des dragons et des dinosaures le long de son bras gauche pendant que je faisais des licornes, des sirènes et des étoiles sur le bras droit. Morris regardait d'un côté puis de l'autre, comme s'il suivait un match de tennis. Il souriait comme un bienheureux.

A un moment, Star est sortie de la chambre pour aller à la salle de bains. Pétunia a sursauté. Mais Star s'est contentée de secouer la tête en disant : « vulgaire ».

– J'ai vraiment l'air « vulgaire » ? a demandé Morris, comme s'il était enchanté du compliment.

Il a failli pleurer quand il était l'heure de rentrer chez lui et qu'il a fallu effacer ses beaux tatouages.

– Non, s'il vous plaît, je veux les garder ! il a supplié.

Mais il a reconnu que sa mère serait épouvantée.

– Elle va t'interdire de revenir chez nous, j'ai dit.

– Alors d'accord. Parce que j'ai trop envie de revenir. J'ai passé une journée formidable.

Star et moi, on l'a raccompagné. Il a parlé comme un moulin jusqu'à ce qu'on arrive à proximité de chez lui. Sa mère le guettait derrière les rideaux. Sa maison avait l'air tirée à quatre épingles. Jusqu'aux fleurs du jardin qui étaient alignées comme des soldats dans un défilé. Morris allait sans doute me rendre mon invitation à goûter, mais ça ne promettait pas d'être une partie de plaisir.

En rentrant à la maison, Star et moi avons surpris Pétunia en train de boire un verre. Elle a fait plusieurs allers-retours dans la cuisine pour se resservir en cachette, mais personne n'était dupe.

– Le petit Miro s'est bien amusé, elle a dit.

– Morris. Mais tu as raison. Merci d'avoir été si gentille avec lui, Pétunia. Il te trouve formidable.

– C'est vrai ? a dit Pétunia en regardant si Star écoutait.

Elle s'est allongée sur le divan en prenant un air détendu.

– Demain, c'est samedi, elle a dit.

Puis elle s'est tue. Star n'a pas réagi. Elle avait le regard vide.

– Tu as des projets, Star, mon cœur ?

Star a arrangé ses cheveux, elle s'est humecté les lèvres et elle a serré les genoux.

– Je vais à Brighton.

– C'est ce que je pensais. Alors tu as parlé à Micky ?

– Oui.

– Parfait. C'est parfait.

170

Elle s'est levée péniblement pour aller dans la cuisine. On a entendu tinter un goulot de bouteille sur le bord d'un verre. Puis elle est revenue, le verre plein à ras bord.

– Pétunia, j'ai dit. Non !

– Quoi ? C'est de l'eau, ma chérie, a dit Pétunia en prenant quelques petites gorgées. Alors, Star. Il paraît qu'il va faire un temps splendide demain. Dolly et moi, on pourrait venir aussi. A Brighton.

Elle a pris encore une lampée.

– Ne fais pas ça, a dit Star avec douceur.

– On va t'accompagner, ma chérie. On va y aller toutes les trois. Et on va retrouver Micky.

– Non, a dit Star.

– Si. On vient et tu ne peux pas nous en empêcher.

Star n'a pas répondu. Elle s'est contentée de regarder Pétunia d'un air compatissant.

– Ne me regarde pas comme ça. Je ne sais pas pourquoi tu me mets plus bas que terre. J'ai essayé, j'ai fait de mon mieux, j'aimerais être une bonne mère…

– Tu es une bonne mère, j'ai dit en me précipitant vers elle et en lui prenant le verre des mains pour l'embrasser. Tu es la meilleure mère du monde.

– S-Star ? a dit Pétunia, la voix pâteuse.

Star s'est approchée lentement du divan. Elle s'est assise à côté de Pétunia et elle a passé un bras autour de ses épaules. Elle l'a bercée et je me suis mêlée à leur étreinte. Nous sommes restées comme ça un long moment. Mais nous étions toutes les trois si tendues que ça n'avait rien d'un vrai câlin. Nous étions raides comme des statues de pierre au lieu d'être tendres. Puis

171

Pétunia s'est penchée plus lourdement et elle s'est mise à respirer bruyamment. Elle s'était endormie. Star s'est alors dérobée et elle a disparu dans notre chambre.

J'ai glissé un oreiller sous la tête de Pétunia, j'ai jeté une couverture sur ses épaules et je suis allée rejoindre Star.

A ses pieds, il y avait son cartable et deux sacs en plastique. Elle était prête.

– Tu pars pour toujours !

Et j'ai fondu en larmes.

– Ne pleure pas, Dol. S'il te plaît. Je ne supporte pas...

Et elle s'est mise à pleurer aussi.

– Ne pars pas.

– Il le faut. Tu peux toujours venir avec moi.

– Non, impossible.

– Tant pis. On verra. Je laisse le portable ici et je t'appellerai tous les jours pour voir si tu vas bien. Si tu changes d'avis, tu n'auras qu'à le dire.

– Laisse-moi le numéro de Micky.

– Je ne peux pas.

– Je ne le dirai pas à Pétunia.

– Elle te cuisinerait jusqu'à ce que tu lui donnes.

– Comment tu vas l'empêcher de te suivre demain ?

– Rien de plus facile.

Et elle ne se trompait pas. Star est venue dans mon lit et m'a tenue dans ses bras jusqu'à ce que je finisse par m'endormir. Quand j'ai ouvert les yeux vers 6 heures, elle était déjà partie.

J'ai attendu que Pétunia se réveille. J'espérais qu'elle allait dormir toute la matinée. Mais elle s'est levée assez tôt, malgré sa gueule de bois.

– C'est le matin, les filles, et le soleil brille, elle a dit en entrant dans notre chambre.

Elle se massait les tempes pour soulager sa migraine. Puis elle a vu le lit désert de Star et elle s'est arrêtée net dans son élan. Elle n'a rien dit. Elle s'est juste allongée sur le lit de Star et elle s'est mise à pleurer. Elle poussait de longs sanglots déchirants, comme si elle s'étranglait. Comme si le serpent s'était enroulé autour de son cou.

Les chauves-souris

J'ai cru que Pétunia allait nous embarquer dans une nouvelle virée à Brighton mais elle semblait avoir renoncé à ce projet. Elle avait un mal de crâne que ses larmes n'avaient fait qu'aggraver. Du coup, elle est retournée se coucher. Je ne savais pas quoi faire. Je n'avais pas envie de jouer dans ma chambre qui paraissait si vide en l'absence de Star. Moi aussi, je me sentais vidée, complètement creuse. J'errais dans le salon comme une âme en peine, si étrangement légère que je craignais d'aller bientôt buter contre le plafond. J'ai pensé alors à M. Rowling en train de tituber sur ses pieds putrides juste au-dessus de ma tête. J'ai levé les yeux vers le plafond. Je n'ai pas eu de mal à imaginer d'horribles empreintes de pieds. J'ai fini par craquer et je suis allée réveiller Pétunia, tout en sachant qu'elle serait sans doute de mauvaise humeur.

Au début, elle était grognon. Elle s'était mis en tête que j'étais de mèche avec Star et que je n'ignorais rien de son intention de filer en douce à la première heure. C'était tellement injuste que j'ai éclaté en sanglots. Elle a pleuré aussi et on s'est fait un câlin. Elle empestait l'alcool mais ça ne m'a pas trop gênée.

– Ma petite Dol, elle a dit, toute radoucie. Pardonne-moi si je t'ai fait de la peine, ma chérie. Je te revaudrai ça, c'est promis. On va passer un bon week-end, juste toi et moi. Et puis à notre retour à la maison, on sera réunies, les trois filles. C'est ce qui compte le plus, pas vrai ? Star nous manque, voilà tout.

Mes pleurs ont redoublé. Comment allait-elle réagir en apprenant que Star était partie pour de bon ? Je ne savais pas comment gérer la situation. Je me sentais plus vide que jamais, une baudruche retenue par un fil et perdue dans l'immensité du ciel. Je me suis raccrochée à Pétunia et elle m'a bercée. J'ai marmonné quelque chose à propos du fait que je me sentais vide. Elle a cru que je me plaignais d'avoir faim.

– Moi aussi, j'ai faim. Une faim de loup. On va déjeuner dehors, tiens, et puis on ira faire une razzia dans les magasins. On va acheter plein de bonnes choses. Puis on va préparer un repas du tonnerre pour le retour de Star – et juste au cas où Micky monte avec elle, on va lui prendre de la bière. On pourrait même organiser une petite fête…

Elle était relancée. Pas moyen de l'arrêter. Elle a voulu m'emmener au MacDonald's et je pouvais difficilement refuser – « Ne dis pas de bêtises, Dolly, tu adores les MacDo » –, mais à mon grand soulagement, il n'y avait pas trace de Mark ni de sa clique, il n'y avait que des mamans et leurs enfants.

Pétunia n'a presque rien mangé alors qu'elle prétendait avoir une faim de loup. Elle m'a acheté tout ce que je voulais, y compris deux glaces nappées de caramel, comme Star. Du coup j'ai pensé à Star et ça m'a rendu toute triste.

Est-ce qu'elle parlait sérieusement ? Elle comptait vraiment ne jamais revenir ? Comment pouvait-elle quitter Pétunia ? Comment pouvait-elle me quitter ?

Mon estomac s'est noué. La glace a soudain reflué et j'ai dû me précipiter aux toilettes. En revenant à ma place, je me sentais plus vide que jamais.

Pétunia m'a emmenée pour sa grande razzia dans les magasins. Elle s'est servie de cette carte de crédit qui m'inquiétait tant. On a acheté à manger, on a acheté à boire – trop à mon goût – et on a acheté des vêtements, un nouveau jean noir et une chemise en satin noir à manches longues pour Pétunia, un jean et des chemises bleus pour Star et moi. Des chemises de nuit aussi, en dentelle noire pour Pétunia, en vichy avec de la dentelle blanche pour nous les filles. Pétunia a même acheté des pots de peinture bleue et blanche pour éclairer un peu notre chambre, malgré toutes mes tentatives pour l'en dissuader.

Au retour, elle était fatiguée et elle a bu un verre ou deux. Puis le téléphone a sonné. Je n'ai pu parler que deux secondes à Star parce que Pétunia m'a arraché le téléphone des mains. Elle faisait un tel effort pour prendre une voix douce et maternelle que les veines saillaient à sa tempe.

– Tu t'amuses bien, ma chérie ? Tant mieux ! Hé, coquine, il ne fallait pas te sauver aux aurores comme ça. Aller toute seule à la gare ! Quelle idée ! Micky t'a trouvée sans problèmes ? Je peux lui parler une minute, mon sucre d'orge ? Je veux juste savoir comment ça va, et à quelle heure vous revenez tous les deux. Au fait, on organise une petite nouba pour vous. Tu t'arranges pour que Micky vienne, hein ? Star ? Star ?

Elle a encore bu pas mal quand Star a raccroché. Je ne m'en préoccupais pas beaucoup parce qu'elle m'avait acheté un autre cadeau, une nouvelle boîte de feutres et un grand cahier. Je me suis dessinée dans ma robe de sorcière, en velours noir, entourée d'un halo argenté qui me protégeait et me rendait toute-puissante. Puis je me suis représentée en train d'exercer mes pouvoirs magiques sur tous ceux qui me tapaient sur le système. J'ai dessiné Miss Hill avec des tatouages encore plus inventifs. Ça prenait des allures de bande dessinée. J'ai décidé de la montrer à Morris, lundi à la bibliothèque. Je pourrais peut-être ajouter des bulles et lui dicter quoi écrire à l'intérieur.

J'ai dessiné Morris mais cette fois j'ai utilisé la magie blanche et pas la magie noire. Il est devenu plus grand, plus costaud, ses yeux se sont transformés en lasers : même à travers ses lunettes, il pouvait transpercer tous

les ennemis en vue. Je lui ai aussi arrangé sa coupe de cheveux, remplaçant la longue frange par une brosse.

J'ai aussi dessiné Star et je lui ai collé une coupe au carré qui ne lui allait pas du tout : son cou paraissait immense et son visage trop exposé. Je lui ai ajouté des taches sur la peau et je l'ai tellement grossie qu'elle débordait de ses vêtements. Elle se dandinait désespérément sur les talons d'un homme-allumettes, Micky, qui s'enfuyait à toutes jambes, le plus loin possible de cette horrible fille. J'ai fait des larmes qui ruisselaient sur le visage de Star – mais l'expression était trop ressemblante. Soudain, j'ai pris peur. J'ai déchiré la page en petits morceaux.

J'ai recommencé le portrait de Star mais j'avais peur que mon feutre me trahisse une nouvelle fois. J'ai essayé Pétunia, mais j'étais trop fatiguée, et je n'avais pas le courage de colorier tous ses tatouages. Sans eux, elle avait l'air très bizarre, un peu comme les gens sans leurs vêtements.

– Pétunia, regarde.

Elle dormait, la tête sur la table.

– C'est magnifique, ma chérie Dol, elle a marmonné.

Puis je suis allée me coucher.

Le lendemain matin, Pétunia était levée avant moi. Elle m'a réveillée en m'apportant le petit déjeuner au lit sur un plateau. J'ai écarquillé les yeux et j'ai regardé Pétunia. Elle avait noué un foulard sur sa tête et elle portait un vieux tee-shirt et une paire de caleçons longs.

– Allez, paresseuse, mange. Tu as besoin d'un petit déjeuner solide. On a du travail.

– Du travail ?

– Oui, du travail, Dolly la rêveuse. A ton avis, pourquoi on a acheté de la peinture hier ? On va transformer ta chambre. Star n'aime plus toutes ces étoiles et ces machins, elle trouve que ça fait trop petite fille. Elle veut une jolie chambre conventionnelle.

– Moi, j'aime les étoiles, j'ai dit, en me redressant avec inquiétude. Et les dauphins.

Mon verre de jus d'orange s'est incliné et j'ai fait une grosse tache sur les draps.

– Maladroite, a dit Pétunia, mais elle n'était pas fâchée. De toute façon, ils étaient bons pour la lessive.

Elle s'est mise à l'ouvrage sans plus attendre, frottant les murs à grands coups d'éponge.

– S'il te plaît, Pétunia. Je veux que ça reste comme ça. C'est aussi ma chambre.

– Ma chérie, on va la rendre encore plus jolie. Star va l'adorer. Bleu, un bleu magnifique, avec une bordure de laque blanche. Ça va être une belle surprise. Si on se dépêche, ce sera fini à son retour.

– Mais si…

Je n'ai pas pu terminer. J'ai pris plusieurs cuillerées de corn-flakes. Ils sont restés coincés dans ma bouche. Ils ne voulaient pas descendre. J'ai tout recraché dans mon bol pendant que Pétunia regardait ailleurs.

Je l'ai aidée toute la journée, à frotter, à couvrir nos meubles de vieux draps ou de journaux, puis à peindre. J'avais peur qu'elle s'aperçoive qu'il manquait des affaires de Star mais elle n'a rien remarqué. Star n'avait pas pris grand-chose, juste des jeans, ses bottines à talons, ses baskets, sa plus belle jupe, plusieurs hauts, quelques livres, sa brosse, son vernis à ongles et son nouveau nounours. Peut-être qu'elle n'était pas sérieuse, après tout. Elle allait rentrer ce soir.

Mais non. Pétunia a commencé à préparer le thé dès qu'elle a eu fini de peindre la chambre. Elle fredonnait en disposant les amuse-gueule dans les assiettes. Toujours en tee-shirt et en caleçons, elle virevoltait sur la musique d'Emerald City. Elle a vu que je l'observais.

– Qu'est-ce qu'il y a ? D'accord, d'accord, je ferais mieux de m'habiller. Avant leur arrivée.

Elle a froncé les sourcils.

– Dol, pourquoi tu me regardes comme ça ?

Elle s'est regardée.

– Je suis affreuse ? J'ai l'air vieille et maigre, c'est ça ?

– Non, bien sûr que non. Tu as l'air jeune. Et très belle.

– Belle à faire peur, tu veux dire ?

Pétunia a examiné ses longues jambes avec inquiétude. Un vol de chauves-souris s'élevait à tire-d'aile en haut de ses cuisses. La plus grande avait la taille de mon pouce, la plus petite à peine la taille d'un point noir.

– J'ai eu des vergetures affreuses quand j'étais enceinte de toi. J'étais grosse et malade... Pourtant, quand j'attendais Star, jusqu'au dernier mois, ça se voyait à peine. Regarde un peu ces marques !

Elle les a grattées avec ses ongles comme pour les arracher.

– Je pourrais les masquer avec un tatouage juste au-dessus des chauves-souris. Mais Star va encore rouspéter.

– Star, Star, Star. Tu ne penses donc qu'à elle ?

– Oh, Dol, ne sois pas idiote, a dit Pétunia en enfilant son jean. Ce tee-shirt me va bien ? Il y a des petites taches de peinture mais ça me donne un look décontracté, non ?

– Tu aimes Star plus que tu m'aimes.

– Je vous aime toutes les deux.

Elle a hésité.

– Mais Star est l'enfant de Micky.

– Oui, et elle est avec lui en ce moment. Elle est partie le retrouver. Moi, je suis restée avec toi. Pourquoi tu ne peux pas me préférer ?

– Dol, tu ne vas pas commencer à me faire une scène idiote, a dit Pétunia un peu sèchement, en enfilant ses sandales à talons hauts. Star et Micky vont arriver d'une minute à l'autre. Alors arrête tes bêtises et aide-moi plutôt à tout préparer.

Je suis allée m'asseoir sur mon lit dans la chambre fraîchement repeinte. Toutes les étoiles avaient disparu sous un fond bleu. J'ai pleuré.

– Allons, Dol, souris, ma petite pleurnicheuse.

Mais à mesure que les heures passaient, Pétunia est devenue de plus en plus hystérique.

– Mais où est-ce qu'ils sont ? Qu'est-ce qui s'est passé ? Oh mon Dieu, tu crois qu'ils ont eu un accident ?

La sonnerie du téléphone a soudain retenti, Pétunia a sursauté si fort qu'elle en a levé les bras au ciel. J'ai tendu la main vers l'appareil mais elle l'a attrapé la première.

– Star ma chérie ! Oh, Dieu merci ! Tu vas bien ? Et Micky ? Pourquoi es-tu aussi en retard ? Où êtes-vous ? Hein, quoi ? Qu'est-ce que tu dis ? Je n'y comprends rien. Que veux-tu dire ? Tu es encore à Brighton ? Mais tu vas rentrer très tard. Quoi ? Tu délires, ma chérie. Tu ne rentres pas ? Qu'est-ce que tu veux dire ?

Pétunia a parlementé pendant des heures, serrant si fort le téléphone qu'il s'est presque incrusté dans sa tête.

– Mais qu'est-ce que tu dis ? elle répétait sans arrêt.

Puis elle a changé d'attitude du tout au tout, comme si elle avait reçu une décharge électrique.

– Micky ! Écoute chéri, que me raconte Star ? Pourquoi es-tu encore à Brighton ? Il va te falloir des heures pour arriver ici. Non. Non ! Pas question qu'elle reste avec toi. Pas même cette nuit. Pour l'amour du ciel, mets-la dans la voiture et viens ici. On pourra en parler. Elle ne peut pas rester. Elle n'a pas ses affaires. Quoi ? Mais enfin, il y a l'école. Elle ne peut pas manquer les cours. Attends jusqu'aux grandes vacances, ce n'est plus très loin. Elle pourra passer quelques jours à Brighton, c'est une excellente idée. Mais pas maintenant. Je ne peux pas la laisser faire. Je suis sa mère. Micky. Micky, je t'en prie.

Elle s'est pliée en deux, le visage arrosé de larmes.

– Star, elle a murmuré. Star, s'il te plaît. Rentre à la maison. Ne me fais pas ça. Écoute, on a une surprise pour toi, Dol et moi. Quoi ? Non, Star, je te parle – oh, je t'en supplie…

Elle a secoué la tête puis elle m'a tendu le téléphone. Son empreinte était visible sur sa joue, comme un nouveau tatouage.

J'ai pris l'appareil. Star pleurait à l'autre bout.

– Dolly ? Tu vas bien ?

– Oui. Ou plutôt non. Oh Star, s'il te plaît, reviens à la maison. Je ne peux pas me débrouiller sans toi.

– Je ne peux pas revenir. Ne retourne pas le couteau dans la plaie. Je suis désolée, Dolly, désolée. Mais je t'appellerai tous les jours. Nous resterons en contact. Tu vas y arriver. J'ai dû m'occuper d'elle depuis que je suis toute petite. D'elle et de toi. Tu as dit toi-même qu'elle était plus calme avec toi. Avec moi, les choses étaient plus compliquées parce que je suis la fille de Micky. Écoute, je ne vais pas partir pour toujours. Je vais revenir bientôt, je te le promets, mais pour le moment, il faut que je reste. Avec lui. C'est mon père. C'est ma seule chance d'apprendre à le connaître. Si je rentre maintenant, elle ne me lâchera plus, tu sais bien. Oh, Dol, j'ai si mal, mais tu comprends, n'est-ce pas ?

– Non, je ne comprends pas ! Star ! Reviens. Tu ne peux pas m'abandonner !

– Je suis obligée.

Puis la ligne a été coupée.

Ma main moite a lâché le téléphone.

– Non ! Attends ! Passe-la moi ! a pleuré Pétunia, à quatre pattes par terre.

– Elle a raccroché. Elle n'est plus là. Arrête ! Elle nous a quittées, elle nous a quittées pour toujours. Je la déteste, je la déteste, j'espère qu'elle ne reviendra jamais !

Je lui ai pris le téléphone des mains et je l'ai cogné fort contre le mur, encore et encore.

– Tu vas le casser !

Je me suis figée. J'ai secoué le téléphone. J'ai essayé de composer un numéro. En vain. Il était mort.

– On en prendra un autre, j'ai dit. Tu peux en acheter un avec ta carte de crédit.

Pétunia a secoué la tête.

– Elle ne pourra pas nous appeler. Elle n'aura pas le nouveau numéro. Et on ne connaît pas le sien.

– Oh ! Oh, Pétunia !

Mes genoux ont flanché.

Pétunia a allongé la main. Je me suis baissée, croyant qu'elle allait me gifler mais elle n'a fait qu'essuyer mes larmes avec ses doigts.

– Je ne voulais pas le casser ! j'ai sangloté.

– Je sais. Ce n'est pas grave. Ce n'est pas ta faute. Tu savais que Star partait pour de bon ?

– Pardonne-moi.

– Ça ne fait rien. Ça ne fait rien, ça ne fait rien.

Elle a répété ces mots jusqu'à ce qu'ils ne veuillent plus rien dire. Puis elle s'est mise à boire. Je suis restée avec elle un moment et finalement j'ai regagné ma chambre la tête basse. Ça sentait la peinture à plein nez. Je ne pouvais même pas fermer la porte laquée de blanc parce qu'elle était encore toute collante.

Je me suis couchée mais je n'arrivais pas à dormir. Star me manquait tellement que je me suis glissée dans son lit pour respirer la douce odeur de talc sur son oreiller. Mais la colère est montée en moi. J'ai donné des coups de poing dans le polochon, de plus en plus fort. Puis j'ai raté la cible et j'ai tapé dans le mur. J'ai eu si mal que je me suis mise en boule, le poing sous l'aisselle.

Voilà que je me comportais comme la dingue de la maison, à distribuer des coups à bras raccourcis. J'allais peut-être devenir folle comme Pétunia. On finirait toutes les deux à l'asile. Pendant que Star mènerait la vie de château avec son père.

Le lendemain matin, je n'ai pas pu réveiller Pétunia. Elle avait réussi à se traîner jusqu'à son lit mais la bouteille de vodka était vide. Je suis restée à la regarder, toute tremblante. Elle respirait lourdement, les yeux entrouverts. Je l'ai secouée comme un prunier. Elle a grommelé quelques mots incompréhensibles.

Je me suis préparée pour l'école, en me faufilant sans bruit dans l'appartement et en me tenant à bonne distance du téléphone cassé par terre, comme s'il allait me mordre. J'ai avalé quelques canapés rassis qui avaient passés la nuit dehors puis j'ai pris la porte. J'ai descendu les marches sur la pointe des pieds mais Mme Luft a surgi comme l'éclair.

– Ah, te voilà, toi ! Non mais quel boucan hier soir ! Des cris, encore des cris, des coups, boum, boum. Je vais vous faire expulser, vous allez voir. Où est ta sœur ?

– C'est pas vos oignons.

Et je suis partie en courant.

Ça faisait tellement bizarre de marcher dans la rue sans Star. J'avais l'impression d'avoir été amputée d'une partie de moi-même. Au coin de la rue, j'ai aperçu Ronnie Churley. J'ai pilé net, mais il était avec sa mère, pas avec ses copains. Tout ce qu'il a pu faire, c'est me tirer la langue quand elle regardait de l'autre côté. Il avait l'air penaud, le Gros Dur surpris en train de trottiner sagement au bras de sa maman.

Je lui ai tiré la langue à mon tour et puis je les ai dépassés en fredonnant *Le bébé Cadum à sa maman*.

Il me le ferait payer plus tard, mais ça valait le coup. Je me sentais bien. C'était cool d'aller toute seule à l'école.

La mère de Ronnie Churley était très moche. Une grosse dame toute bougon, qui portait un de ces fuseaux avec un élastique sous la plante des pieds pour les empêcher de se froisser. Elle avait aussi besoin d'un élastique sous le menton pour tirer ses rides.

Les mamans des autres élèves ne me plaisaient pas davantage. Même pas celle de Tasha. Pétunia était beaucoup plus jeune et jolie. Et Morris pensait comme moi.

Il était déjà dans la cour de récréation, appuyé contre la grille près de l'entrée. Il se postait souvent là parce qu'il y avait du monde et que c'était plus difficile d'aller lui chercher des noises.

– Salut, Dolphin !

Il a signalé sa présence par de grands gestes. Il croyait que tout le monde était aussi myope que lui, incapable de voir plus loin que le bout de son nez.

– Salut, Morris.

J'ai escaladé la grille et je me suis laissée retomber de l'autre côté, au lieu de faire le détour par la porte d'entrée.

Mais l'ourlet de ma robe de sorcière est resté coincé. Quand je l'ai décroché, j'ai vu de minuscules crapauds, des chats noirs et des chauves-souris s'échapper.

Un vol de chauves-souris a tourbillonné autour de ma tête, m'aveuglant presque.

– Dolphin ? Qu'est-ce qu'il y a ? Tu t'es fait mal ?

– Moi, je n'ai rien, c'est ma maman.

Et je me suis mise à pleurer.

– Ne pleure pas. Oh, Dolphin, s'il te plaît, arrête.

Il a passé un bras maladroit autour de mon cou. Un cri a retenti de l'autre côté de la grille.

– Hé, visez un peu Gros Nez et Miro ! Ils sont en train de se rouler une pelle. Beurk !

– Vite. Viens dans la cour de récré, derrière les toilettes.

Il y avait un passage étroit entre le préfabriqué des filles et celui des garçons. Morris s'est faufilé au milieu et m'a entraînée avec lui. Je me tenais toute raide à côté de lui, le visage toujours ruisselant de larmes.

– Tu as un mouchoir en papier ? a demandé Morris.

– Non.

Je me suis essuyé les yeux avec le revers de la main et j'ai reniflé un bon coup.

– Arrête de me regarder comme ça.

– C'est rien. Ça m'arrive aussi. Ce week-end, j'ai pleuré parce que ma mère a éclaté en sanglots quand papa m'a ramené à la maison.

– Eh bien, moi, je n'ai pas de papa. Star en a un, elle. Et elle est partie chez lui et j'ai cassé le téléphone alors on ne peut plus lui parler et Pétunia... elle boit. Elle n'a même pas pu se lever ce matin. Tu ne sais pas ce que c'est. Avant, Star s'occupait d'elle, elle lui faisait sa toilette quand elle était vraiment mal. Je ne sais pas m'y prendre. Je suis perdue sans Star. Ce n'est pas seulement ma sœur, c'est aussi un peu ma maman. Et ma meilleure amie. Et maintenant elle m'a abandonnée et je n'ai plus personne.

Mes pleurs ont redoublé.

– Je suis là, moi, a dit Morris.

La cloche a sonné dans la cour de récréation.

– On ferait mieux d'y aller, j'ai dit. On ne peut pas se cacher ici toute la journée.

– Je suis sérieux, Dolphin. Je pourrais être ton meilleur ami. Moi, ça me plairait bien.

Il m'a embrassée sur la joue, qui était pourtant toute sale et pleine de larmes.

Puis il est sorti en vitesse du passage. Il m'a fallu plusieurs secondes pour me faufiler derrière lui, mais il était encore tout rouge, les lunettes couvertes de buée. Il avait l'air terriblement bête mais j'ai réussi à esquisser un sourire furtif.

– D'accord, amis. Bon, d'abord la classe, et pendant le déjeuner, on ira faire une bande dessinée à la bibliothèque.

– Ouah, super.

– Et Star sera peut-être rentrée ce soir.

– Oui, je te parie qu'elle va rappliquer en vitesse.

Toute la journée, j'ai croisé les doigts, j'ai fait des tas de vœux et de promesses et j'ai inventé des formules magiques. En courant à la maison, j'ai touché chaque réverbère en prononçant sept fois le nom de Star pour qu'elle soit là à m'attendre dans notre nouvelle chambre bleu et blanc.

Elle n'était pas là. Pétunia était dans son lit, toujours en chemise de nuit. Elle ne s'est pas levée de toute la soirée, sauf pour tituber vers les toilettes comme un zombie.

– Tu devrais te brosser les dents et prendre une douche, j'ai suggéré.

– Les dents ? Une douche ? a répété Pétunia, comme si je parlais une langue étrangère. A quoi bon ?

– Tu te sentirais mieux.

Au lieu de suivre mon conseil, elle est allée chercher une autre bouteille dans le placard.

– Arrête de boire. Mange quelque chose.

J'ai fait du thé pour deux. Pétunia a dit qu'elle n'en voulait pas. J'ai essayé de la redresser sur son oreiller et de lui en faire boire une tasse, mais la moitié a coulé sur son menton.

– Fais un effort, s'il te plaît, Pétunia.

– Je n'ai pas envie de faire d'effort. Fiche-moi la paix

Elle a disparu de nouveau sous la couette. Je l'ai veillée un moment. Elle semblait endormie. Était-elle ivre ? J'ai fait les cent pas dans la chambre, en regardant ses yeux clos, ses cheveux épars et sa peau en technicolor.

J'ai vaguement entendu une sonnerie au rez-de-chaussée. Une minute plus tard, on a frappé à la porte.

– Hé, ouvrez là-dedans !

C'était Mme Luft. J'ai décidé de l'ignorer mais elle a continué à tambouriner.

– Oh, bon sang, ma tête, a grogné Pétunia en s'enfonçant davantage sous la couette. Débarrasse-toi de cette vieille mégère, Dol.

– Je ne l'aime pas. Elle est horrible avec moi. Vas-y, toi.

Autant demander à la couette de se lever et d'aller négocier avec Mme Luft. J'étais bien obligée de m'en occuper moi-même.

– Eh bien, ce n'est pas trop tôt ! a crié Mme Luft lorsque j'ai entrebâillé la porte. Qu'est-ce qui se passe ici ?

– Rien, rien.

Je suis sortie sur le palier et j'ai tiré la porte derrière moi. Je ne voulais surtout pas qu'elle voie Pétunia dans cet état de prostration.

– Que ça ne se reproduise pas ! Je veux que ce soit bien clair. Ma parole, quel sans-gêne ! J'ai d'autres chats à fouetter que de monter toutes ces marches. Et vous ne pouvez même pas répondre à la porte comme tout le monde. Enfin bref, ça mobilise ma ligne. On pourrait essayer de m'appeler.

189

J'ai soudain compris.

– Ma sœur ! Elle vous a téléphoné.

J'ai descendu les marches quatre à quatre.

– Hé, minute ! Attends-moi, petite. Je t'interdis d'entrer chez moi toute seule ! Ah, quel toupet !

J'ai dû tourner en rond jusqu'à ce qu'elle descende. Puis je l'ai suivie dans sa tanière, à la fois sombre et astiquée. Elle m'a fait essuyer les pieds sur le paillasson. Elle allait probablement vaporiser du désinfectant sur le téléphone dès que j'aurais fini.

– Star ?

– Oh, Dol ! Oh, Dol ! Oh, Dol !

Elle pleurait à chaudes larmes.

– Qu'est-ce qui s'est passé ? Le portable ne marche plus ? J'étais folle d'inquiétude en voyant que je ne pouvais pas appeler. Et puis tout à coup j'ai pensé à Mme Luft. Pétunia a cassé le téléphone ? Elle ne t'a pas touchée, au moins ?

J'ai réfléchi en vitesse, tout en promenant mon regard sur le salon hideux de Mme Luft. Elle avait une lampe en marbre rose-marron et un vase assorti qui ressemblait à un boudin. J'ai allongé la main pour voir s'il avait aussi la consistance du boudin. Mme Luft m'a tapé sur les doigts, outrée.

– Dol ! Réponds-moi. Qu'est-ce qui s'est passé ?

– Ç'a été affreux.

J'ai tourné le dos à Mme Luft et je me suis mise à chuchoter.

– Elle a bu comme un trou.

– Oui, ce n'est pas la première fois.

– Non. Pire. Elle est devenue violente. Elle a cassé le

téléphone. Elle... elle m'a battue comme plâtre. Je saigne. Je crois que j'ai quelque chose de cassé. Et maintenant... Maintenant elle a descendu une bouteille entière, non, deux, et elle est dans le coma et... elle est peut-être *morte*.

– Oh Dol ! Ça va aller. Je vais rentrer et...

Mais une tornade en chemise de nuit a fait irruption dans le salon de Mme Luft et s'est emparée du téléphone avant que je puisse l'en empêcher.

– Star ? Oh Star, ma chérie, quelle bonne idée tu as eu d'appeler Mme Luft, a dit Pétunia, d'une voix claire et distincte.

– Vous ne manquez pas de culot ! s'est écriée Mme Luft. J'aime autant vous dire que ça ne se reproduira pas ! A présent, laissez mon téléphone !

– Une minute, a soufflé Pétunia, qui essayait de se concentrer sur ce que disait Star. J'ai fait *quoi*, Star chérie ? Non, c'est Dolly, mais c'était un accident. On va acheter un autre téléphone. Mais arrêtez de jouer aux charades, toi et Micky : donne-moi *son* numéro ! Non, bien sûr que je ne suis pas ivre, ma chérie. Est-ce que j'ai l'air ivre ? *Quoi ?* D'accord, je te repasse Dol, mais il faut qu'on parle ensuite toutes les deux.

– Pas sur ma ligne ! s'est insurgée Mme Luft. Dites-vous au revoir. Vous êtes d'une grossièreté sans bornes.

Pétunia m'a collé l'appareil dans le creux de la main. Je l'ai tenu à quelques centimètres de mon oreille. Les mots de Star fusaient comme des balles.

– Dol ? Comment as-tu pu me raconter des mensonges pareils ? Elle n'est pas dans le coma, elle n'est même pas ivre. Tu m'as fait une de ces peurs ! Comment as-tu osé me monter un bateau pareil ?

– C'est la vérité, j'ai marmonné, avec Pétunia plantée devant moi, en train de me regarder droit dans les yeux.

– Tu as menti dans le seul but de me faire rentrer à la maison. Alors c'est toi qui as cassé le téléphone ?

– Non. Oui. Écoute, Star, s'il te plaît, reviens tout de suite…

– Pourquoi devrais-je rentrer ? Ce n'est pas juste. Pour une fois, je veux faire ce qui me plaît. Maintenant écoute-moi bien. On va vous envoyer un autre téléphone, d'accord ? Mais je t'interdis de me raconter encore des bobards.

– Star…

– Non. Je raccroche maintenant.

– *S'il te plaît !*

J'ai entendu un clic et puis le bourdonnement continu de la ligne.

– A mon tour maintenant, a dit Pétunia.

– Non, ça suffit, a dit Mme Luft. Raccrochez immédiatement.

Pétunia m'a arraché le téléphone. Elle a entendu la tonalité.

– Raccrochez ! a ordonné Mme Luft.

Pétunia a obéi, d'une main si tremblante qu'elle pouvait à peine reposer le combiné sur le boîtier.

– Merci infiniment, a dit Mme Luft sur un ton sarcastique. A présent, si ce n'est pas trop vous demander, je vous prie de remonter toutes les deux à l'étage. A l'avenir, je vous interdis de prendre mon appartement pour une cabine téléphonique. Rétablissez votre ligne et arrêtez de consacrer tout votre argent à des pratiques dégoûtantes. Regardez-vous, en petite chemise de nuit, à exhi-

192

ber tous ces tatouages obscènes. Bel exemple pour vos filles ! Faut pas s'étonner s'il y en a une qui a fugué. Qui voudrait d'une mère comme vous ?

J'ai cru que Pétunia allait lui river son clou. Mais elle n'a pas dit un mot. Ses yeux étaient vitreux. Elle a fait volte-face et elle a pris la direction de la porte, pieds nus.

– Regardez-moi ces pieds sales ! Vous allez faire des taches sur mon tapis.

Pétunia ne semblait pas entendre.

– Puisque vous voulez savoir, moi, je veux d'une maman comme elle, j'ai dit à Mme Luft. C'est la meilleure maman du monde.

– Quelle blague ! J'ai entendu ce que tu disais. Elle te bat. Quand je vous ai entendues crier toutes les deux, j'ai bien failli appeler l'assistance sociale.

– Surtout pas ! S'il vous plaît, non. Pétunia n'a rien fait de mal. Elle ne m'a jamais frappée, jamais de la vie. Ne le dites à personne, s'il vous plaît.

Mme Luft a croisé les bras d'un air triomphant.

– C'est ce qu'on verra, pas vrai ? De toute façon, ce serait pour ton bien.

– Pétunia ! Dis-lui, toi. Dis-lui que tu n'as jamais levé la main sur moi. J'ai inventé cette histoire mais je ne voulais pas. *Pétunia !*

Elle était déjà dans l'escalier. Je lui ai couru après, je l'ai retenue par le bras.

– Pétunia, il faut lui expliquer. On ne peut pas la laisser appeler l'assistance publique, hein ?

– Pourquoi pas ? a dit Pétunia, d'une voix blanche.

– Parce qu'ils risquent de me placer dans une famille d'accueil !

– Tu y seras peut-être mieux qu'ici. Cette vieille taupe a raison. Je suis une mère indigne.

– Mais non !

De retour dans l'appartement, j'ai essayé de me glisser entre ses bras. Je l'ai serrée fort mais ça ne me suffisait pas. J'ai mis ses mains autour de moi mais au bout de quelques secondes, elles sont retombées le long de son corps. Je l'ai suppliée de me parler mais elle m'a répondu d'une voix méconnaissable. Ses prunelles vertes étaient devenues sombres et ternes.

– Tu veux retourner te coucher ? Tu as l'air à bout de forces.

Elle est allée se coucher sans résistance et elle a fermé les yeux aussitôt. Je me suis penchée au-dessus de son front et j'y ai déposé un baiser.

– J'ai inventé cette histoire stupide mais c'était juste pour faire revenir Star.

Pétunia n'a pas répondu mais une larme a perlé sous sa paupière.

– Je vais aller me coucher, moi aussi.

Je me suis allongée sur mon lit, dans cette chambre qui n'avait plus rien de familier. J'ai joué à des jeux dans ma tête. J'avais inventé une machine à remonter le temps. En touchant un bouton de mon matelas, j'avançais de dix ans et je devenais belle et mince, avec des cheveux jusqu'à la taille. Pas blonds comme ceux de Star. Alors roux comme ceux de Pétunia ? Non, l'âge aidant, mes cheveux châtains s'assombriraient et, à vingt ans, j'aurais une magnifique chevelure noir de jais, avec des yeux verts entourés de cils charbonneux. J'aurais une peau très blanche avec un seul tatouage discret sur l'épaule, une petite sorcière noire. J'aurais aussi une pierre précieuse dans la narine, une émeraude assortie à mes yeux, mais je l'enlèverais pour aller au travail. Je porterais des manches longues et je nouerais mes cheveux en un chignon très chic. Je porterais des jeans et un sarrau noir, j'aurais mon salon de beauté où je créerais de merveilleuses coiffures exotiques pour une clientèle triée sur le volet. Je mettrais des fleurs, des cristaux et des perles dans les cheveux, je les teindrais en violet, en turquoise ou en bleu ciel. Armée de mes ciseaux, je m'escrimerais toute la journée pendant que des mannequins, des rock stars et des rédactrices de mode me féliciteraient et que des photographes célèbres immortaliseraient mes créations.

Je sortirais avec un homme différent chaque soir de la semaine, il m'offrirait des repas fins, du vin et des bouquets de fleurs, mais ensuite je rentrerais dans mon appartement superbement décoré, noir et argent, avec un stroboscope qui tourne au plafond dans chaque pièce pour éclabousser les murs d'étincelles. Star et Pétunia seraient là, prêtes à satisfaire mes moindres caprices. Lorsque je ne serais pas épuisée, je me laisserais convaincre de les coiffer ou de leur vernir les ongles. Folles de reconnaissance, elles me supplieraient de ne jamais les quitter...

Je me suis endormie en pensant à tout ça mais je me suis réveillée plusieurs fois dans la nuit, sans trop savoir si je continuais à rêver ou pas. J'ai cru entendre Pétunia dans la cuisine, mais quand j'y suis allée à tâtons pour prendre un verre d'eau, il n'y avait pas trace d'elle. Mon estomac s'est mis à gronder et je me suis rappelé que je n'avais pas dîné. J'ai hésité à manger un morceau parce que l'odeur de la peinture me donnait mal au cœur. Elle était si tenace que ça me prenait le nez et que mes yeux pleuraient.

Après avoir ingurgité un litre d'eau, j'ai eu envie d'aller aux toilettes. J'ai ouvert la porte et je suis tombée nez à nez avec un spectre, éclairé par un rayon de lune. Un fantôme. Un vrai. Blanc à faire peur.

J'ai poussé un cri.

Le fantôme a eu un hoquet.

Je connaissais ce bruit. Je connaissais cette odeur.

J'ai appuyé sur l'interrupteur et j'ai contemplé la silhouette pâle qui se tenait devant moi.

– Pétunia ?

Je n'en croyais pas mes yeux. Elle était toute blanche. Son cou, ses bras, son corps nu, ses jambes. Et même une partie de ses cheveux. Elle s'était enduite de laque. A grands coups de pinceaux, elle avait couvert ses tatouages, même si les plus grands et les plus sombres se devinaient encore, comme des veines sous cette nouvelle peau blanche.

J'ai tendu la main pour la toucher, pour voir si elle était réelle.

– Non. Ne touche pas. Ce n'est pas encore sec. Pas sec. Attention, peinture fraîche. Je ne peux pas m'asseoir. Ni m'allonger. Mais tout va bien. Ça va sécher et moi avec. Et puis je serai guérie. Blanche comme neige. Je fais peau neuve. Je serai une bonne mère, une bonne amante et Micky ramènera Star et on sera tous réunis pour la vie, une famille, ma famille et tout ira bien, ça ira, ça ira, ça ira. Il faut que ça aille mieux. Ça ne peut pas être pire, c'est la plaie à la fin. Mais ça va aller mieux, oui beaucoup mieux. Fini les tatouages, Star les détestait, elle me détestait, mais maintenant ils ont disparu. Je n'ai pas de laser sous la main mais est-ce que je peux essayer avec un rasoir ? Non, trop rouge, je veux du blanc, la lumière pure, c'est ça...

Elle a continué à marmonner des bribes sans queue ni tête. Je suis restée toute frissonnante à côté d'elle. Cette fois, elle était vraiment folle. Complètement fêlée.

La grenouille

J'ai rempli la baignoire d'eau chaude mais Pétunia ne voulait pas y entrer. J'ai essayé de la frotter avec un gant de toilette mais elle s'est mise à hurler. J'ai attrapé son bras laiteux et j'ai essayé de l'entraîner vers son lit mais elle s'est raidie, les pieds cramponnés sur les carreaux froids comme s'ils y avaient pris racine. J'avais peur de la laisser seule parce que je ne savais pas ce qu'elle était encore capable d'inventer. Finalement, j'ai vidé la baignoire, je l'ai essuyée avec la serviette de Pétunia puis je me suis recroquevillée dedans, la tête appuyée sur ma serviette. J'avais l'impression d'être dans un berceau en dur et je voyais mal comment j'allais pouvoir fermer l'œil, avec ma mère à côté, folle et luminescente. Je me suis assoupie alors que le jour se levait et je me suis réveillée en sursaut, me cognant la tête contre le robinet. Pétunia était toujours là, à se balancer doucement sur place, les paupières fermées.

– Pétunia ?

Elle a ouvert les yeux. Son regard était vide.

– Pétunia, s'il te plaît.

Je suis sortie de la baignoire et je l'ai prise par les épaules.

– Tu dors ?

Elle a cligné des paupières mais elle ne me voyait pas.

– Il faut qu'on enlève toute cette peinture.

C'était encore pire à la lumière du jour. Même ses cils étaient couverts de mascara blanc et il y avait des filets de peinture sur son oreille.

– Oh Pétunia, qu'est-ce que tu as fait ? Il y en a partout. C'est dangereux. Tu pourrais devenir aveugle ou sourde. S'il te plaît, enlevons ça rapidement.

J'étais tremblante, je me demandais comment j'avais pu être assez stupide pour la laisser dans cet état la moitié de la nuit. Tout à l'heure, j'avais cru faire un mauvais rêve, mais à présent c'était affreusement réel. J'étais tellement paniquée que j'ai dû utiliser les toilettes sous ses yeux. Elle n'a pas semblé s'en émouvoir.

J'ai rempli de nouveau la baignoire. Même problème. Pétunia était raide comme un piquet, impossible de la faire entrer dedans. Je l'ai frottée là, au milieu de la salle de bains, mais ça ne servait à rien. J'ai à peine réussi à enlever quelques écailles de peinture.

En fouillant désespérément dans le placard sous l'évier, j'ai trouvé une vieille bouteille de white-spirit. J'en ai versé un peu sur un chiffon et je me suis mise à lui frotter le pied. Elle grimaçait à chaque passage. La laque refusait de partir, elle s'étalait, et là où la couche s'amenuisait, la peau paraissait en feu. Était-ce à cause du white-spirit ? Je risquais de lui faire plus de mal que de bien.

– Je ne sais pas quoi faire. Pétunia, dis-moi ce que je dois faire. S'il te plaît, s'il te plaît.

Ses lèvres ont remué comme si elle murmurait quelque chose mais aucun son n'est sorti de sa bouche.

– Ça fait mal ? Écoute, je vais enlever le white-spirit. J'ai trop peur que ça te brûle la peau.

J'ai lavé son pied à grande eau, jusqu'à ce qu'une flaque se forme autour d'elle. Il y avait encore des traînées de peinture blanche, la peau en dessous était très rouge, à l'exception d'une tache sombre près de l'orteil. J'ai sursauté, terrifiée à l'idée que ça pouvait être la gangrène ou quelque chose comme ça, mais j'ai aperçu une minuscule main palmée et je me suis rappelé la petite grenouille verte tatouée entre ses orteils.

Pétunia a frissonné quand je l'ai touchée. Ses lèvres ont remué de nouveau.

– Quoi ? Je n'entends pas ce que tu dis. Tu peux parler plus fort ?

Je me suis hissée sur la pointe des pieds pour mieux voir. J'ai regardé sa bouche mais elle ne formait aucun mot identifiable. J'ai regardé ses yeux. Et j'ai vu qu'elle mourait de peur, elle aussi.

– Je vais chercher de l'aide. Viens t'allonger sur le lit.

Comme elle refusait toujours de bouger, je l'ai enveloppée dans une serviette. J'ai déposé un baiser sur son pauvre visage pâle et hébété, puis j'ai quitté la pièce en courant. Je suis sortie de l'appartement, j'ai dévalé les escaliers. Pas Mme Luft. Non. Vite, par la porte d'entrée, dans la rue, tourner le coin vers les magasins. Un commerçant ? Non. L'école ? Morris ? Peut-être M. Harrison ? Non.

– Que faire ? Oh Star, pourquoi n'es-tu pas là, sale

lâcheuse. J'ai tellement besoin de toi. Je ne sais pas quoi faire.

Je savais très bien. C'était même la seule solution. Mais j'avais l'impression de trahir Pétunia lorsque j'ai composé le 15 depuis une cabine.

– Le Samu, j'écoute ?

– C'est pour une urgence. Je crois que j'ai besoin d'une ambulance.

On m'a passé quelqu'un qui m'a posé une série de questions.

– C'est une personne qui est couverte de peinture. Et ça ne part pas. Non, ce n'est pas mon petit frère ni ma sœur. C'est ma mère. Elle est comme paralysée. Incapable de dire un mot. Peut-être qu'elle ne m'entend pas parce qu'il y a de la peinture dans ses oreilles et partout. Nous habitons au 35, Beacon Road, appartement B. Vous allez venir ?

J'ai raccroché et j'ai couru à la maison. J'ai grimpé les marches quatre à quatre et j'ai ouvert la porte. Pétunia était dans la salle de bains, figée comme une statue. Je me suis jetée dans ses bras et nous avons failli tomber à la renverse toutes les deux.

– Oh, Pétunia. Vite, il faut qu'on t'habille. Ils arrivent. Je suis désolée, je sais que tu vas être furieuse après moi, mais tu es couverte de peinture et on ne peut pas te laisser comme ça. Regarde tes pauvres yeux, tes pauvres oreilles. Mais une fois qu'ils t'auront nettoyée, ce sera fini et tu pourras revenir. Je m'occuperai de toi. On va s'en sortir, toi et moi, mais il faut se débarrasser de cette peinture. Ne m'en veux pas, je t'en prie. Je sais à quel point tu détestes les hôpitaux.

J'ai eu à peine prononcé le mot qu'elle s'est mise à grelotter. Elle n'a rien dit, elle ne m'a pas repoussée, elle n'a pas fait le moindre geste pour s'habiller. Elle est restée là à trembler comme une feuille.

– Je te demande pardon, j'ai sangloté.

J'ai couru lui chercher des vêtements mais j'aurais eu trop de mal à lui enfiler les manches et les jambes, alors je me suis contentée de lui passer sa robe de chambre, que j'ai nouée sur son corps tout peinturluré. Comme elle ne tiendrait pas debout sur ses hauts talons, je lui ai sorti une vieille paire de baskets appartenant à Star. Elles étaient une taille trop petite mais j'ai réussi à glisser ses pieds à l'intérieur.

Puis, avant que j'aie eu le temps de préparer quoi que ce soit d'autre, on a frappé à la porte du bas.

– Je vais leur ouvrir. Il ne faut pas laisser Mme Luft se rincer l'œil. Oh, Pétunia. Ne tremble pas. Tout va bien se passer, je te promets. Ils vont juste enlever la peinture et puis tu reviendras à la maison.

Pétunia m'a dévisagée. J'ai eu l'impression de l'avoir poignardée dans le cœur.

– Il le fallait, j'ai dit.

Puis je suis descendue ouvrir la porte du rez-de-chaussée. Il y avait deux ambulanciers, un homme et une femme.

– Elle est là-haut, j'ai murmuré.

Mais quand ils sont entrés dans le hall, Mme Luft a ouvert sa porte pour jeter un œil, la tête hérissée de bigoudis, comme des chenilles en métal. Elle est restée bouche bée en apercevant les uniformes.

– Oh là là, qu'est-ce qu'elle a encore fabriqué, cette folle ?

Les ambulanciers ne lui ont pas prêté attention. Tandis que nous montions à l'étage, la femme m'a tapoté l'épaule.

– Ne t'inquiète pas, ma puce.

Elle n'a pas bronché en découvrant ma pauvre maman couverte de peinture.

– Tout va bien, madame. On va vite vous débarbouiller. Vous venez avec nous. Vous pouvez marcher ? On peut vous mettre dans la chaise roulante si vous préférez ?

Pétunia a roulé des yeux mais elle n'a rien dit. La femme lui a pris gentiment le coude. Elle a essayé de l'entraîner. Pétunia n'a pas bougé d'un centimètre.

– Allons, venez. On ne voudrait pas être obligés de vous emmener de force, madame, surtout devant votre petite fille.

L'ambulancière m'a regardée.

– Et toi, mon poussin ? Est-ce qu'il y a quelqu'un pour prendre soin de toi ?

J'ai réfléchi à toute vitesse. Si je répondais non, elle appellerait l'assistance sociale et on me placerait dans une famille d'accueil.

– Oui, oui. Il y a quelqu'un.

Je n'étais pas très convaincante. Les ambulanciers ont échangé un regard.

– Mon père.

Ils ont paru soulagés.

– Où est-il en ce moment ?

– Oh, il est au boulot, j'ai menti avec un peu plus d'aisance. Il travaille la nuit. Il va rentrer d'une minute à l'autre.

Je me suis tournée vers Pétunia. J'ignorais si elle enregistrait ce que je disais. Elle tremblait encore beaucoup. Son visage a tressailli quand je me suis levée sur la pointe des pieds pour l'embrasser.

– Je t'aime.

J'aurais tant voulu qu'elle me réponde. J'aurais voulu qu'elle me serre fort dans ses bras blancs. J'aurais voulu qu'elle sorte de sa torpeur pour leur dire que je n'avais jamais seulement posé les yeux sur mon père. J'aurais voulu qu'elle leur dise qu'elle ne pouvait pas me laisser seule.

Elle m'a regardée de ses yeux verts mais elle n'a pas dit un mot.

Les ambulanciers ont renoncé à la convaincre par la manière douce. Ils l'ont attachée sur la chaise. Sa robe de chambre s'est entrouverte, révélant ses seins blancs.

– On va vous rhabiller, madame.

L'ambulancière a croisé les pans du peignoir sous le menton de Pétunia, qui est restée sans réaction. On aurait dit qu'elle était retombée en enfance.

Ils l'ont sortie de l'appartement, descendue dans l'escalier puis dans le hall. Je les ai suivis jusqu'à la porte d'entrée. Mme Luft était toujours sur le qui-vive. Quand elle a vu l'état de Pétunia, elle s'est mise à piailler.

– La petite peut rester avec vous jusqu'au retour de son père ? lui a demandé l'ambulancière.

Mme Luft a fait une sorte de moue en cul de poule, comme si elle mastiquait son dentier.

Les ambulanciers ont pris ça pour un oui. Ils ont porté Pétunia à l'extérieur. Elle a grimacé en voyant l'ambulance. Des larmes ont coulé sur son visage. Ses yeux me fixaient encore lorsqu'ils l'ont installée à l'arrière.

– Je te demande pardon.

C'était un mot bien trop petit et trop bête pour exprimer ce que je ressentais.

Ils ont refermé la portière. L'ambulancier m'a fait un signe de la main.

– Ne te fais pas de bile, petite. Tout ira bien. On va pas tarder à la remettre d'aplomb.

Il est monté dans l'ambulance et ils sont partis.

– Celle-là, ça m'étonnerait que vous la remettiez d'aplomb, ou alors pas avant la semaine des quatre jeudis ! a ricané Mme Luft.

– Fermez-la, espèce de vieille dondon !

– Eh bien !

Elle s'est redressée, les narines pincées comme si j'étais une mauvaise odeur.

– En voilà de la gratitude ! Moi qui ai accepté de te garder jusqu'à ce qu'on vienne s'occuper de toi.

– Je n'ai besoin de personne. Je me débrouille très bien toute seule.

– C'est ça, mamzelle Soupe-au-lait. Très drôle. Quel âge as-tu ? Dix ans ? Pas de sornettes. On ferait peut-être aussi bien d'appeler l'assistance publique.

– Non ! Pas ça. S'il vous plaît, non. Écoutez, ma mère sera rentrée à l'heure où je sors de l'école. Et de toute façon, il y a mon père. Oui, mon père.

– Je me demande. Je n'ai pas vu trace de ce père depuis que vous habitez ici. Un bon paquet d'oncles, c'est sûr, des gens de passage, mais je ne vais pas m'étendre là-dessus. Ton père, j'imagine que c'est celui qui se prend pour un play-boy, avec les cheveux mi-longs et cet accoutrement ridicule. Je vous ai vus ensemble. C'est bien lui ?

J'ai hoché la tête. Si seulement ça pouvait être vrai.

Micky s'occuperait de moi et il me dirait quoi faire à propos de Pétunia. Il fallait que je vide le plancher avant de me remettre à pleurer devant Mme Luft.

– C'est l'heure de l'école. Il faut que j'y aille, je suis très en retard. Je vais me faire gronder.

Je me suis fait gronder. Miss Hill avait déjà commencé la première leçon quand je suis arrivée.

– Mais enfin, Dolphin ! Pourquoi es-tu aussi en retard ?

Je suis restée immobile, ne sachant pas quoi dire.

– Réponds-moi ! Tu ne t'es pas réveillée ?

Ça m'a semblé l'explication la plus simple alors j'ai hoché la tête.

– Il faut te coucher plus tôt. A quelle heure es-tu allée au lit hier soir ?

J'ai réfléchi. Je ne me rappelais pas exactement. De toute façon, j'avais passé la moitié de la nuit en dehors de mon lit, pliée en quatre dans la baignoire à surveiller Pétunia.

En ce moment même, j'avais l'impression de voir son spectre blafard dans la classe. J'ai senti mes yeux s'embuer. J'ai reniflé et je me suis essuyé le nez avec le revers de ma main.

– C'est du propre ! Tu n'as pas de mouchoir en papier ? Regarde dans quel état tu es. On dirait que tu tombes du lit. Tu n'as même pas pris le temps de te coiffer ou de te débarbouiller, je me trompe ?

Yvonne et Kelly se sont mises à pouffer de rire pendant que la maîtresse s'acharnait sur moi. J'ai essayé de contracter mon visage pour ne pas pleurer. J'ai pincé mon velours noir de sorcière, appelant à la rescousse toutes les forces occultes, mais rien ne marchait. Miss Hill n'en finissait pas, elle me disait que ça ne pouvait pas durer, que j'étais une souillon et une paresseuse, que je n'avais aucune fierté, et si je ne faisais pas disparaître ce sourire insolent, elle allait m'expédier tout droit chez la directrice.

J'ai secoué la tête pour changer d'expression. La classe est devenue toute floue, avec des visages qui ricanaient, mais soudain j'ai aperçu un éclair de lunettes. J'ai battu des paupières et Morris m'est apparu nettement, blême, les yeux immenses derrière ses verres. Il avait l'air tellement triste pour moi que je n'ai pas pu le supporter. Je me suis mise à pleurer comme un veau.

– Je t'en prie, Dolphin ! a dit Miss Hill.

Son ton était toujours méprisant, mais elle avait l'air aussi un peu effrayé, comme si elle se rendait compte qu'elle avait poussé le bouchon trop loin.

– Cesse ces pleurs ridicules.

Je ne pouvais pas m'arrêter. Mon nez et mes yeux coulaient comme des robinets.

– Tiens.

J'ai senti qu'on me glissait un mouchoir dans la main. J'ai ouvert les yeux. C'était Morris.

– Va t'asseoir, Morris. Toi aussi, Dolphin. On va pouvoir se remettre au travail, tout le monde ?

J'ai serré la main de Morris puis j'ai gagné ma place en m'épongeant le visage.

Kelly et Yvonne ont chuchoté un tas de choses dans mon dos, comme quoi je n'étais qu'une sale petite morveuse.

– Gros Nez qui coule, a lancé Kelly et elles ont toutes les deux éclaté de rire.

– Ça suffit, Yvonne et Kelly, a dit Miss Hill. Taisez-vous.

Je ne me suis même pas retournée pour leur tirer la langue. J'étais plutôt contente que Miss Hill les ait grondées. Mais je me fichais bien de l'école maintenant. Je ne pensais qu'à Pétunia et je me demandais ce qu'on était en train de lui faire. J'aurais dû aller à l'hôpital avec elle !

A la récré, je suis partie en vitesse, ne voulant voir personne, pas même Morris. Mais il m'a rattrapée.

– Je croyais que personne ne pouvait te faire pleurer, il a dit.

– Oui, eh bien, c'est toujours vrai, j'ai répondu en serrant les poings. Et surtout pas cette rosse de Miss Hill. Je pleurais à cause d'autre chose, d'accord ?

– Quoi d'autre ? Ne te fâche pas, Dolphin. Je suis ton ami.

– Je sais. Pardon. C'est juste que… Oh, Miro, je ne sais pas quoi faire.

– Morris !

– Excuse-moi. J'ai oublié. C'est ma mère.

– C'est bien ce que je pensais.

– J'ai appelé l'ambulance pour qu'on vienne la chercher. J'étais obligée, à cause de la peinture, dans ses oreilles, ses yeux et partout, mais elle ne va jamais me le pardonner.

– Quoi ?

Je lui ai tout expliqué.

– Je m'en veux terriblement. Elle déteste les hôpitaux.

– Mais tu n'avais pas le choix. Tu as fait ce qu'il fallait faire, Dolphin, je t'assure.

– Tu crois que je devrais sécher l'école et aller tout de suite à l'hôpital, pour être auprès d'elle ?

– Les médecins ne te laisseraient peut-être pas la voir. Ils doivent être en train de gratter la peinture. Attends un peu, laisse-moi réfléchir. Tu as toujours mon mouchoir ? Je crois que tu en as encore besoin.

– Oh, Morris.

Je me suis accrochée à lui parce qu'il n'y avait personne d'autre.

– Beurk ! Regarde ! Gros Nez et Miro qui se sucent la poire !

Yvonne, Kelly et tout un gang de filles ont rappliqué.

– Ferme-la, sale pisseuse ! j'ai crié. Tu ouvres la bouche encore une fois et je te casse toutes les dents. Je te garantis que personne ne voudra t'embrasser.

Je me suis plantée devant elles avec une telle détermination qu'elles se sont toutes éparpillées.

– Tu es une vraie tigresse, a dit Morris. Heureusement que tu es dans mon camp.

– Je suis contente que tu sois dans le mien. Tu vas m'aider à trouver une solution ?

– Eh bien… Je vais essayer.

– C'est toi le Cerveau, pas vrai ?

– Exact. Bon. Laisse-moi faire.

Le reste de la matinée est passé à une telle lenteur, que je me serais crue pendant les vacances d'été. Quand la cloche a sonné l'heure du déjeuner, je me suis tournée vers Morris, pleine d'espoir.

– On va appeler l'hôpital, il a dit.

A défaut de balayer tous les papillons noirs qui bourdonnaient dans ma tête, c'était un bon point de départ. Je n'avais pas un sou en poche mais Morris avait une petite poignée de pièces de monnaie. Elles y sont presque toutes passées parce que la standardiste de l'hôpital m'a fait poireauter des heures pendant qu'elle cherchait le nom de Pétunia et qu'elle essayait de la localiser. Elle a fini par me passer les urgences. Là, ils ont vérifié et ils m'ont dit qu'elle n'était plus chez eux.

– Alors elle est déjà rentrée ! je me suis exclamée.

L'étau autour de ma poitrine s'est desserré juste assez pour que mon cœur bondisse de joie.

– Non...

Mon cœur s'est resserré.

– Où est-elle ?

– Elle a été admise à Tennyson.

– Tennyson ?

– Je vous passe le service.

J'ai attendu de nouveau, en me demandant ce qui avait pu se passer. Tennyson était peut-être un centre spécialisé en oto-rhino-laryngologie et on s'y assurait que la peinture n'avait causé aucun dommage. Ou bien c'était le service d'ophtalmologie et on lui faisait subir des bains d'yeux pour enlever la peinture de ses cils.

Peut-être.

Peut-être aussi que je savais exactement de quel service il s'agissait.

– Hôpital psychiatrique Tennyson. Que puis-je pour vous ?

J'ai serré l'écouteur contre mon oreille. Je ne voulais pas que Morris entende.

– Euh, oui, c'est à propos de cette femme, elle s'appelle Pétunia, Pétunia Westward. Elle... Enfin, elle est peut-être soignée chez vous ?

– En effet, oui ! Nous avons admis une Mlle Westward ce matin.

210

– Et… Elle sera bientôt guérie ?

– Je crois que ça peut prendre un certain temps. Qui est à l'appareil, je vous prie ? Vous êtes la fille de Mlle Westward ?

– Non. Non, je suis une adulte, j'ai une voix jeune, c'est tout, j'ai répondu en essayant de déguiser ma voix.

J'ai tourné le dos à Morris parce qu'il me déconcentrait.

– Nous souhaiterions nous entretenir avec un membre de la famille à propos de Mlle Westward, a dit la voix gentiment. Un membre adulte.

– Je suis une adulte. Et membre de la famille. Je suis… sa sœur. Elle va rentrer à la maison ce soir ? Je peux m'occuper d'elle et lui donner les médicaments dont elle a besoin. Mais elle a l'horreur de l'hôpital, vous comprenez. En fait, c'est mauvais pour sa santé de rester à l'hôpital. Alors si vous avez enlevé la peinture, elle peut peut-être rentrer ? Tout de suite ?

– J'ai bien peur que non. Mlle Westward est gravement malade.

– Mais qu'est-ce qu'elle a ? Elle s'est empoisonnée avec la peinture ?

– Non, non. Écoutez, il m'est très difficile de vous en parler au téléphone. Pouvez-vous passer pour que nous en discutions ?

– Je… S'il vous plaît ! Vous pouvez au moins me dire quand elle va rentrer ? Demain ? Après-demain ? *Quand ?*

– C'est impossible à dire. Nous ne sommes pas devins. Mais ça ne devrait pas être trop long. C'est une affaire de quelques semaines.

– *De semaines !*

– J'ai l'impression que vous êtes vraiment très jeune. D'où appelez-vous ? Est-ce qu'il y a un adulte avec vous ? Écoutez…

Je n'ai pas voulu en entendre davantage. J'ai raccroché brutalement. J'ai fermé les yeux pour essayer de tout effacer. Le couloir était très silencieux parce que les élèves étaient partis déjeuner. Je n'entendais que le souffle de Morris à côté de moi.

– Des semaines ? il a murmuré.

– Oui.

J'ai rouvert les yeux. Inutile de lui raconter des blagues.

– Elle est à l'asile des fous. Ils l'ont enfermée, j'imagine. Oh, Miro, qu'est-ce que je vais faire ?

Il n'a pas relevé ce « Miro » involontaire.

– On va trouver une solution, il a dit, en tâchant de prendre un air rassurant.

– Je ne peux pas rester toute seule à la maison pendant des semaines. Mme Luft va appeler l'assistance publique. Et puis je n'ai pas d'argent. Je ne pourrai pas aller à la poste chercher le chèque des allocations, parce que c'est Pétunia qui doit le toucher, les enfants n'ont pas le droit, je le sais, Star a essayé une fois.

Un frisson m'a parcourue lorsque j'ai prononcé le nom de Star.

– Tu ne peux pas aller habiter chez le père de Star ? Tu m'as dit qu'elle te l'avait proposé.

– Oui, mais en fait ils ne veulent pas de moi. D'ailleurs, je ne sais pas où ils sont. Elle devait m'envoyer un nouveau téléphone. Je pourrai lui demander quand je l'aurai reçu. Elle reviendra peut-être si elle me croit. Oh, si seulement elle pouvait être là !

— Je suis là, moi, a dit Morris en me tapotant nerveusement le bras comme quelqu'un qui essaie d'amadouer un chien méchant.

Je l'ai regardé.

— Morris ? Est-ce que… Est-ce que je pourrais venir habiter avec ta mère et toi ?

Il a ouvert des yeux ronds.

— Pas pour de bon. Juste quelques jours. Le temps de contacter Star. Oh, s'il te plaît, Morris, dis oui.

— Euh… Je ne…

— Je t'ai déjà invité à goûter à la maison et tu peux y dormir quand tu veux. Alors je peux venir chez toi ? Peut-être même juste pour cette nuit ?

— J'aimerais bien, Dolphin. Mais c'est ma mère. Elle ne veut personne à la maison. Rien qu'elle et moi. Je lui ai demandé si je pouvais t'inviter à goûter et elle a dit non, pas pour le moment, qu'elle ne se sentait pas d'attaque. Tu sais, elle est devenue un peu bizarre depuis que mon père l'a quittée.

— La mienne est complètement cinglée. Alors j'ai l'habitude des mamans un peu bizarres. Je ne vais pas me moquer d'elle ou quoi que ce soit. Je serai sage comme une image. Je vais apporter mon sac de couchage comme ça je n'aurai même pas besoin de lit. S'il te plaît, Morris.

— Bon, je vais lui demander. Mais ça m'étonnerait qu'elle accepte.

Morris a téléphoné. J'ai entendu la voix surprise de sa mère.

— Morris ? Mon Dieu, mais qu'est-ce qu'il y a, mon

chéri? Pourquoi appelles-tu? Qu'est-ce qui s'est passé? Tu n'es pas blessé au moins?

Elle l'a bombardé de questions sans lui laisser le temps de répondre. Il a dû lâcher le morceau pendant qu'elle parlait, si bien qu'elle n'a rien entendu la première fois. Il a fallu qu'il répète.

– Maman. S'il te plaît. Mon amie Dolphin – tu sais, celle chez qui je suis allée l'autre jour – eh bien, est-ce qu'elle peut venir goûter ce soir, s'il te plaît?

– Et pour dormir? j'ai articulé sans bruit.

Mais la maman de Morris ne voulait même pas entendre parler du goûter.

– Il n'en est pas question, chéri, tu le sais bien, surtout aujourd'hui. J'ai une migraine épouvantable. Il faut que je prenne rendez-vous chez le médecin. Je ne peux pas continuer comme ça.

– Mais maman, Dolphin a besoin d'un endroit où dormir ce soir. Elle peut venir, s'il te plaît?

– Morris, quelle mouche te pique? Je t'ai déjà dit ce que je pensais de cette fille bizarre et de sa famille. Pourquoi diable a-t-il fallu que tu te lies avec elle?

Morris s'est mis à gigoter sur place, en m'évitant soigneusement du regard. Il a essayé encore, plusieurs fois même, mais de toute évidence ça ne servait à rien. Il y a eu un bref silence quand il a raccroché.

– J'ai peur que maman ne veuille pas que tu viennes, il a dit enfin d'une toute petite voix.

– Je sais. J'ai entendu. C'est pas grave.

– Si, c'est grave. Oh, Dolphin. Écoute. Peut-être qu'on devrait en parler à un professeur?

– Quoi? Le dire à Miss Hill! Merci bien.

– Non. Pas elle. Mais M. Harrison ? Il est gentil. Il nous aiderait.

– D'accord, il est gentil. Mais en quoi peut-il m'aider ? Il ne va pas me dire : « Pas de problème, Dolphin, viens pieuter chez moi quelques semaines, jusqu'à ce que ta mère soit sur pied. »

– Non, mais il saura peut-être quoi faire.

– Oui, je sais ce qu'il va faire. Appeler l'assistance publique. Et on va m'embarquer dans une famille d'accueil.

– Euh… On s'occuperait bien de toi, non ? Et ça pourrait même être amusant. Et puis ça ne durerait qu'un temps.

– Toi, tu regardes trop la télé. Écoute, ma mère a passé sa vie dans des foyers et des familles d'accueil. D'après elle, c'est l'horreur absolue. Elle nous a raconté de ces trucs, à Star et à moi… Tu aurais du mal à le croire, Morris.

– Si c'était juste pour une semaine ou deux ?

– Mais ça ne se passera pas comme ça, tu le sais bien. S'ils ont enfermé ma mère à l'asile, ils vont dire qu'elle n'est pas capable de m'élever. L'assistance va mener sa petite enquête et s'ils découvrent que Pétunia perd souvent la boule, qu'elle aime sortir boire un verre ou deux ou trois, qu'elle reçoit parfois des petits amis et… qu'elle a tiré plein de sous sur cette carte de crédit, ils ne me laisseront jamais retourner vivre avec elle. Et j'ai besoin d'elle, Morris. C'est ma mère.

Morris a cligné des yeux. Son regard est devenu tout vague comme lorsqu'il réfléchit intensément. Je pouvais presque entendre son cerveau faire clic-clic-clic sous son crâne. Puis il a sursauté comme si une alarme venait de se déclencher.

– Je sais. C'est évident. Ton père.

– Quoi ?

– Ton père. Star est avec son père. Tu n'as qu'à contacter le tien.

– Je te l'ai déjà dit. Je n'ai pas de père.

– Tu as bien dû en avoir un.

– Écoute, c'était une liaison passagère. Ma mère le connaissait à peine. Je ne peux pas le considérer comme mon père.

– Elle ne le connaissait même pas ?

– Elle savait son nom. C'est même pour ça qu'elle est sortie avec lui. Il s'appelait Micky, comme l'autre.

– Elle est sortie avec lui juste parce qu'il s'appelait Micky ?

– Oui. Et après ? Je t'ai dit qu'elle était bizarre.

– C'est tout ce que tu sais de ton père ? Qu'il s'appelle Micky ?

– Avec ça, difficile de retrouver sa trace, hein ? Que tous les Micky de la terre qui ont eu une aventure il y a onze ans veuillent bien faire un pas en avant ! Tu parles.

– Ta mère ne t'a jamais rien dit d'autre sur lui ?

– Non, pas vraiment.

– Et tu ne lui as jamais posé de questions ? C'est quand même ton père.

– Non ! Combien de fois faut-il te le répéter ? Ce n'est pas comme le père de Star. Pétunia et Micky – le premier Micky –, ils étaient dingues l'un de l'autre. C'était l'amour fou, ils sont restés ensemble *une éternité*…

Je me suis soudain rappelé que Micky avait dit que leur histoire avait duré seulement quelques semaines.

Alors combien de temps Pétunia avait-elle passé avec mon père ? Une demi-heure ?

– Où se sont-ils rencontrés ?

– Je n'en sais rien. Enfin si, je sais. A la piscine. Je crois que ce Micky est un bon nageur. Parce que moi, je déteste nager. Et Pétunia a dit une fois que c'était drôle parce que mon père était fou de natation. Je crois même que c'était son métier.

– Il a appris à nager à ta mère ?

– J'en sais rien.

J'ai essayé de me rappeler ce que m'avait dit Pétunia. C'était il y a très longtemps, quand l'école nous avait emmenés pour la première fois à la piscine. L'école avant celle-là. J'avais peur de mettre la tête sous l'eau et les autres enfants s'étaient moqués de moi. Un garçon m'avait fait boire la tasse. Pétunia avait été très gentille quand je lui avais raconté. Elle m'avait dit qu'elle avait toujours eu peur de nager mais qu'elle avait appris à l'âge adulte et que maintenant elle connaissait des tas de nages bizarres et peut-être qu'un jour je serais aussi une bonne nageuse parce que mon père était...

– Oui, son maître nageur, c'est possible...

– Alors il donne peut-être encore des leçons de natation. Hé, on pourrait aller se renseigner à la piscine !

– Impossible. Ce n'était pas la piscine d'ici. On n'habitait pas ce quartier à l'époque. On habitait à...

J'ai essayé de me souvenir. Nous étions passées par tellement d'endroits différents.

– Je ne m'en rappelle plus. De toute façon, quelle importance ?

– On va le retrouver, tu vas voir. Réfléchis, Dolphin.

– Comment veux-tu que je remonte jusqu'à avant ma naissance ?

Je savais qu'on habitait dans la banlieue de Londres. Sur la rive sud de la Tamise. Mais où ?

Morris m'a suggéré quelques noms. C'était un fondu des chemins de fer, il connaissait par cœur tous les arrêts de banlieue depuis la gare de Waterloo ! Certains noms m'ont semblé vaguement familiers, d'autres ne me disaient rien.

– On n'a aucune chance, Miro.

– *Morris*. Si. On pourrait tous les essayer. Et demander s'il y a un Micky qui travaille à la piscine municipale.

– Quoi ? Aller dans tous ces endroits ?

– Téléphoner ! On aura les numéros par les renseignements.

– Et après ? Imaginons qu'on le trouve. Qu'est-ce qu'il va faire, à ton avis ?

– Eh bien, c'est ton père. Tu m'as dit que le père de Star était fou de bonheur quand il l'a rencontrée. Il voulait à tout prix s'occuper d'elle.

– Oui. Parce que c'est Star. Mais qui va vouloir s'occuper de moi ? De toute façon, je te l'ai dit, ce type ne connaissait pas bien Pétunia. Il l'a sans doute oubliée.

– On n'oublie pas ta mère, même si on ne la rencontre que cinq minutes.

J'imagine qu'il y avait du vrai là-dedans. Je me suis demandé si son idée pouvait marcher. Tout au fond de moi, j'avais toujours rêvé qu'un jour je rencontrerais mon père, mon Micky, et qu'il serait presque aussi bien que le vrai Micky. Il m'aimerait parce que j'étais sa petite fille, sa Dolphin…

C'était un rêve tellement embarrassant que j'osais à peine le formuler. J'ai senti mon visage s'empourprer. C'était lamentable. Star avait toujours tourné en dérision l'idée qu'on puisse rencontrer nos pères. C'est pour ça que ça m'a paru tellement injuste quand elle a retrouvé Micky et qu'il était comme un prince sorti d'un conte de fées, et elle sa petite princesse égarée. Mon père ne serait pas comme ça. Plutôt une grenouille que des centaines de baisers ne suffiraient pas à transformer en prince.

Non. La grenouille, c'était moi. La moche dont aucun père ne voudrait.

– On ne le trouvera jamais. Il y a une chance sur un million. Et de toute façon, il ne voudrait pas de moi.

– Essayons quand même.

Il a composé le 12 et il a demandé des numéros de piscines municipales, plein de numéros. Comme il n'avait pas de papier, il les a écrits sur son poignet. Quand il a eu l'avant-bras couvert de chiffres bleus, il est allé voir la secrétaire de l'école et lui a demandé de changer le billet de cinq livres qu'il gardait dans un petit portefeuille au fond de sa poche, en cas d'urgence.

– Bon, au boulot, a dit Morris en consultant son bras pour composer le premier numéro.

– Qu'est-ce que tu vas dire ?

– Pourquoi ? Ce n'est pas toi qui va parler ?

– Je ne sais pas comment présenter la chose. Je ne vais quand même pas dire : « Bonjour, vous vous appelez Micky ? Devinez quoi, je suis la fille que vous n'avez jamais connue. »

– Et pourquoi pas ?

Mais Morris a accepté de parler

Et il a beaucoup parlé. On a dépensé la pile de pièces à une vitesse inquiétante à cause de tous ces messages enregistrés qui annonçaient les heures d'ouverture. Il fallait attendre une éternité avant d'obtenir l'administration.

Il ne nous restait plus que cinq ou six pièces quand Morris m'a soudain agrippé le bras de sa main moite. Mais c'était « Nicky », pas « Micky », et de toute façon c'était une femme.

– Ça devient grotesque, j'ai dit. Avec ces bêtises, on a dépensé tout ton argent de poche pour les cas d'urgence.

– C'est une urgence. Allez, encore un.

Il a composé un nouveau numéro. Il a écouté les messages enregistrés pendant plusieurs minutes. Je me rongeais la peau autour des ongles. Jusqu'au sang.

– Dolphin, arrête.

J'ai léché la goutte de sang.

– Vampire !

J'ai retroussé ma lèvre supérieure pour montrer mes crocs de vampire et j'ai fait semblant de lui mordre le cou. Puis il y a eu une voix. Une voix d'homme.

– Piscine municipale de New Barnes. Qu'y a-t-il pour votre service ?

– Oh, bonjour. Écoutez, la question va peut-être vous paraître bizarre, mais vous pouvez me dire s'il y a quelqu'un du nom de Micky qui travaille comme maître nageur chez vous ?

– Non, pas de Micky ici, a dit la voix.

– Tu vois, j'ai articulé à Morris.

– Aucun, vous êtes sûr ?

– Enfin… Je m'appelle Michael. Et on m'a surnommé Micky à une époque. Mais il y a des années de ça.

– C'est vrai ? s'est exclamé Morris. Je peux vous demander depuis combien de temps vous travaillez dans cette piscine ?

– Facile. Ça fait quinze ans, depuis l'ouverture.

– Oh bon sang ! s'est écrié Morris. Et vous vous souvenez d'avoir rencontré une femme, une très jolie femme avec des cheveux roux et des tatouages partout ?

– Vous voulez parler de... Pétunia ?

Le cri

Morris m'a tendu le téléphone. J'ai fait un pas en arrière.

– C'est lui, a sifflé Morris.

Je savais bien que c'était lui. J'ai pris le combiné et je l'ai collé contre mon oreille. J'ai entendu nettement sa voix. Elle semblait si proche qu'elle m'a chatouillée.

J'ai raccroché brutalement. J'ai coupé la ligne. Coupé le lien.

Les bras de Morris lui en sont tombés.

– Non ! C'était lui, j'en suis sûr ! Il a parlé de Pétunia.

– Je sais.

– Alors ça doit être ton père.

– Peut-être.

– Alors pourquoi tu ne lui as pas parlé ?

– Je n'en sais rien. Je n'avais pas envie. Oh, ferme-la, Miro.

– Morris ! Et ne me dis pas de la fermer. J'essaie de t'aider, moi.

Sa lèvre tremblait.

– Pardon.

– Je ne comprends pas. On l'a retrouvé.

– Écoute, tout à l'heure, je ne voulais pas te décourager. Mais je croyais que c'était comme chercher une aiguille dans une meule de foin. D'ailleurs, on n'est pas sûrs de l'avoir trouvé. Après tout, ma mère n'est pas la seule sur terre à s'appeler Pétunia.

– Arrête, Dolphin.

– Admettons qu'il la connaisse. Et alors ? Ça ne prouve pas qu'il soit mon père. Pétunia a pu inventer toute cette histoire. Elle est très douée pour ça. Je me demande ce qu'ils sont en train de lui faire à l'hôpital…

– Il faut que tu penses un peu à toi. Si tu refuses de voir ton père…

– Je ne sais pas s'il est mon père.

– D'accord. Mais si tu n'entres pas en contact avec lui, qu'est-ce qui te reste comme solution ? Qui va s'occuper de toi ?

– Je vais me débrouiller toute seule. Si… si tu pouvais me prêter un peu d'argent, parce qu'il ne doit pas y avoir grand-chose à manger à la maison. Je mettrai de grosses chaussures et je ferai beaucoup de bruit pour que Mme Luft s'imagine qu'il y a quelqu'un avec moi. Je tiendrai plusieurs jours et puis Pétunia sera peut-être autorisée à sortir de l'hôpital.

J'ai fait comme si ça n'était pas la mer à boire, mais ma voix s'étranglait de plus en plus à l'idée de rester seule dans l'appartement, avec Mme Luft tapie au rez-de-chaussée et le fantôme de M. Rowling qui rôdait à l'étage au-dessus.

Je me suis tue. Morris me regardait tristement. Je n'avais même pas réussi à lui donner le change.

– Tu n'as pas une grand-mère ou une tante ?

– Non. Enfin, peut-être que si. Mais Pétunia a été placée, tu vois, et après elle n'a plus revu sa famille. Elle est toute ma famille. Avec Star.

– Tu oublies ton père. Je peux le rappeler, Dolphin.

– Non. Je ne vais pas... Ou plutôt tu ne vas pas cracher le morceau comme ça au téléphone.

– Alors va le voir.

– Quand ça ?

– On pourrait y aller tout de suite. En train.

– On n'a plus d'argent.

– Ta ta !

Morris a plongé la main dans sa chaussure et il en a sorti un *deuxième* billet de cinq livres, soigneusement plié et légèrement odorant.

– C'est mon argent pour les super cas d'urgence. Si jamais je perds mon argent pour les cas d'urgence.

– Tu es complètement maboul !

– Pas du tout ! Viens. Allons-y.

– Tu veux dire sécher la classe ?

– Oui. Allons-y.

J'étais sidérée de voir que Morris la poule mouillée, Morris l'enfant de chœur, était prêt à prendre un tel risque pour moi. Du coup, j'ai hoché la tête sans réfléchir.

– Bon. D'accord.

Nous sommes sortis tout droit de l'école. Personne ne nous a rien dit lorsque nous avons emprunté le couloir et pris la porte, puis traversé la cour et franchi la grille. Ce n'était pas plus compliqué que ça. Je me suis demandé pourquoi je n'y avais pas songé plus tôt. Morris n'était pas très assuré dans sa démarche, mais il m'a adressé un sourire en coin.

– Ça fait tout drôle, j'ai dit. J'ai du mal à réaliser ce que nous sommes en train de faire. C'est comme dans un rêve. Peut-être que c'en est un.

– Tu veux que je te pince ?

Morris m'a donné un petit pinçon sur la main.

– Tu l'as senti ?

– A peine. Tu n'es pas assez méchant, Morris.

– Pas comme Ronnie Churley. Une fois, dans les toilettes, il m'a donné un coup de pied. En plein dans le ventre. J'ai pleuré et il m'a traité de bébé.

– C'est lui le bébé, qui trottine à l'école au bras de sa maman.

– Moi aussi, ma maman m'accompagne à l'école. Oh, mais j'y pense ! Elle va venir me chercher à la sortie à quatre heures et demie.

– Tu peux encore faire demi-tour.

– Non, je viens avec toi. On sera peut-être revenus à temps. Ou bien… Je lui passerai un coup de fil pour qu'elle ne s'inquiète pas. De toute façon, elle va s'inquiéter, mais on n'y peut rien.

– Elle va encore accuser cette fille bizarre.

– Oh, tu as entendu !

– Oui. Ne t'en fais pas. Tout le monde me trouve bizarre.

– Moi aussi, je te trouve bizarre. Mais ça me plaît.

– Tu es plutôt tordu dans ton genre, toi aussi. Nous faisons la paire.

– Et si quelqu'un nous demande pourquoi nous ne sommes pas à l'école ?

– Facile. On va chez le dentiste.

– Et à la gare ?

– Les contrôleurs ne vont rien nous demander. Pourquoi le feraient-ils ?

– Eh bien, parce que nous ne sommes pas accompagnés. Ça paraît très louche.

Il a agité les bras pour souligner à quel point c'était louche.

– Je me balade souvent toute seule.

– Pas moi. En fait, tu vas te moquer de moi, mais c'est la première fois.

– Alors ça, pour le coup, c'est bizarre. Bah, ne t'en fais pas. Je veille sur toi.

N'empêche que c'est Morris qui a arrangé le voyage en train parce que ça n'était pas aussi simple que je croyais. Nous avons dû changer à Wimbledon et je serais montée dans le mauvais train si Morris ne m'avait pas rattrapée par la manche. Il a acheté deux barres de Mars, deux paquets de chips et deux canettes de Coca qui ont eu raison de son argent de poche jusqu'au dernier centime.

J'ai commencé à avoir mal au ventre en approchant de New Barnes.

– Je ne suis pas sûre que les Mars et les chips fassent bon ménage, j'ai dit. Surtout avec un Coca par-dessus.

J'ai roté misérablement.

– Ça va passer.

Il a demandé à une dame le chemin de la piscine municipale. Elle a dit que ça n'était pas loin et qu'on ne pouvait pas la rater. On s'est mis en marche dans la direction indiquée. On a fait un bon bout de chemin, sans beaucoup se parler. Ça nous a paru long. On avait dû passer à côté.

Tant mieux.

Morris s'est à nouveau renseigné. Nous avons fait demi-tour et nous avons aperçu un grand bâtiment blanc moderne en retrait de la rue.

– Ça doit être là, a dit Morris.

Je n'ai pas pipé mot.

– Tu ne dis rien ?

– J'ai mal au ventre.

– C'est probablement parce que tu as peur de rencontrer ton père.

– Non ! Arrête de jouer les monsieur Je-Sais-Tout. Tu ne connais rien à rien.

– Si. Trouillarde.

En même temps, il a glissé ses doigts entre les miens. Je l'ai fusillé du regard mais j'ai serré fort sa main. Je m'y suis accrochée tandis qu'on approchait de la piscine. Quand on a passé l'entrée, l'odeur de chlore était si forte que j'ai bien cru vomir.

– Respire à fond, m'a conseillé Morris.

Je me suis arrêtée et j'ai respiré bruyamment, comme quelqu'un qui passe un coup de fil obscène.

La dame à la réception nous a regardés des pieds à la tête.

– Vous avez plus de dix ans ?

– Bien sûr, a dit Morris. Mais on ne vient pas nager.

– Ah, alors la cafétéria est de ce côté.

– Non, on ne vient pas non plus pour la cafétéria.

– Eh bien, si c'est pour les toilettes, elles sont réservées aux usagers du centre sportif. Mais ton amie n'a pas l'air dans son assiette, alors si elle a besoin de filer dans les toilettes pour dames, je fermerai les yeux.

– C'est gentil à vous, mais elle n'a pas besoin d'aller aux toilettes.

– Si.

Je ne mentais pas. J'avais même un besoin urgent.

Quand je suis revenue, livide et tremblante, la dame et Morris ont fait de drôles de têtes.

– Tu as une mine épouvantable, a dit Morris.

– Tu ferais mieux de venir t'asseoir dans le bureau, a dit la dame. Je vais appeler ta mère.

– Ce n'est pas possible, j'ai dit.

Et je me suis mise à pleurer.

Sur ce, il y a eu un brin de confusion. On m'a conduite dans un bureau. Morris me tenait toujours la main, ce qui était plutôt gentil de sa part, mais résultat, je ne pouvais pas m'essuyer le nez. Un homme mince, avec de grosses lunettes et un survêtement gris, a secoué la tête en me voyant arriver.

– Oh la la, tu m'as l'air toute patraque, ma pauvre. Qu'est-ce qui ne va pas ?

– Elle se sent mal. Je peux te laisser les gosses une minute ? Il y a la queue à la caisse. Merci, Michael.

Je l'ai regardé. Michael. Mon papa.

Je ne m'étais jamais représenté de façon très précise à quoi il ressemblait. Pétunia me l'avait toujours décrit comme « ordinaire », ce qui ne m'aidait pas beaucoup. Puis au cours de ces deux dernières heures, je m'étais mise à imaginer un monsieur Muscle bronzé en short lycra.

Le Michael que je découvrais m'a fait un drôle de choc.

– Vous êtes Michael ! s'est exclamé Morris.

L'homme a détaché ses yeux de moi pour les poser sur Morris. Son visage a blêmi.

– Tu es le gamin qui a appelé tout à l'heure.

Morris a hoché la tête.

– Tu m'as bien demandé si je me souvenais de Pétunia…

Il a dit son nom d'un drôle de façon, comme si c'était un mot magique qu'il suffisait de prononcer à voix haute pour voir se réaliser tous ses vœux.

– Comment tu t'appelles, fiston ?

– Morris.

Michael l'a pris par les épaules.

– Je le savais. Je l'ai su à la minute où j'ai entendu ta voix. Et regarde-toi ! Mon portrait tout craché. Oh, Morris ! Je suis ton père, c'est ça ?

Il l'a attiré dans ses bras.

– Non ! s'est dérobé Morris.

– Pardonne-moi, a dit Michael sans chercher à le retenir. Je ne veux pas presser les choses. Ça doit être très difficile pour toi. Mais depuis le départ de Pétunia, j'ai été hanté par l'idée que j'avais peut-être un fils.

– Non ! Ce n'est pas moi. J'ai déjà un papa. Je suis son ami. C'est elle.

Michael m'a saisie par les poignets et m'a littéralement soulevée de terre. J'étais encore si faible que j'ai été prise de vertige. Le bureau s'est mis à tourbillonner, les visages de Morris et de Michael se sont multipliés à l'infini.

– Assieds-toi et mets la tête entre les jambes, a dit Michael.

– Mets la tête *où* ?

– Ça va t'empêcher de t'évanouir.

Il m'a assise en me tenant par les coudes puis, douce-ment, il m'a fait baisser la tête jusqu'à ce que mes genoux touchent mes oreilles. Le tourbillon a ralenti.

– Voilà ! Très bien. Tu peux essayer de relever la tête maintenant.

– Baisse-toi, relève-toi… J'ai l'impression d'être un yo-yo.

Michael s'est assis sur le bras du fauteuil.

– Alors comme ça, tu es le bébé de Pétunia ?

– Je ne suis pas un bébé. J'ai bientôt onze ans.

Puis j'ai compris ce qu'il voulait dire.

– Vous saviez qu'elle attendait un bébé ?

– C'est même pour ça qu'elle est partie. Moi j'étais fou de bonheur, mais elle n'était pas sûre de pouvoir faire face. Star était encore petite. Pétunia ne voulait pas…

Il s'est soudain interrompu.

Je me suis frottée les yeux, pour mieux le voir.

– Vous voulez dire, vous et Pétunia, vous avez habité ensemble pendant un moment ?

– Onze mois.

J'en suis restée ébahie.

– Je l'aimais à la folie. Je savais que ça n'était pas réciproque. Elle ne pensait qu'à ce Micky. Mais lui ne voulait pas d'elle.

– Ça n'a pas changé.

– Elle sait que tu es ici ?

Il est soudain devenu fébrile.

– Ne me dis pas qu'elle attend dehors ?

– Non. Elle est… à l'hôpital.

– Qu'est-ce qu'elle a ?

– Elle n'est pas bien. Un problème, comment dire, euh… mental.

– Ah.

– Et Star est avec Micky maintenant.

230

– Sans blague ? Comment c'est arrivé ? Il a pris le large bien avant sa naissance.

– Eh bien, il est revenu. Et il a emmené Star.

– Alors Star a retrouvé son papa. Et du coup… Tu es partie à la recherche de *ton* papa. Moi.

Je me suis senti rougir comme une pivoine. Michael avait déjà vécu la grande scène des retrouvailles avec Morris. Ça aurait paru bizarre de la recommencer avec moi.

Le plus étrange, c'est que Michael et Morris avaient effectivement un air de parenté. Alors que Michael et moi, on ne se ressemblait pas du tout. Il avait les cheveux noirs, les miens étaient châtains. Il avait les yeux marron, les miens étaient verts. Il avait des joues roses et j'étais pâle comme un cachet d'aspirine, sauf quand je rougissais.

– Peut-être que *vous* n'êtes pas mon père. On ne se ressemble pas.

– Tu ressembles à Pétunia.

Je l'ai regardé. Mon père était un drôle de nigaud.

– Pétunia est belle. Je suis moche.

– C'est faux. Tu lui ressembles beaucoup. Les cheveux, le teint de ta peau, les yeux.

– Pétunia a les cheveux roux, a dit Morris.

– Ils étaient châtain clair quand je l'ai connue.

Il m'a souri. Ses grands yeux ont cligné derrière ses montures en écaille noire.

– *Vous* nagez avec vos lunettes ? j'ai demandé.

– Je mets des lunettes spéciales. Même si j'ai un peu l'air d'une grenouille avec.

J'ai réfléchi.

– Pétunia a une grenouille tatouée.

– Entre les orteils. Je sais. Je lui tenais la main quand on lui a fait.

– Moi aussi, je dois lui tenir la main.

– Elle en a des nouveaux ?

– Elle en est pratiquement couverte ! s'est exclamé Morris. Incroyable. Une vraie bande dessinée. Je donnerais n'importe quoi pour avoir une maman comme elle. J'y pense, et la mienne, de maman ! Je peux passer un coup de fil ?

– Bien sûr.

Pendant que Morris composait le numéro et racontait une histoire alambiquée à sa mère, Michael et moi nous nous sommes observés. Puis nous avons détourné les yeux. Et nous nous sommes regardés de nouveau.

– Je ne sais même pas ton nom !

– Dolphin.

– Dolphin, il a répété lentement, pour l'essayer.

– C'est un nom idiot.

– Pas du tout.

– A l'école, ils m'appellent Gros Nez.

– Ce sont des crétins. Les dauphins sont des animaux magnifiques.

– Des poissons.

– Non, ce sont des mammifères. Très intelligents. Et merveilleux dans l'eau. Tu aimes nager, Dolphin ?

– Je ne sais pas *nager*.

– Tu ne sais pas nager ?

Il avait accepté sans trop broncher un fils puis une fille tombés du ciel mais là, pour le coup, il avait l'air scié.

– Je n'en reviens pas. Pétunia ne t'a pas appris ?

– On ne va jamais à la piscine. J'y suis allée avec l'école, mais c'était plutôt pour s'amuser.

– Je t'apprendrai.

J'ai dégluti. Voilà que le tourbillon me reprenait.

– Alors je peux venir habiter avec vous ? Juste quelque temps. Jusqu'à ce que Pétunia aille mieux ?

C'était au tour de Michael d'avaler sa salive. Sa pomme d'Adam a tressauté dans sa gorge.

– Euh, oui. Bien sûr. Mais il y a des tas de problèmes à régler d'abord.

C'était simple comme bonjour quand il s'agissait de Star et de Micky. Ça devenait très compliqué pour Michael et moi.

– Il faut faire les choses dans les règles, Dolphin.

« Dans les règles », ça signifiait qu'il devait me ramener à l'école, aller à l'hôpital, en parler aux services sociaux, puis à une autre assistante chargée des enfants, bref consulter toute l'assistance publique pour tirer au clair la marche à suivre.

– Non ! j'ai gémi. Non, s'il vous plaît. Pas l'assistance publique.

– Il faut procéder par ordre. Je ne peux pas te prendre comme ça avec moi. Nous sommes des inconnus, même si nous sommes père et fille.

Il a dit ça d'un air embarrassé, en rougissant légèrement.

– Micky n'a pas fait tant d'histoires pour emmener Star.

– Oui. Ça ne m'étonne pas. C'est dans ses habitudes : il s'invite puis il disparaît sans laisser d'adresse, et après moi le déluge. Je veux faire les choses à ma manière.

– Mais ce n'est pas *ma* manière. Je refuse de voir les assistantes sociales. Elles vont juste me placer chez des parents d'accueil qui se fichent pas mal des enfants. Ils les giflent, ils les grondent et quand ils font pipi au lit, ils leur mettent le drap sur la tête.

– Tu fais pipi au lit, Dolphin ? a demandé Morris avec intérêt.

– Non ! Mais c'est comme ça dans les familles d'accueil. Pétunia m'a raconté. Et elle en sait quelque chose, elle en a fait des tas.

– Mais c'était il y a longtemps. Les choses ont évolué. De toute façon, tu ne vas pas y passer ta vie. Tu pourras venir chez moi si les assistantes sociales estiment que c'est une solution appropriée. Et il va falloir que j'en parle aussi à ma famille, bien sûr.

Ces mots me sont tombés sur le coin de la figure comme une pile de briques.

– Votre famille ?

– Oui. J'ai une femme, Meg, et deux filles, Grace et Alice.

J'avais l'impression de prendre des coups de matraque sur la tête. Une femme, bang. Deux filles, bang bang.

Voilà pourquoi il était si content à l'idée que Morris pouvait être son fils. Il n'avait que faire d'une troisième fille.

– Ça va, j'ai dit. C'était une erreur stupide de venir ici. De toute façon, j'étais contre. Pas la peine de nous raccompagner. On a des billets aller-retour, n'est-ce pas, Morris ?

– Euh, oui. Mais j'aimerais autant ne pas retourner à l'école parce que je viens de raconter tout un roman à ma mère à propos d'une sortie en centre sportif avec la classe. Ce n'était pas vraiment un mensonge. Je lui ai dit que le bus allait me déposer au coin de la rue mais qu'on ne savait pas à quelle heure exactement. Elle ne m'a cru qu'à moitié et elle est très énervée. Tu sais comment elle est, Dolphin.

Morris s'est lancé dans une longue tirade sur sa mère. Je n'enregistrais pas tout. Michael n'écoutait pas non plus. Il fouillait dans un petit portefeuille en plastique.

– Tiens, regarde.

Il m'a montré une photo de lui en culotte de cycliste ridicule, à côté d'une femme blonde en short rose et de deux filles blondes avec des grands yeux et des mentons pointus, en tee-shirts et caleçons à fleurs.

– Les voilà. Grace a sept ans et Alice cinq.

Je n'ai rien dit.

– Ce sont tes demi-sœurs.

J'ai regardé ces inconnues. Je ne me sentais aucun lien de parenté avec elles.

– La photo a été prise quand on est partis en camping l'année dernière. On a tous enfourché nos vélos et on est allés un peu partout, même Alice.

– Je ne sais pas faire de vélo.

– Je t'apprendrai. Hé, tu pourrais venir faire du camping avec nous une fois.

– Meg ne serait pas d'accord.

Michael m'a regardé droit dans les yeux.

– Ce sera peut-être un peu difficile au début. Meg est au courant pour Pétunia mais elle s'est toujours sentie un peu… menacée.

Soudain, j'ai vu Pétunia, ou plutôt toute une série de

Pétunias. Pétunia peinte en blanc comme un fantôme, Pétunia sortant en ville sur son trente et un, Pétunia grimaçant de douleur sous la pointe du tatoueur, Pétunia en train de me gronder, Pétunia cachée sous sa couette, Pétunia en train de fabriquer une maison en pain d'épice dans le parc, toutes mes Pétunias.

– J'ai envie de voir Pétunia, j'ai dit.

– On va y aller, a dit Michael. Je vais prévenir que je dois quitter mon travail tout de suite. Je vais vous raccompagner tous les deux. Ne t'inquiète pas, fiston, je te déposerai devant chez toi.

J'ai eu l'impression qu'il disait le mot fiston avec une certaine nostalgie, comme s'il regrettait de ne pas pouvoir glisser un adjectif possessif devant. Il aurait préféré apprendre que Morris était son enfant caché, plutôt que moi. Je n'étais jamais la première. Toujours un second choix.

Quand Michael s'est absenté pour dire à ses collègues qu'il partait tôt, Morris m'a serrée dans ses bras.

– Il est sympa, Dolphin. Il va s'occuper de toi. Tout va bien se passer. C'était une bonne idée de le chercher, non ?

– D'accord, d'accord, c'était une super idée, j'ai dit et je lui ai rendu son étreinte.

Comme il était plus petit que moi, ses cheveux m'arrivaient à hauteur du nez.

– Tu me chatouilles, Morris !

Il s'est écarté et s'est passé machinalement la main dans les cheveux. Sa frange était si longue qu'elle couvrait en partie ses lunettes.

– Pourquoi tu ne les coupes pas ?

– Je sais. Je n'arrête pas de le dire à maman, mais elle n'a jamais le temps de m'amener chez le coiffeur.

– Pourquoi elle ne les coupe pas elle-même ?

– Avec sa tremblote, je finirais avec une frange en dents de scie et les oreilles en pointes.

– Un jour, je te les couperai. Je suis très douée, je t'assure.

J'ai pris une mèche de cheveux et j'ai mimé des grands coups de ciseaux professionnels.

– Vous jouez à la coiffeuse ? a dit Michael en revenant dans le bureau. Meg a un salon de coiffure, tu sais.

– Ah bon ? j'ai dit d'une voix plate, comme si ça ne m'intéressait pas du tout.

Pas la peine d'espérer qu'elle m'emmène un jour dans son salon pour me montrer des trucs. Michael avait reconnu lui-même que ça ne serait pas simple avec Meg. Elle allait me détester, c'était couru d'avance.

Le trajet de retour m'a paru long. Morris était devant avec Michael. Ils ont bavardé à n'en plus finir. Ils étaient tous les deux fans d'informatique alors ils ont parlé d'Internet, de jeux vidéo et de logiciels. Ça me barbait tellement que je me suis recroquevillée sur la banquette arrière et que j'ai fait semblant de dormir.

– Dolphin pique un somme, a dit Morris au bout d'un moment.

– Possible.

– C'est génial qu'elle vous ait trouvé. C'était mon idée.

– Ça ne m'étonne pas, Morris. Une très bonne idée.

– Vous êtes content, n'est-ce pas ?

– Très content. Même si c'est un peu dur à assimiler. Je ne pensais plus à Pétunia depuis un moment. Lorsqu'elle m'a quitté, je l'ai cherchée partout mais au bout d'un an environ, j'ai compris que je devais songer à me bâtir une nouvelle vie ou je risquais de perdre la tête. J'ai rencontré Meg, on s'est mariés et on a eu deux filles. Et voilà que j'apprends que j'en ai une troisième.

— Dolphin n'est pas une fille comme les autres. Je suis sûr que vous allez l'aimer. Comme moi je l'aime.

J'ai senti des larmes me picoter les paupières. J'étais peut-être la première dans le cœur de Morris.

J'ai ouvert les yeux quand nous sommes entrés dans Londres et que Morris a dirigé Michael jusqu'à sa rue. J'aurais voulu qu'il reste. Je redoutais un peu de me retrouver seule avec Michael.

— Au revoir, a dit Morris en descendant de voiture. Content d'avoir fait votre connaissance, Michael. Je pourrais peut-être avoir aussi des leçons de natation ?

— Quand tu veux, fiston.

— Tu es sûre que ça va aller, Dolphin ?

— Certaine, j'ai répondu, alors que je n'avais jamais été moins sûre de rien.

— Bon. Il faut que j'y aille. J'ai bien peur que maman n'ait pas gobé un mot de mon histoire. Bah. On se voit demain à l'école, Dolphin ?

— Oui.

— Bon.

Il est resté encore un moment à me regarder à travers la vitre. Puis il a fait des grands signes d'adieu, alors que la voiture ne bougeait pas. Je lui ai fait coucou du bout des doigts et Michael a démarré.

— On va commencer par l'hôpital. Tu as une idée du chemin qu'il faut prendre ?

J'étais contente de lui donner les directions Comme ça, on n'avait pas à meubler la conversation. Et puis cette visite à l'hôpital me tracassait.

– C'est comment ? j'ai demandé. Le cabanon, je veux dire.

– Je n'en sais rien, mais je ne crois pas que ce soit le mot qui convienne.

– Est-ce que les malades seront tous dans ces espèces de corsets avec des lanières ?

– Des camisoles de force ? Je suis sûr que non. A mon avis, ce sera comme n'importe quelle salle d'hôpital.

– Sauf qu'ils seront en train de radoter, de regarder dans le vide et de faire des trucs stupides.

– Ça m'étonnerait. Mais si tu t'inquiètes vraiment, tu n'es pas obligée de venir. Tu n'as qu'à rester dans la voiture. D'ailleurs, les enfants ne sont peut-être pas autorisés.

– Non, j'aime autant venir. Je veux voir Pétunia.

Malheureusement, je n'étais pas sûre qu'elle ait envie de me voir.

Il nous a fallu des heures pour tomber sur la bonne salle. Et quand on l'a enfin trouvée, une infirmière qui passait nous a regardés en fronçant les sourcils.

– Je ne suis pas sûre pour la petite fille, elle a dit. En règle générale, nous n'acceptons que les plus de quatorze ans, sauf cas exceptionnel.

– Je crois que c'en est un, a dit Michael. Sa mère a été admise à l'hôpital ce matin et la petite se fait un sang d'encre à son sujet. Il faut absolument qu'elle la voie.

– Ah. Vous voulez parler de Pétunia, n'est-ce pas ? La femme avec les…

Elle a fait un geste sur ses bras et ses jambes comme pour dessiner des tatouages. Puis elle a souri à Michael.

– Vous ne seriez pas par hasard le Micky dont elle parle sans arrêt ?

– Je voudrais bien.

Je l'ai regardé. Peut-être qu'il avait souffert, lui aussi, d'être toujours le deuxième sur la liste.

– Alors qui êtes-vous ?

– C'est mon papa.

L'infirmière nous a dit que le lit de Pétunia était au fond de la salle.

– Elle est encore sonnée à cause du traitement qu'elle a subi pour enlever toute cette peinture. Et puis elle est toujours un peu « dans les vapes ».

– Dans les vapes ? a répété Michael.

– Elle veut dire ivre.

– Non, non. Dans les vapes, confuse, lunatique, agitée. Mais ne vous inquiétez pas. Le lithium ne va pas tarder à agir.

– Elle refusera de le prendre.

– On s'en est aperçus ! Il a fallu se bagarrer. Mais si elle prend régulièrement son médicament, elle s'habituera vite aux effets secondaires et elle s'en trouvera très bien. Beaucoup de cyclothymiques mènent des vies parfaitement normales.

– Ma mère n'a jamais été normale de toute sa vie.

Et je suis partie la chercher.

La plupart des lits étaient vides. Sur la droite, il y avait une grande salle où des malades formaient un cercle. L'un d'eux était en train de parler, un autre pleurait. Pétunia ne faisait pas partie du groupe. Elle était introuvable. Puis j'ai pensé aux rideaux tirés en bout de salle. J'ai jeté un œil par la fente.

– Pétunia !

Je suis entrée dans le box. Elle était allongée sur le lit, vêtue d'une drôle de blouse blanche. Il n'y avait plus trace de peinture. Sa peau semblait un peu irritée et grenue entre les tatouages. Mais son bras gauche était presque couvert de dessins. A l'aide d'un stylobille, elle remplissait les espaces vides du même motif sans cesse répété, comme sur un papier peint. C'était une femme en train de pousser un cri de terreur.

– Pétunia ? j'ai murmuré.

Elle n'a pas réagi.

– Pétunia, j'ai dit plus fort.

Elle a continué à dessiner. Elle a terminé un de ses petits personnages et en a immédiatement commencé un autre.

Je me suis demandé si la peinture avait endommagé son ouïe.

– Regarde qui est là, j'ai dit.

Elle a tourné la tête. J'ai tout de suite compris qui elle attendait. Quand elle a vu que l'homme derrière moi n'était pas Micky, elle s'est replongée aussitôt dans ses graffitis. Elle entendait parfaitement. Mais elle ne voulait pas m'entendre. Et Michael pas davantage.

– Bonjour, Pétunia. C'est moi, Michael. Enfin, tu m'appelais Micky. Je suis… le père de Dolphin ?

Il y avait un point d'interrogation dans sa voix.

Mais Pétunia n'était pas disposée à lui fournir de réponse. Elle a continué à dessiner.

– Tu ne devrais pas faire ça, j'ai dit. Ta peau est encore sensible. Tu vas te faire mal.

Pétunia s'est poignardé le bras avec son stylobille. Comme si depuis le début elle avait voulu se faire du mal. Peut-être aussi qu'elle me visait, moi. C'était moi qui l'avais mise dans l'endroit qu'elle détestait le plus au monde.

— Je te demande pardon, j'ai murmuré. Il fallait que tu ailles à l'hôpital. Je ne savais pas quoi faire. S'il te plaît, ne m'en veux pas.

J'ai senti une main presser mon épaule.

— Ce n'est pas ta faute, Dolphin, a dit Michael. Ni celle de Pétunia. Elle est très malade pour le moment. Mais elle va guérir. Tu entends, Pétunia ? Tu iras mieux et tu pourras t'occuper de tes filles, mais en attendant je vais garder un œil sur Dolphin, donc tu n'as pas à t'inquiéter pour elle.

Mais j'étais le cadet de ses soucis. Michael m'a encore serré l'épaule puis il s'est penché vers la silhouette allongée sur le lit.

— J'aurais aimé que tu ne me quittes pas. D'autant que tu sais combien ça fait mal, une rupture. Mais je suis tellement content que tu aies gardé Dolphin. Tu as ta vie et j'ai la mienne, mais nous sommes ses parents et j'espère qu'un jour nous pourrons être amis.

Pétunia a émis un drôle de petit bruit. Entre le sanglot et le grognement de mépris.

— Je reviendrai très bientôt avec Dolphin. Tu lui manques beaucoup. Tu essaieras peut-être de guérir plus vite en pensant à elle ?

Pour le moment, on avait du mal à seulement envisager la guérison. Quand nous sommes sortis de l'hôpital, j'ai éclaté en sanglots.

– Vous allez croire que je pleure tout le temps et pourtant ça ne m'arrive presque jamais, j'ai reniflé.

– Je sais. Tu as eu une dure journée. A ta place, n'importe qui pleurerait.

Il a claqué des mains devant moi. J'avais envie d'une longue étreinte mais il s'est contenté de me serrer les épaules. J'ai eu l'impression qu'on venait de m'accrocher sur un fil avec deux pinces à linges.

– Bon. Et maintenant, qu'est-ce qu'on va faire de toi ?

Les diamants

Devinez quoi. J'ai échoué dans une famille d'accueil.

– Ça n'est que temporaire, jusqu'à ce que tout soit réglé, a expliqué Lizzie, l'assistante sociale.

– Je viendrai te voir aussi souvent que possible, a dit Michael. Ne te fais pas trop de mouron. Quand j'aurai parlé de tout ça avec Meg et les filles, tu pourras nous rendre visite, dormir à la maison, peut-être même passer quelque temps avec nous, si tu en as envie.

– Je veux y aller tout de suite.

– Dolphin, c'est trop tôt. Nous sommes encore des inconnus l'un pour l'autre. Et puis Meg et moi, nous travaillons toute la journée. Et nous habitons trop loin pour que tu fasses seule le trajet aller-retour à ton école et à l'hôpital.

– Michael a raison, Dolphin. C'est la seule solution. Je sais bien que ta sœur est partie avec son père, mais nous allons entrer en contact avec elle le plus vite possible pour surveiller ça de près.

244

– Vous ne pourrez pas la retrouver.

A la maison, il y avait un paquet de Star qui m'attendait. Nous y étions allés pour que je prenne ma chemise de nuit, ma brosse à dents et quelques affaires.

J'ai ouvert le carton. Il contenait un téléphone portable. Il y avait aussi un message disant que la batterie était chargée et que je devais le brancher tout de suite. Je ne voyais pas l'intérêt. Star ne me croirait probablement pas si je lui disais toute la vérité maintenant. D'ailleurs, je voulais qu'elle se fasse du mauvais sang à l'idée de ne pas pouvoir me joindre. C'était bien fait pour elle, qui vivait son conte de fées avec Micky. Moi, on allait m'enfermer dans le donjon d'une sorcière, au pain sec et à l'eau.

– Un jouet auquel tu tiens ? a demandé Lizzie. Ce beau dauphin par exemple ?

– Je le déteste, j'ai dit en le balançant contre le mur.

J'ai préféré prendre mon foulard de soie. Il pouvait passer pour un simple mouchoir.

– Et tes jeans ? Tes baskets ? Tes caleçons, tes tee-shirts ? Des chaussettes propres ? Un pull en laine ? a dit Michael, en promenant un regard triste sur ma chambre.

Je me suis représenté ses filles, Grace et Alice : jeans de chez Gap, baskets Nike, caleçon à fleurs et tee-shirt à logo, socquettes blanches et le cardigan tricoté par la mère...

– Je ne porte pas ce genre de vêtements. Voilà tout ce que je porte.

J'ai croisé les bras sur ma robe noire de sorcière.

– Oui. Bon. Euh, elle est très... très jolie, a dit Michael en se forçant.

Il trouvait visiblement ma robe hideuse.

Et je n'étais pas loin de lui donner raison. Cette robe semblait avoir perdu tous ses pouvoirs magiques.

– Bon, il faut y aller, a dit Lizzie. On pourra toujours faire un saut dans quelques jours si tu as besoin d'autre chose.

Elle m'a laissé la clé de l'appartement.

– C'est ta maison, Dolphin, pas la mienne.

– Je suis persuadé que tu pourras y revenir très bientôt, a dit Michael. Parfait. Je passe te voir demain, d'accord ? Lizzie m'a donné l'adresse. Dolphin ? Tu n'es pas vraiment inquiète à propos de ta famille d'accueil, n'est-ce pas ?

Je n'ai pas pris la peine de répondre. Nous savions tous les deux que j'étais terrorisée.

– Bon, je crois que c'est le moment de se dire au revoir, a dit Michael.

Il a regardé Lizzie comme s'il lui demandait la permission de vider le plancher.

– Ne vous inquiétez pas. Allez-y, partez.

Michael est resté encore cinq minutes, à discuter d'une chose ou d'une autre, vérifiant les numéros de téléphone et les adresses, me demandant encore trois fois si j'allais bien alors que j'étais au plus mal.

Puis il m'a dit un dernier au revoir en passant la tête dans la voiture de Lizzie. Il a visé ma joue avec maladresse, pour me donner un baiser sec. Je n'ai même pas fait semblant d'y répondre. Après tout, il m'abandonnait. Il ne voulait pas de moi, alors qu'il était mon père.

Il ne me faisait pas du tout l'effet d'être mon père.

– Il a l'air d'un type bien, ton père, a dit Lizzie comme on partait.

– Il n'est pas trop mal, j'imagine.

Je me suis rongé les ongles.

– Je parie que c'est la dernière fois que je le vois.

– Non, tu te trompes, Dolphin. Tu t'appelles vraiment Dolphin ou c'est un surnom ? Non, ton père prend la chose très au sérieux. C'est pour ça qu'il veut agir dans les règles. Il tient beaucoup à t'accueillir chez lui, dans sa vie, mais tout ça s'est passé si vite. Il a besoin de temps pour s'ajuster, et pour préparer sa famille.

– Et mon temps d'ajustement à moi ? Pour moi aussi, tout s'est passé vite.

– Oui, je sais. Tu te débrouilles très bien.

Je n'avais pas l'impression de me débrouiller du tout. Je me suis calée dans mon siège et j'ai pensé à ma nouvelle « mère », dans la famille d'accueil. Je l'ai imaginée grande et maigre, avec le front ridé et des lèvres pincées. Elle avait les mains calleuses à force de donner la fessée et elle sentait le désinfectant.

J'ai pensé aux nuits. Je n'avais pas été entièrement honnête avec Morris. Je pourrais peut-être découper des trous dans mon sac en plastique et l'enfiler sur ma culotte avant de me coucher, au cas où. Mais les autres enfants me verraient et ils se moqueraient de moi. Je les ai imaginés. Ils ressemblaient à Ronnie Churley, à Yvonne et à Kelly, mais en plus grands et en beaucoup plus méchants. Je me suis représenté la maison d'accueil : immense, vide et lugubre, avec une cave sombre où on attachait les enfants désobéissants.

– Nous sommes presque arrivées, a dit Lizzie, en me tendant un paquet de caramels. Tiens, prends-en deux.

Le caramel s'est collé à mes dents. Mon estomac

recommençait à me jouer des tours. J'ai fixé la route, en proie à un coup de chaleur.

J'ai imaginé la rencontre avec la Mère d'Accueil.

– Voici ta mère d'accueil, Dolphin. Serre-lui la main gentiment et dis bonjour.

J'ouvrais grand la bouche pour arroser sa jupe de vomi au caramel et on m'expédiait à la cave aussi sec.

– Nous y voilà, a dit Lizzie. Tu as une mine de papier mâché. Tu te sens mal ?

– Mmm.

– Ça ira mieux une fois sortie de la voiture. Respire bien à fond.

J'ai inspiré et expiré plusieurs fois. Je me sentais si faible en descendant de voiture que j'ai dû m'adosser contre la portière. J'ai regardé la maison.

– C'est ici ?

C'était une petite maison avec la porte et les fenêtres peintes en rouge vif, des rideaux jaunes en bas, bleus à l'étage. Il y avait une haie et un jardin où les marguerites et les pissenlits poussaient librement dans l'herbe haute. Ça n'avait pas du tout l'air d'une maison habitée par une Mère d'Accueil. Ça ressemblait plutôt à celles que je dessinais avec mes crayons de couleurs.

Lizzie a frappé à la porte rouge. On a entendu des cris de joie et un ou deux vagissements de bébés puis la porte s'est ouverte et la Mère d'Accueil est apparue. Elle était petite, ronde et âgée. Plutôt moche aussi, avec des cheveux gris coupés au bol, un visage rougeaud et un gros nez presque violet. Mais elle avait des yeux bleu clair et un grand sourire. Le sourire s'est élargi quand elle m'a vue.

– Mais qui voilà ? Comment t'appelles-tu, mon trésor ?

– Dolphin.

– Dolphin ? Oh, c'est la première fois que je rencontre une Dolphin. Quel beau nom ! Je suis Jane, tout simplement. Ma mère m'a bien regardée à la naissance et elle s'est dit que ce serait du gâchis de me donner un joli prénom. Tu peux m'appeler tante Jane.

Elle s'est tournée vers Lizzie.

– Bonjour, ma Lizzie. Dolphin est plutôt un grand bébé, non ?

– Je ne suis pas un bébé.

– C'est bien ce que je dis. D'habitude, je m'occupe des bébés et des touts petits. Les moins de cinq ans. Et à moins que tu ne sois extraordinairement grande pour ton âge, Dolphin, il me semble que tu as largement franchi ce cap.

– Allez, Jane, sois chic. Dolphin nous est tombée dessus à l'improviste. Et tous mes fidèles sont au complet.

– Je suis ta plus fidèle et ma maison peut difficilement être plus pleine. Mais on peut toujours trouver un peu de place… surtout quand on s'appelle Dolphin. Entre, ma chérie, que je te présente la famille. Tu peux filer maintenant, Lizzie, elle est entre de bonnes mains.

Lizzie est partie et je suis restée.

– Bon, Dolphin, voilà mon petit poussin, a dit tante Jane en me faisant entrer dans sa cuisine jaune canari.

Un petit bébé, au teint plutôt jaune lui aussi, était ficelé sur une chaise haute. Il jouait avec un boulier en plastique. Tante Jane lui a chatouillé le ventre et il a gazouillé de joie, en crachouillant sur son bavoir.

– Oui, mon petit amour… Viens, Dolphin, je vais te présenter les autres membres de la famille.

Ils étaient au salon. Une énorme télévision diffusait une vidéo des Télétubbies. Deux sosies des Télétubbies gambadaient en tee-shirt et salopette. Le plus grand a agité sa menotte potelée. Le plus petit est tombé sur les fesses et m'a regardée avec de grands yeux en se demandant s'il allait pleurer ou non.

Je n'en menais pas beaucoup plus large. Je me faisais l'effet de Dorothy entrant dans le monde d'Oz.

— Bon, où va-t-on te mettre ? a dit tante Jane. Ça m'étonnerait qu'on puisse te caser dans un berceau ! Tu seras plus à l'aise dans la chambre de Mark.

Mark était son fils cadet, parti pour l'université. Sa chambre était encore celle d'un adolescent, avec des joueurs de football et des rock stars punaisés sur les murs et un poster jauni de Pamela Anderson au-dessus du lit.

— Pas très féminin comme décor, j'en ai peur, a dit tante Jane, en faisant gonfler la couette, ornée de dinosaures.

Je me suis sentie soudain si fatiguée que je n'avais plus qu'une envie : me glisser sous cette couette et dormir. Mais j'avais encore des tas de choses à faire. Manger des œufs et des frites, aider tante Jane à enfourner un œuf à la coque dans la bouche de deux bambins et donner le biberon au bébé. J'ai fait la connaissance d'oncle Eddie, qui était vieux et grisonnant comme tante Jane. Il a fallu que je prenne un bain, que je me lave les cheveux et que je me coupe les ongles. Je me sentais propre comme un sou neuf lorsque tante Jane m'a enfin bordée dans mon lit.

Je me suis endormie tout de suite. Mais je me suis mise à rêver. Tous les dinosaures ont sauté directement de la couette dans mon oreille et dans mon cerveau.

J'étais amie avec une femelle dinosaure, très belle, mais elle a disparu dans la forêt. J'étais perdue sans elle. J'ai tendu l'oreille pour entendre son cri mais en vain. Alors je me suis liée avec des dinosaures plus petits. Ils se prélassaient dans l'herbe, doux comme des agneaux, et ils me laissaient jouer avec eux. Mais il y avait aussi d'énormes carnivores, avec de longues queues hérissées d'écailles et des dents capables de me déchirer d'un seul coup de mâchoires.

Je me suis approchée d'un dinosaure aux grands yeux brillants. Il paraissait gentil et herbivore, mais lorsque j'ai voulu lui caresser le cou, il a essayé de me mordre. Je me suis enfuie. Je ne savais plus où aller. Prise de panique, j'avançais en trébuchant dans cette forêt sombre.

Les reptiles me poursuivaient. J'entendais le martèlement de leurs pieds, les coups de fouet de leur queue et les sifflements de leurs griffes acérées. Ils se rapprochaient. Je suis sortie de la forêt mais il y avait un grand lac noir devant moi. J'ai aperçu une créature qui nageait au loin. Je me suis demandé si je pouvais l'atteindre et si elle pouvait me remorquer. Je ne savais pas nager, mais les dinosaures affamés étaient sur mes talons, déjà ils s'agrippaient à ma robe, ils la déchiraient. J'ai sauté à l'eau. C'était étrangement chaud et humide, humide tout autour de moi...

Je me suis réveillée et j'ai constaté les dégâts. Je suis restée un moment sans bouger, trempée, en grimaçant de honte. Puis je me suis levée, j'ai ôté le drap mouillé, je l'ai roulé en boule et je me suis faufilée jusqu'à la salle de bains. J'ai fait couler de l'eau froide dans la baignoire et j'y ai mis le drap à tremper, en me demandant comment j'allais faire pour le sécher. C'est alors que j'ai entendu des pas.

– Dolphin ? Dolphin, ça va, mon trésor ? Tu fais pipi ?

J'ai marmonné quelque chose et j'ai croisé les doigts pour qu'elle s'en aille. Ça n'a pas marché. Elle a attendu une minute derrière la porte puis elle a dit :

– Je vais entrer, ma puce.

Elle est entrée. Elle a vu ma chemise de nuit mouillée. Elle a vu le drap dans la baignoire. Elle s'est approchée et m'a prise dans ses bras.

– Ce n'est rien, mon petit ange. Ça arrive aux meilleurs d'entre nous. Tu vas prendre un bain aussi, un bon bain chaud, et puis on va te trouver une chemise de nuit propre. Peut-être une des miennes. Tu vas un peu nager dedans mais tant pis, pas vrai ?

– Vous n'êtes pas en colère ?

– Pas le moins du monde.

Après la toilette, elle m'a enveloppée dans une grande serviette. Elle a rabaissé le couvercle des W-C, elle s'est assise dessus et m'a prise sur ses genoux, me berçant comme un bébé.

Le lendemain, j'ai cru qu'elle me laisserait manquer l'école mais elle a insisté pour que j'y aille.

– Je vais t'emmener, ma chérie. C'est beaucoup mieux ainsi. Ça te changera les idées.

– Tu ne sais pas comment c'est là-bas, tante Jane. Et ça va être encore pire que d'habitude.

– Balivernes.

– C'est la vérité. Je ne vais pas à l'école. Et tu ne peux pas m'y forcer.

Elle a éclaté de rire.

– Tu as fini de jouer les rebelles !

Je me suis assise dans mon immense chemise de nuit et j'ai annoncé que je n'allais ni me laver ni m'habiller.

Elle a ri de nouveau.

– Tu auras l'air fin, si je te traîne à l'école dans cet accoutrement ! Mais comme il pleut, on pourra l'ouvrir et les bébés s'abriteront dessous.

– C'est idiot.

– Comme toi. Maintenant va faire ta toilette et mets ta robe. Je l'ai lavée.

J'ai failli piquer une nouvelle crise quand je suis allée enfiler ma pauvre robe de sorcière. Son passage dans la machine à laver avait déteint le noir en gris sale et elle avait perdu son odeur rassurante. Tous ses pouvoirs magiques s'étaient définitivement évaporés.

– Elle est sortie impeccable, non ? a dit tante Jane. Et regarde, j'ai trouvé une vieille paire de chaussettes de Mark – elles t'iront comme un gant.

C'étaient de longues chaussettes noires. J'ai trouvé une vieille paire de Doc Marten's au fond de l'armoire. Je les ai essayées. Elles étaient beaucoup trop grandes mais vraiment super. Avec des godillots comme ça, je n'aurais plus besoin de pouvoirs magiques : un coup de pied et ce vieux Ronnie irait valser.

Tante Jane a failli tomber à la renverse de rire quand elle a vu ce que j'avais aux pieds.

– Tu ne peux pas porter ça, ma chérie. Elles sont trop grandes d'au moins six pointures.

– On pourrait les bourrer avec du papier journal.

– Tu as toujours réponse à tout. Au moins ça me change de mes bambins. Rien de tel qu'une bonne discussion.

Mais c'est tante Jane qui a eu le dernier mot. J'ai dû aller à l'école dans mes vieilles baskets minables. Oncle Eddie devait partir très tôt au travail alors il a fallu préparer tous les bébés et les caler dans la grande voiture d'enfants.

– Je peux aller toute seule à l'école, les doigts dans le nez, j'ai dit, mais tante Jane n'a rien voulu entendre.

Ça faisait tout drôle d'aller à l'école par un nouveau chemin. Quand nous sommes entrés dans la rue, plusieurs enfants ont commencé à s'intéresser à nous. Yvonne est descendue de voiture devant la grille et elle a regardé les bébés, muette de surprise.

– Au revoir, Dolphin. Nous passerons te prendre à 4 h 20, a dit tante Jane en tirant sur ma robe.

– Qui c'est ? a demandé Yvonne sans gêne.

– Je suis la tante de Dolphin.

Tante Jane m'a donné un rapide baiser sur la joue puis elle a repris la direction de la maison en faisant des risettes aux enfants.

– Ils sont à elles, tous ces marmots ? a dit Yvonne.

– Oui, tante Jane est un miracle de la science moderne.

Je lui ai brûlé la politesse parce que je venais d'apercevoir Morris dans la cour de récréation. J'étais encore trop loin pour qu'il me distingue clairement, mais il n'a pas tardé à reconnaître la tache noire qui courait vers lui. Il s'est élancé à son tour. C'était comme dans ces scènes romantiques au cinéma. On avait même les bras tendus. Mais on a pilé au dernier moment et on est restés plantés là, un sourire niais aux lèvres. On n'allait quand même pas s'embrasser devant tout le monde dans la cour de récré.

– Ça va, Dolphin ? J'étais tellement inquiet ! Où as-tu passé la nuit ?

– Dans une famille d'accueil. Mais ça va. Il y a des bébés. Trois.

– J'aime bien les bébés.

– Tu pourras peut-être venir jouer avec eux. Tante Jane sera ravie.

– Alors c'est ta *tante* ?

– Pas pour de vrai. Mais c'est tout comme.

– Oh, je suis soulagé ! Tu vas rester chez elle ?

– Je n'en sais rien. Pendant un moment. Jusqu'à... Jusqu'à ce que ma mère se refasse une santé.

Je ne voulais même pas prononcer le nom de Pétunia parce que ça rendait tout si douloureux. Je n'ai pas pu m'empêcher de penser à elle pendant la classe. Je la voyais allongée dans son lit en train de dessiner sur sa peau. Je voulais la prendre dans mes bras, effacer l'encre du stylobille et poser mes mains sur les siennes pour l'empêcher de se faire du mal.

A l'heure de la récréation, Miss Hill m'a appelée à son bureau.

– Comment vas-tu aujourd'hui, Dolphin ? elle a dit, d'une voix sucrée comme si elle avait avalé une bouteille de sirop d'érable.

Je l'ai regardée droit dans les yeux.

– Si tu as un problème, tu viens m'en toucher un mot, d'accord, ma chérie ?

Ma chérie ? ? ?

La directrice m'a fait un drôle de signe de tête complice quand elle m'a croisée dans le couloir et j'ai soudain pigé. Lizzie avait dû téléphoner à l'école pour les prévenir, alors tout le personnel était aux petits soins pour la pauvre petite fille placée à l'assistance.

Je ne sais pas si M. Harrison était au courant ou pas. En tout cas, il s'est comporté comme d'habitude à l'heure du déjeuner, à la bibliothèque. Il nous a fait un petit coucou quand nous sommes entrés, Morris et moi, mais il n'en a pas fait tout un plat. Nous nous sommes assis pour regarder le livre sur les dauphins. M. Harrison s'est mis à farfouiller dans sa mallette. On a entendu un froissement de papier appétissant. Il était en train d'ouvrir une tablette géante de chocolat Cadbury.

– C'est l'heure du casse-croûte ! il a dit.

Il en a donné un tiers à Morris et un autre à moi.

L'école commençait à avoir du bon. A ce rythme, Ronnie Churley allait m'envoyer des baisers, Yvonne et Kelly m'offriraient des bracelets d'amitié et Tasha me supplierait de passer la nuit chez elle.

Ronnie, Yvonne, Kelly et Tasha étaient aussi désagréables que d'habitude mais les professeurs ont fait de gros efforts. Surtout Miss Hill.

L'après-midi, on a eu rédaction. Miss Hill nous a dit de nous mettre par deux. On allait jouer aux journalistes. L'un de nous devait raconter une histoire et l'autre l'écrirait.

Ronnie Churley a râlé.

– C'est pas juste ! Je dois me farcir cette idiote de Dolphin qui n'est même pas fichue d'écrire !

– Te tracasse pas, j'ai dit.

J'ai traversé la salle et j'ai pris Morris pour partenaire. Miss Hill a levé les yeux... mais elle n'a pas pipé mot. Elle m'a laissée avec Morris. Il a fait le journaliste, et moi l'interviewée. Les autres élèves se sont tous imaginés dans la peau d'acteurs célèbres ou de joueurs de football, ils se sont vantés des fortunes qu'ils gagnaient. Moi, j'ai choisi d'être l'unique survivante d'un dramatique naufrage en mer. J'ai inventé que j'étais à l'hôpital et j'ai énuméré toutes les blessures dont je souffrais. J'ai dit que je me sentais seule et coupable d'être la seule passagère encore en vie. Morris en a noirci des pages et des pages.

Les journalistes devaient lire leur interview. Morris a été appelé. Au début, Yvonne et Kelly ont gloussé quand il a raconté cet horrible accident où tout le monde se noyait sauf moi, et comment mes poumons étaient si abîmés que je pouvais à peine lui confier mon histoire. Mais devinez quoi ! Miss Hill a dit que c'était excellent et elle nous a donné à tous les deux la meilleure note !

C'était la première fois que ça m'arrivait dans n'importe quelle matière.

– C'est juste parce que la maîtresse est toute bizarre avec toi aujourd'hui, a sifflé Kelly. Qu'est-ce qu'il y a, Gros Nez ? C'est ta mère ? Elle est morte ou quoi ?

J'ai eu une vision soudaine de Pétunia étendue sur son lit, dans sa drôle de blouse blanche, les mains serrées sur la poitrine, le visage comme un masque de cire. Mes yeux se sont remplis de larmes.

– Oh Kelly, tu n'as pas le droit de dire une chose pareille, a dit Yvonne. C'est vrai, Dolphin ?

Elles ont tourné des yeux inquiets en direction de Miss Hill. Si la maîtresse me voyait en train de pleurer, elles risquaient de se faire gronder.

Je me suis frotté les yeux.

– Elle n'est pas morte. Mais elle est très malade. A l'hôpital.

Elles m'ont regardée, les yeux comme des soucoupes. Puis Yvonne a allongé le bras. J'ai cru qu'elle allait me pincer mais elle m'a tapoté l'épaule.

– J'espère qu'elle va vite guérir.

– Oui, moi aussi, a dit Kelly. Je ne pensais pas ce que j'ai dit. Je n'ai pas réfléchi.

C'était plutôt agréable de les voir se mettre en quatre pour se réconcilier avec moi, mais je ne parvenais pas à chasser de mon esprit l'image de Pétunia morte.

Une fois, elle avait essayé de se tuer, quand elle était plus jeune. Elle avait deux cicatrices aux poignets. On pouvait encore les sentir au toucher, mais on ne les voyait plus. Elles étaient cachées par deux tatouages jumeaux, deux diamants rectangulaires, avec des rayons tout autour pour montrer combien ils scintillaient. Elle disait toujours que Star et moi, nous étions ses diamants. Mais à présent Star l'avait quittée et je l'avais envoyée à l'hôpital.

Je suis sortie de l'école dès que la sonnerie a retenti. Je n'ai même pas attendu Morris. Je pensais courir jusqu'à l'hôpital mais tante Jane m'attendait à la grille avec la voiture d'enfants.

– Ralentis, Fend-la-bise, ralentis. Où cours-tu comme ça ? Tu ne t'enfuis pas, j'espère ?

– Non. Mais je suis pressée. Je vais à l'hôpital.

– Oui, ma puce, tu as envie de voir ta mère. Hé bien, ton père a appelé. Il va t'y emmener lui-même, après le goûter.

J'étais plutôt impressionnée mais j'ai discuté pour la forme.

– Il faut que je la voie tout de suite, tante Jane. Tu ne peux pas comprendre.

– Je comprends très bien, ma chérie, mais je ne peux pas te laisser filer toute seule à l'hôpital. Je sais que tu es une fille intelligente et que tu pourrais trouver ton chemin sans problème, mais je suis censée veiller sur toi, et ça veut dire que je devrais te suivre. Comment veux-tu que je fasse, moi, avec cette poussette pleine de bébés qui vont se mettre à brailler pour leur quatre heures dans une minute ? Tu vois ce que je veux dire ?

Il a bien fallu.

– Bon. Mais tu promets que je pourrai aller à l'hôpital tout à l'heure ? Même si mon papa ne vient pas me chercher ?

– S'il ne vient pas, oncle Eddie t'emmènera. Mais ton père m'a l'air d'une personne à qui on peut se fier.

Morris est arrivé au galop, un peu vexé que je l'aie laissé en carafe mais impatient de faire la connaissance de tante Jane et des bébés.

Pour lui, les bébés étaient comme de vraies personnes : il a repéré tout de suite les différences entre Céline, Martin et Daryl et il a serré leurs petits poings collants. Martin qui pleurnichait est tombé en arrêt devant ses lunettes et Daryl a rigolé quand Morris l'a chatouillé sous le menton.

– Tu sais t'y prendre avec les bébés, mon bonhomme, a dit tante Jane. Tu devrais nous accompagner à la maison. Tu n'auras qu'à les distraire pendant que je me repose un peu.

– Sans rire, il peut venir, tante Jane ? Il peut venir goûter avec nous ?

– Bien sûr, du moment que sa mère est d'accord.

– Elle ne sera pas d'accord, a soupiré Morris. Elle a piqué une crise l'autre jour. Je suis privé de sortie jusqu'à nouvel ordre.

Il s'est éloigné en trottant comme un épagneul breton, ses longs cheveux séparés en deux sur le front.

– C'est un gentil garçon, a dit tante Jane. C'est ton meilleur ami ?

– Oui. Et tu sais quoi ? Je vais lui couper les cheveux.

– Ah bon ?

J'ai senti à son intonation qu'elle ne me croyait pas.

– Je coupe très bien les cheveux. J'ai des vrais ciseaux de coiffure. Enfin… J'en ai à la maison.

Ma voix s'est un peu troublée.

– En tout cas, tu as raison, il a besoin d'une bonne coupe. Il voit à peine son chemin.

– Les cheveux très courts, ça lui irait beaucoup mieux. La boule à zéro ou presque. Ça lui donnerait plus l'air d'un dur.

– Tu ferais bien d'en parler d'abord à sa mère.

– Je peux aller chercher mes ciseaux ?

– Oui, ma puce, quand on aura une minute.

– Je pourrais aussi te coiffer, si tu veux.

– Comment, avec la boule à zéro ?

On a ri toutes les deux.

Je suis rentrée à la maison sans plus de discussion. Les bébés ont bu leur lait, mangé leur œuf à la coque et leurs tartines. Tante Jane m'a préparé deux petits pains avec de la confiture maison à la fraise. C'était tellement bon que je les ai avalés en un rien de temps. Elle m'en a préparé deux autres, et encore deux de plus.

– Tu vas me prendre pour la fille la plus gloutonne du monde.

– Je suis ravie. Tu as besoin de manger, ma puce, tu es toute maigrichonne.

– Ma mère n'a jamais été un cordon-bleu, même quand elle est en forme.

– Elle avait probablement d'autres soucis en tête. C'est une artiste. Ton père considère qu'elle a beaucoup de talent.

J'ai mâchonné d'un air pensif.

– Elle a du talent. Mais pas pour les choses maternelles, c'est tout. Pas comme toi.

– Elle est douée pour quoi, ta maman ?

J'ai réfléchi, sans m'arrêter de mâcher.

– Elle invente de très belles histoires.

– Alors là, ce n'est pas mon fort. Je n'ai aucune imagination. Je ne pourrais pas inventer une histoire si ma vie en dépendait.

– Moi si.

– Alors tu tiens de ta mère.

– Ça veut dire que je vais devenir folle comme elle ?

– Toi, tu n'en laisses jamais passer une, hein ? Ne me donne pas trop de fil à retordre, mon ange, je suis habituée à m'occuper de bébés. Eh bien… A mon avis, tu as la tête trop solidement vissée sur les épaules pour perdre la boule, si tu vois ce que je veux dire.

J'ai essayé d'imaginer que ma tête se dévissait à la base du cou et s'envolait dans les airs. Était-ce ce que ressentait Pétunia ? Elle semblait persuadée que tout le monde était fou, sauf elle. Je me suis demandé comment elle allait, là-bas à l'hôpital. Elle était tellement en colère

261

après moi. En lui rendant visite, je risquais d'aggraver son état.

Je me suis rongé les petites peaux autour des ongles.

– Arrête, ma puce. Je peux te faire plus de toasts si tu as encore faim.

– Tu crois que Michael va venir ?

– J'en suis sûre.

– Mais je ne suis plus très sûre de vouloir y aller. Maman va peut-être être méchante avec moi. Ça lui arrive.

J'ai essayé de prendre un ton dégagé mais ma voix m'a trahie.

– C'est parce qu'elle est malade, ma chérie. Ce séjour à l'hôpital va probablement arranger les choses. Ne t'inquiète pas. Ne pense plus aux mauvais moments. Viens faire un câlin.

– Tu veux savoir à quel point j'étais folle ? j'ai dit d'une voix étouffée, le nez écrasé contre la grosse poitrine de tante Jane. J'avais imaginé que tu serais méchante.

– Oh, ça m'arrive aussi, parfois.

Elle m'a tenue à bout de bras, elle a montré les dents et grogné jusqu'à ce que je rigole.

Michael avait dit qu'il passerait à 6 heures. Il est arrivé pile à l'heure, tout de suite après le feuilleton à la télé, juste comme Big Ben sonnait le début des informations.

– Voilà ton papa, a dit tante Jane.

– Bonjour, j'ai dit, impressionnée.

Il semblait changé. Il portait un costume et il était bien coiffé. Il m'a intimidée au début mais j'ai vu que ses yeux clignaient toujours beaucoup derrière ses lunettes, comme une version adulte de Morris, et ça m'a rassurée.

– Prête pour aller voir ta maman, Dolphin ?

Michael paraissait aussi nerveux que moi. On a parlé d'elle pendant le trajet. Il avait discuté avec une femme médecin qui lui avait expliqué des tas de choses sur la cyclothymie.

– Mais elle parlait en général, bien sûr. Et Pétunia n'est pas précisément madame Tout-le-monde.

– Vous étiez amoureux d'elle ?

J'étais contente qu'on soit dans la voiture, parce qu'il devait garder les yeux sur la route.

– Je l'aimais beaucoup.

– Vous l'aimez encore ?

– Eh bien... il a passé beaucoup d'eau sous les ponts. Aujourd'hui, j'aime Meg. Et mes deux filles. Je leur ai parlé de toi et elles sont impatientes de faire ta connaissance.

– Mon œil.

– Non, je t'assure. Écoute, toute cette histoire est si soudaine... Mais on se demandait si tu voulais passer dimanche prochain ? Si ton assistante sociale et ta mère d'accueil sont d'accord. Et toi aussi, bien sûr.

– Euh...

Est-ce qu'il voulait vraiment que je vienne ?

Je lui ai jeté un coup d'œil à la dérobée. Ses paupières clignaient beaucoup. Est-ce qu'il m'aimerait un jour ? Est-ce que je l'aimerai ? C'était de drôles de questions à se poser.

J'en ai oublié de lui répondre.

– Je pourrais t'emmener à la piscine. Mais tu n'es pas obligée de venir. Seulement si tu en as envie.

– Je ne suis pas sûre pour la piscine. Mais j'aimerais venir dimanche. Ça me ferait plaisir.

La visite à l'hôpital s'est révélée une perte de temps. Pétunia avait été très agitée dans l'après-midi et à présent « elle se reposait ».

– Ils l'ont attachée avec une camisole de force, j'ai dit.

Mais quand j'ai jeté un œil derrière ses rideaux, elle était tranquillement allongée sur son lit, les yeux fermés, les cheveux épars sur l'oreiller. Tous les petits personnages au stylobille sur son bras avaient été effacés.

– Elle a l'air paisible comme ça, a dit Michael, en passant la tête à son tour. Bon, on reviendra une autre fois.

Je me suis penchée au-dessus de Pétunia pour déposer un baiser sur ses joues pâles.

– Je t'aime, j'ai chuchoté.

Elle a remué dans son sommeil en murmurant quelque chose.

– Non, ce n'est pas Star, c'est moi, Dolphin. Star t'aime aussi, j'ai ajouté, même si ça me faisait le même effet que de lécher un citron.

Michael ne m'a pas reconduite directement à la maison. Il m'a emmenée au MacDonald's et il m'a acheté un milk-shake et une glace.

– Quel parfum tu veux, Dolphin ? Alice et Grace adorent le chocolat mais je préfère le caramel.

– Moi aussi !

Nous avons échangé un sourire timide. Nous avons eu un peu de mal à entretenir la conversation pendant que nous léchions nos glaces. Il a commencé par l'école. J'ai changé de sujet.

– Tu n'es pas trop fana de l'école, hein, Dolphin ?

– Pourquoi ? Il y en a à qui ça plaît ?

– Grace adore l'école. Le matin, elle est impatiente d'y

aller. Alice traîne un peu plus les pieds. Comme elle est plutôt bavarde, elle a tendance à faire le clown et elle se fait un peu tirer l'oreille. Mais tout le monde l'adore, y compris ses professeurs.

– Alors elles sont intelligentes, Alice et Grace ?

– Plutôt, oui.

– Star est intelligente. Elle est toujours dans les premières de la classe. Enfin, elle l'était. Moi pas.

J'ai inspiré un grand coup.

– En fait, je ne suis pas très bonne en lecture.

– Tu n'aimes pas les histoires ?

– J'adore les histoires. C'est juste les mots. Je n'arrive pas à lire ceux qui sont difficiles.

– Ah.

– Ce n'est pas que je sois bête. C'est à cause de la dyslexie. C'est le mot savant pour désigner ce que j'ai.

– Eh bien, je pourrais peut-être t'aider, si tu veux. J'écoute Grace et Alice quand elles font leur lecture.

Ça ne s'annonçait pas comme une partie de plaisir, de vivre avec Michael. Je ne savais pas ce qui était le pire, les leçons de natation ou les séances de lecture. Mais il n'avait pas l'air du genre à se mettre vraiment en colère. Il n'était pas mal. Plutôt sympa en fait. Il n'était pas branché ni glamour comme Micky. Mais peut-être que Micky n'était pas le genre de papa que je voulais, après tout.

Michael m'a ramenée chez tante Jane. Il a promis de venir me chercher le dimanche. Puis j'ai aidé oncle Eddie à donner le bain aux bébés pendant que tante Jane préparait le dîner. J'ai eu le droit de les border chacun dans son petit lit. J'ai même réussi à endormir Daryl en lui fourrant la tétine dans la bouche et en le berçant. Puis tante Jane, oncle Eddie et moi, nous avons mangé du poulet-frites sur des plateaux devant la télévision.

Les frites de tante Jane étaient délicieuses. Elle m'en a donné une énorme platée. Je commençais juste à me laisser aller au bonheur quand on a sonné à la porte.

– La poisse, a dit tante Jane. Qui ça peut être, à cette heure ?

Mon estomac s'est noué. J'ai posé mes couverts. Qu'est-ce qui s'était encore passé ? Je me suis rongé les ongles.

J'ai entendu tante Jane et Lizzie dans le hall. Puis tante Jane m'a appelée.

– Dolphin ! Devine qui est là ?

Star était dans le couloir. Plus jolie que jamais, les cheveux blonds tressés en petites nattes terminées par des perles et des fils de couleur. Et elle avait un piercing en diamant sur le nez.

On s'est jetées dans les bras l'une de l'autre et on s'est serrées de toutes nos forces. Tante Jane souriait, oncle Eddie avait les larmes aux yeux et il a sorti son mouchoir. Lizzie a sauté sur l'occasion pour demander s'ils verraient un inconvénient à garder Star, juste pour quelques jours, jusqu'à ce que notre sort soit décidé.

Star et moi, nous avons finalement partagé le lit de Mark. J'ai pleuré un peu et elle aussi puis nous nous sommes endormies blotties l'une contre l'autre. J'ai respiré sa douce odeur de talc et j'ai enroulé une de ses nattes soyeuses autour de mon doigt. Elle m'a serrée si fort qu'elle m'a fait des petits bleus sur le bras avec les doigts.

Le matin, c'était une tout autre histoire lorsque les explications ont commencé. Star m'a réveillée en me donnant un coup dans l'épaule.

Tableau d'ensemble

– Pourquoi tu n'as pas branché le téléphone ? Je me faisais du souci pour toi. J'avais peur qu'il soit arrivé quelque chose. Tu es un monstre : d'abord tu casses le portable, puis tu me racontes un paquet de mensonges et tu n'utilises pas le nouveau téléphone. Je ne savais rien de ce qui se passait. J'ai cru devenir folle d'inquiétude. J'ai même obligé Micky à envoyer un autre téléphone au cas où le dernier se serait perdu dans le courrier. Il n'arrêtait pas de me dire que Pétunia et toi vous étiez cinglées, que vous faisiez exprès de m'affoler et que je devais rester calme et m'amuser avec lui. Mais je n'y arrivais pas. Ça a tourné au vinaigre entre Micky et moi. C'est ce que tu voulais, non ? Tu ne supportais pas l'idée que j'aie un peu de bonheur juste pour moi ?

– Je n'en crois pas mes oreilles.

Je lui ai donné un coup à mon tour.

– De quel droit me fais-tu des reproches ! C'est toi qui m'as laissée toute seule avec Pétunia au moment où elle était au plus bas. Tu t'en fichais. Elle a vraiment perdu la tête, elle m'a pratiquement battue. C'est la vérité. Puis elle s'est barbouillée de peinture et j'avais tellement peur que j'ai dû appeler une ambulance. Pourquoi devrais-je répondre à ton stupide téléphone puisque tu ne veux pas m'écouter ni revenir m'aider et que tu refuses même de me donner le numéro de Micky ? Je n'y suis pour rien si ça s'est gâté entre vous. Écoute, je n'ai plus besoin de toi. J'ai ma vie. Une nouvelle existence. Qu'est-ce qui te fait croire que tu as le droit de débarquer ici ? C'est ma famille d'accueil, pas la tienne. J'ai dû m'occuper de tout parce que tu m'avais abandonnée. Quand Pétunia est allée à l'hôpital, je n'avais personne. Toi, tu t'en fichais, du moment que tu pouvais rester avec ton cher Micky.

– C'est faux. J'étais tellement inquiète que je n'avais plus les idées claires. J'ai commencé à faire n'importe quoi. Micky a été très gentil, très compréhensif, mais cette Sîan a commencé à dire des horreurs, elle n'arrêtait pas de me chercher des poux. Je ne sais pas ce que Micky lui trouve. Elle reste là toute la journée, elle ne nous laisse jamais seuls. On a fini par avoir une grosse dispute. Micky en a eu par-dessus la tête. Il a dit qu'il allait me reconduire jusqu'à la maison pour que je puisse vérifier si tu allais bien. A notre arrivée, tu n'étais pas là, Pétunia n'était pas là. J'ai failli devenir folle. Mme Luft m'a dit que Pétunia avait été conduite à l'hôpital et que tu étais partie avec ton père. J'étais horrifiée parce que tu n'as pas de papa.

– Si, j'en ai. J'ai mon papa à moi. Je l'ai trouvé toute seule. Enfin, avec l'aide de Morris. Il est super, mon papa. Il vient me voir. Il m'a invitée chez lui dimanche prochain. Il m'emmène à l'hôpital voir Pétunia.

– Comment as-tu osé envoyer Pétunia à l'hôpital ? Tu sais bien ce qu'elle en pense. Tu ne pouvais pas t'occuper d'elle jusqu'à mon retour ?

– Je croyais que tu ne reviendrais jamais. Il fallait bien que je fasse quelque chose. Elle s'est couvert le corps de peinture et elle restait là debout, sans parler ni rien. Elle est devenue complètement folle et je ne savais pas quoi faire d'autre.

– Tu m'as déjà dit qu'elle était devenue folle, mais c'était une de tes inventions pour me faire revenir.

– Tu me traites de menteuse ?

– Oui. Menteuse, menteuse, menteuse !

J'ai attrapé une pleine poignée de ses petites tresses et j'ai tiré un bon coup. Elle s'est dégagée vivement et m'a flanqué un coup de pied qui a failli me faire tomber du lit. J'ai fermé les poings et j'ai essayé de la frapper.

— Attention à mon diamant ! elle a crié.

— Tu te crois cool avec ça, mais tu as l'air stupide !

— Stupide toi-même. J'en ai ras le bol de t'avoir toujours dans mes jambes.

— Alors va-t'en, qu'est-ce que tu attends ? Cours retrouver ton cher Micky. Je n'ai plus besoin de toi.

— Très bien. C'est ce que je vais faire. Aujourd'hui même. Parfait.

Mais elle manquait de conviction.

— Il ne veut plus de toi, c'est ça ?

— Bien sûr que si ! C'est juste que…

— Il en a eu marre de toi comme il en a eu marre de Pétunia.

— Non, arrête. Ferme-la, sale vipère. Il veut de moi. Il va revenir me chercher. Tu verras. Je t'interdis d'en douter.

Elle m'a giflée en pleine figure. Je l'ai giflée à mon tour, sur son nez encore sensible. On s'est bagarrées comme des chiffonniers. On a roulé au bas du lit et on a continué en se donnant des coups de pieds et des coups de poings sur le tapis.

— Les filles ! Les filles ! Pour l'amour du ciel, regardez-vous toutes les deux. Arrêtez immédiatement !

Tante Jane se dressait sur le seuil dans son immense robe de chambre écossaise.

On a fait la trêve, haletantes, rouges de colère.

— Mon Dieu ! Vous êtes les mêmes sœurs qui se sont endormies dans les bras l'une de l'autre ?

Tante Jane s'est accroupie par terre entre nous. Elle a essayé de passer ses bras autour de nos épaules. Star s'est dérobée en rejetant ses tresses. J'étais contente. Après tout, c'était *ma* tante Jane et je ne voulais pas la partager.

– C'est elle qui a commencé, j'ai dit. Elle m'a réveillée en me donnant un coup de poing.

– Allons, allons, ne raconte pas d'histoires.

J'ai éclaté en sanglots, ne supportant pas que tante Jane me gronde.

– Hé, mon pauvre petit chaton, a-t-elle dit en me cajolant. Plus de larmes, c'est fini.

– Tu es obligée de pleurnicher comme un bébé ? a dit Star.

Elle a vérifié que son nez n'avait rien et elle a arrangé ses tresses.

– J'ai l'habitude des bébés, a dit tante Jane. Elle fait ça juste pour me faire plaisir, Star. Tu ne veux pas faire plaisir à la vieille dame que je suis en te joignant à notre câlin ?

– Non, merci. J'ai passé l'âge des enfantillages.

– Ça te va bien de dire ça, toi qui n'arrêtais pas de faire la sucrée avec Micky. Sauf que maintenant il t'a larguée à l'assistance publique, pas vrai ?

– Je t'ai dit de la fermer ! a menacé Star.

– Je propose une minute de silence, a dit tante Jane.

Un des bébés s'est mis à crier.

– Oh non. Voilà qu'ils réclament leur petit déjeuner. Je ferais mieux d'aller jeter un œil. Vous me promettez de ne pas vous assassiner pendant la demi-heure qui vient ?

Star et moi, on s'est jeté un regard furibard puis on a éclaté de rire. Tante Jane est partie en secouant la tête.

On a ri comme des hystériques, et pourtant il n'y avait rien de drôle.

— Nous sommes folles, a dit Star.

— Tu crois qu'on va finir comme Pétunia ? Star, il fallait que je la mette à l'hôpital.

— J'aurais fait la même chose. Pardonne-moi si je n'étais pas là. Je voulais à tout prix être avec Micky.

— Je sais.

— Mais il ne m'a pas larguée. On a été obligés de contacter les services sociaux, mais c'était parce qu'on te cherchait. Ensuite, ils ont pris les choses en main. Micky va revenir, tu verras. C'est sûr, il y a des problèmes. Sîan pour ne pas la nommer. Mais Micky m'a dit en privé qu'à ses yeux je compte beaucoup plus qu'elle. Et que de toute façon il avait l'intention de la quitter.

J'ai hoché la tête pendant toute sa tirade.

— J'aime bien tes cheveux, j'ai dit. Fais voir comment c'est fait.

J'ai examiné une tresse.

— Ah, je vois. Oui…

— Tu pourrais me le refaire une autre fois ?

— Je crois, oui.

— Tu trouves vraiment que j'ai l'air stupide avec mon diamant ?

— Non, il est super.

— C'est un vrai diamant. Micky me l'a posé. Ça m'a fait mal mais je n'ai pas pleuré. Sans rire, tu trouves que ça me va bien ?

— Oui, j'adore. Mais je te préviens : Pétunia va devenir folle quand elle va le voir.

— Pétunia est déjà folle

On a ri de nouveau, avec mauvaise conscience.

– Elle est vraiment mal ?

– Pire que jamais.

Mais ce soir-là, quand oncle Eddie nous a conduites toutes deux à l'hôpital, l'état de Pétunia avait évolué. Elle n'était plus dans son lit. Elle faisait de la couture dans un fauteuil, vêtue d'un peignoir à rayures de l'hôpital. Elle était un peu avachie, ses cheveux avaient sérieusement besoin d'être lavés, mais quand elle nous a vues arriver, elle s'est redressée.

Oncle Eddie est parti boire un café pendant que nous allions au chevet de Pétunia. Nos semelles ont couiné sur le revêtement de sol.

– Vous voilà enfin ! Où étiez-vous passées toutes les deux ?

Puis ça lui est revenu.

– Micky est avec toi, Star ?

Elle avait une voix bizarre, un peu traînante. Je me suis demandé si elle avait réussi à planquer de la vodka sous son matelas.

Star a secoué la tête.

– Non, il est retourné à Brighton.

– Oh.

Pétunia s'est de nouveau affaissée, rejetant son ouvrage de couture.

– Et que faisait cet autre Micky ici ? Combien de mes ex vont refaire surface comme ça ? En plus je suis affreuse.

Elle a ramassé sa ceinture en tissu-éponge et l'a jetée sur ses genoux avec dégoût.

– Ce truc est absolument hideux. Je veux mon peignoir.

– D'accord. Je te l'apporterai demain.

273

– Tu ne peux pas me faire sortir d'ici ? C'est un véritable supplice. Ils essaient de m'empoisonner.

– Allons donc, qu'est-ce que vous racontez ? a dit une infirmière joviale qui s'occupait d'une vieille dame sur le lit d'à côté.

– Vous *m'empoisonnez*, a répété Pétunia. Regardez, les filles, regardez.

Elle a tendu les mains. Elles étaient tremblantes.

– J'ai la tremblote, j'ai une voix caverneuse et je vomis sans arrêt. Je vous le dis, ils m'empoisonnent.

– C'est la réaction au lithium, a dit l'infirmière.

– C'est bien ça, vous me donnez des médicaments empoisonnés.

– C'est un sel naturel, et il fera merveille si vous le laissez agir. Prenez sagement votre lithium tous les jours et vous serez bientôt rentrée à la maison avec vos filles. C'est bien ce que vous voulez, non ?

Pétunia a écarquillé les yeux comme si elle voyait clair pour la première fois.

– Oui, c'est ce que je veux.

Ses yeux étaient remplis de grosses larmes.

– C'est tout ce qu'il me faut. Mes deux filles.

Et elle a ouvert les bras.

Nous nous sommes approchées et elle nous a serrées contre elle, une de chaque côté, les mains agrippées aux plis de nos vêtements.

– Pardon, elle a murmuré.

– Pardon de vous avoir laissées, a dit Star.

– Pardon d'avoir appelé l'ambulance.

– Non, c'est à moi de vous demander pardon. C'est moi la mère indigne. Aujourd'hui, j'ai dû faire un speech ridicule. C'est censé me faire aller mieux et m'empêcher de boire. Ça ne m'a fait aucun bien. Je me suis sentie encore plus mal qu'avant. J'étais malade, mais ils n'ont toujours pas voulu me laisser retourner dans mon lit. Ils ont continué à me poser des tas de questions sur mon enfance. A la fin j'ai raconté des trucs horribles sur ma mère, sur tout ce qu'elle m'avait fait subir et combien elle me haïssait. Tout à coup j'ai réalisé que je suis comme elle. Je vous ai fait subir la même chose à vous deux. Vous devez me détester toutes les deux.

– Ne dis pas de bêtises, nous t'aimons, maman, a dit Star en l'étreignant.

– On t'aime à la folie, j'ai dit avant de me piquer sur son ouvrage de couture. Aïe ! Qu'est-ce que c'est ?

Il y avait des petits carrés, des cercles et des rectangles en tissus de toutes les couleurs.

– C'est cette saleté de thérapeutique occupationnelle, a dit Pétunia. Une horrible bonne femme m'a donné ce quilt à faire. Tout ça parce que j'ai dit que j'aimais bien la couture. Les quilts, ce n'est pas du tout mon genre !

– Tes bouts de tissus sont mal ajustés, j'ai dit.

– Ah ! ah ! Devine quel genre de couverture je suis en train de faire ? Tu sais comment je vais l'appeler ? Le quilt fou !

Star a pouffé de rire et elle a dû se moucher. Pétunia l'a regardée avec insistance.

Soudain elle a poussé un cri.

– Mon Dieu, que se passe-t-il ? a demandé l'infirmière en accourant.

– Regardez ! Elle a fait percer son joli petit nez ! Star, comment as-tu osé ? De quoi as-tu l'air ?

Elle a continué à lui faire des reproches comme la plus conformiste des mères. Comme si elle n'avait pas la peau couverte de tatouages.

Je l'ai regardée longuement, ma maman illustrée. Je savais qu'elle nous aimait de tout son cœur, Star et moi. Nous avions chacune un père différent et, à l'avenir, ils seraient peut-être là pour nous épauler, ou peut-être pas. Mais une chose était sûre, nous pourrions toujours compter sur notre mère, Pétunia. Et tant pis si elle avait un grain. C'était notre maman et nous étions ses deux filles. Ensemble pour la vie, toutes les trois. Pétunia, Star et Dolphin.

JACQUELINE WILSON
L'AUTEUR

Jacqueline Wilson est née à Bath en Angleterre, en 1945. Fille unique, elle se retrouva souvent livrée à elle-même, et s'inventait alors des histoires. Elle a toujours voulu devenir écrivain et a écrit son premier roman à l'âge de neuf ans. Adolescente, elle remplissait des dizaines de cahiers. « Une excellente formation pour un futur écrivain », affirme-t-elle.

Mais à seize ans, comme beaucoup de jeunes filles de son âge, elle a intégré une école de secrétariat, où elle n'est restée qu'un an. C'est alors qu'elle a repéré une annonce dans un journal qui recherchait une jeune journaliste et elle a tenté sa chance. Il s'agissait d'un groupe de presse qui lançait un magazine pour adolescentes, auquel on donna son prénom, *Jackie*.

Elle rencontra son mari à dix-neuf ans, et Emma, leur petite fille, naquit deux ans plus tard. Elle se souvient avec bonheur de cette période, où elle était à la fois une mère et une grande sœur pour sa petite fille.

La famille s'installa à Kingston et Jacqueline Wilson travailla alors en free-lance pour différents journaux.

A vingt-quatre ans, elle écrivit une série de romans policiers pour adultes puis se lança dans l'écriture de livres pour enfants, ce qui avait toujours été son rêve.

Les ventes de ses livres ne sont pas loin d'atteindre aujourd'hui celles des ouvrages de Roald Dahl. Sa seule rivale dans le florissant marché des livres pour pré-adolescents est Anne Fine.

histoires, avec leurs personnages chaleureux, sympa-
s, ont remporté de nombreux prix. Le journal
The Sunday Times la définit ainsi : « La force de

cet auteur réside dans une écriture contemporaine très aboutie, sans affectation ni condescendance. Ses personnages parlent, pensent et vivent comme des enfants modernes. En même temps, ils amènent leurs lecteurs à penser un petit peu plus profondément, particulièrement en ce qui concerne les relations familiales. »

Jacqueline Wilson participe à de nombreuses animations en librairie et se rend souvent dans les écoles. Il est facile de deviner pourquoi les enfants l'adorent et la considèrent comme l'une des leurs : elle est pétillante de malice et son visage de lutin sourit toujours. Elle avoue elle-même se sentir très proche des enfants.

La plus grande passion de Jacqueline Wilson est d'acheter des livres. Elle en possède plus de dix mille empilés dans tous les coins de sa maison. Son lieu de villégiature favori est Hay-on-Wye, qui possède une vingtaine de bouquinistes.

Jacqueline Wilson a déjà publié *La double vie de Charlotte* et *A nous deux !* dans la collection Folio junior.

NICK SHARRATT
L'ILLUSTRATEUR

Nick Sharratt est né à Londres en 1962. Il a toujours aimé dessiner et c'est à Manchester qu'il a suivi des études d'art. Il a ensuite complété sa formation par plusieurs années de graphisme à la célèbre St Martin School of Art, à Londres, de 1981 à 1984.

Depuis, il travaille en tant qu'illustrateur pour des maisons d'édition pour enfants et différents magazines tels Cosmopolitan, The Sunday Times, Radio Times...

Il réalise également des dessins dans un domaine très fantaisiste et tout à fait différent, concevant le graphisme des emballages de paquets de gâteaux de la célèbre firme Marks and Spencer.

Depuis 1991, Nick Sharratt est devenu auteur-illustrateur de livres pour enfants qui ont remporté plusieurs prix.

Après avoir vécu à Londres pendant treize ans, il habite désormais dans le comté du Gloucestershire.

Nick Sharratt a déjà illustré les deux précédents livres de Jacqueline Wilson : *La double vie de Charlotte* et *A nous deux !* (en collaboration avec Sue Heap), qui ont tous deux paru dans la collection Folio Junior.